죽지않는 엑스트라

인타임 페이퍼북 시리즈

죽지 않는 엑스트라 8

발행일 2021년 9월 6일 초판 1쇄 2021년 9월 13일 | **발행인** 김명국 | **책임 편집** 안효정 | **제작** 최은선 | **발행처** 주식회사 인타임 **출판 등록** 107-88-06434(2013년 11월 11일) **주소** 서울시 구로구 디지털로 1길 38-21 이앤씨벤처드림타워 3차 405호 **전화** 070-7732-6293 **팩스** 02-855-4572 **이메일** in-time@nate.com | **ISBN** 979-11-03-31875-8 (04810) 979-11-03-31616-7 (세트)

죽지 않는 엑스트라

08

토이카 퓨전 판타지 장편소설

차례

Chapter 34.
에반 디 셰어드, 14살이 되다

여기저기 높이 치솟은 건물들, 화려한 간판, 넓은 도로와 그 도로를 가득 메우고 있는 사람들, 물건을 장사하는 상인들과 파티를 이루고 던전을 오가는 탐험가들까지. 오늘도 던전 도시는 정신없이 돌아가고 있었다.

레오나인 공작 영애 아나스타샤 L. 레오나인은 마차 창밖으로 보이는 던전 도시의 풍경에 감탄사를 내뱉었다. 오늘은 그녀가 처음으로 던전 도시를 방문한 날이었다.

"왕도에는 어릴 적에 한 번 가 본 적이 있었는데…… 이곳은 그곳보다도 더 화려한 것 같아."

"그렇습니까? 전 나고 자란 곳이라 그런지 몰라도 화려하다는 느낌은 없는데요. 왕도보다 좀 더 활기가 있다는 느낌은 듭니다만."

아나스타샤의 말에 답한 이는 그녀의 맞은편에 앉아 있는 장신의 소년, 샤인.

올해 14살이 되는 어린 나이이면서도 키는 벌써 180센티미터를 뛰어넘는 수준이었으며 특이하게도 피부에는 옅은 잿빛이 감돌았는데, 껑충한 키에 탄탄한 신체, 미형이라 불러 마땅한 그의 외모가 더해져 마치 전설로 전해지는 어둠의 요정과도 같은 이질적인 매력을 자아냈다.

그의 그러한 매력은 언제나 아나스타샤의 가슴을 사정없이 두근거리게 만들었다. 그가 여기서 더 성장하면 어떻게 될까? 아나스타샤는 그것이 무척 기대되면서도, 동시에 하루하루 늘어날 라이벌이 두렵지 않을 수 없었다.

"아, 그래도 도련님이 본격적으로 건설업에 뛰어드시면서 건물들의 세련미가 늘어났을지도 모르겠네요. 저도 가끔씩 보면 깜짝깜짝 놀랄 때가 있으니까."

하지만 샤인은 그런 아나스타샤의 마음은 아는지 모르는지, 진지한 눈으로 창밖으로 흘러가는 던전 도시의 풍경을 바라보며 그런 말이나 지껄이고 있을 뿐이었다.

아나스타샤는 내심 한숨을 쉬면서도 그에게 말을 맞추었다.

"응. 왕도는 어딘가 고풍스러운 느낌이 있지만…… 이곳은 아냐. 세상에서 가장 빠르게 변화하는 곳이라고 느껴."

"그거 적절하네요. 우리 도련님한테 딱 어울리는 표현입니다."

하룻밤이 지날 때마다…… 아니, 눈 감았다 뜰 때마다 강해지는 에반을 바로 곁에서 모시는 샤인이기에 더욱 그 표현에 절실히 공감하며 고개를 끄덕였다. 아나스타샤는 재차 한숨이 나올 따름이었다.

"샤인은 정말, 너무 에반 공자를 좋아해. 약간 샘이 날 정도로……."

"그냥 도련님의 재능에 질려 있을 뿐입니다. 이번도 두 달 만에 돌아가는 건데 또 얼마나 강해져 있을지……. 진짜 따라잡기가 버겁다니까요."

"웃, 미안해. 그런 시기에 내 수발이나 들게 해서……."

샤인이 던전 도시를 떠나 메나톤에 머무르고 있었던 것은 어디까지고 아나스타샤가 그의 파견을 바랐기 때문이다.

자신의 이기심 때문에 샤인에게 폐를 끼쳐 항상 미안하다고 생각하고 있었지만, 그럼에도 불구하고 '앞으로는 안 와도 된다'고는 입이 찢어져도 말할 수 없었다.

샤인에게 폐를 끼치는 건 싫지만 그를 만나지 못하게 되는 것은 더더욱 싫다…… 샤인을 향하는 마음이 커져 갈수록 그녀의 고뇌도 더해 갈 뿐이었다.

"아…… 저는 괜찮습니다. 어차피 개인적인 수련은 따로 시간을 내어 하고 있고, 공작가 기사들과 함께 하는 훈련도 도움이 되니까요."

샤인은 뭐라 형용할 수 없는 표정을 짓고 있는 아나스타샤의 모습에 아차 하며 그녀를 달랬다.

사실 마냥 거짓말도 아니었다. 어차피 에반의 던전 공략은 샤인이 있을 때에만 진행하고, 나머지 수련은 다른 곳에서도 할 수 있으니까.

'공작령에서는 형제 목욕탕에 들어가지 못한다는 것이 조금 아쉽긴 하지만…….'

하지만 그 이상의 성과도 얻었다. 바로 아나스타샤와 함께 메나톤에 파견된 공작령 기사들과 훈련을 함께하며 그들의 훈련법을 온전히 훔쳐 낼 수 있었던 것이다.

최근 공작령에 머무를 때면 그는 홀로 레오나인 공작령 기사들의 훈련법에 담긴 묘리를 탐구하며 신인 단련법에 더해 보강하는 작업을 하고 있었는데, 그게 이번에 드디어 성과를 보았다. 당연하지만 말도 안 되는 업적이며 샤인 외의 누구도 엄두를 낼 수 없는 대작업이었다.

'도련님이 좋아하시겠지.'

레오나인 공작가는 사실상 왕가에서 떨어져 나온 가문인 만큼 그들의 훈련법은 곧 왕가 비전의 훈련법이라고 할 수 있다.

즉 신인 단련법은 이것으로 적어도 실크라인 왕국 내에서는 그 어떤 신체 단련 스킬보다 뛰어난 스킬이 된 것이다!

신인족들의 기본을 다져 줄 단련법이 보다 강하게 완성되었으니 에반도 이 보고를 듣게 되면 무척 기뻐하리라.

"음…… 응, 그렇게 말해 주어 고마워."

여기서 샤인이 부드럽게 아나스타샤의 한쪽 손을 붙들며 '그런 말은 하지 마. 나도 아샤와 함께 있는 게 가장 행복해'라고 말해 줬더라면 얼마나 좋을까. 물론 망상일 뿐이었다.

아나스타샤는 그런 생각을 하며 한숨을 내쉬었지만, 벌써부터 많은 것을 바라서는 안 된다는 생각에 이내 고개를 젓고 말았다. 언제나 에반을 제일로 생각하는 샤인이 메나톤으로의 파견을 거부하지 않고 와 주는 것만도 그녀에겐 감지덕지한 일이다.

"우리를 보고 에반 공자가 어떻게 반응할지 기대되네. 기뻐할까?"

그녀는 노골적으로 말을 돌렸다. 샤인은 아나스타샤가 마음 상하지 않은 것 같아 다행이라고 생각하며 그녀의 말을 받았다.

"물론이죠. 드디어 마법 금속의 채굴이 시작되었으니까요. 조금 전부터 무기 체계를 혁신할 때가 왔다고 엄청 신나 하고 계셨습니다."

메나톤으로부터 던전 도시로 오는 마차의 행렬은 제법 길었다.

그 선두는 형제 코퍼레이션 대표 메이벨이 타고 있는 마차였으며 그 뒤를 따르는 것이 공녀와 샤인이 함께 탄 차, 그 뒤로는 형제 코퍼레이션의 용병들이 호위하는 짐마차였다.

그 대부분의 짐마차를 채우고 있는 것이 바로 이번에 채굴되어 공식으로 형제 코퍼레이션과 거래하게 된 마법 금속이었다.

수 개월간 메나톤 영지를 물심양면으로 지원한 끝에 비로소 자연스러운 형태로 마법 금속을 채굴, 형제 코퍼레이션에 독점으로 제공해 주게 된 것이다.

"하지만 정말 괜찮을까. 여태까지 발견된 적도 없고, 가공 방법도 모르는 금속인데 에반 공자가 생각했던 만큼의 가치가 나오지 않는다면……."

"그럴 걱정은 없겠죠. 에반 도련님이 알고 진행하신 일인데요."

"……두 사람 다 존경스러워."

눈 하나 까딱 않고 나라의 운명을 좌우하는 예언을 입에 담는 에반이나, 그런 에반을 철석같이 믿고 따르는 샤인이나.

샤인은 자신을 향해 오는 아나스타샤의 묘한 시선에 괜히 기분이 이상해져 시선을 돌리다가, 창밖으로 보이는 성벽 위를 뭔가가 내달리고 있는 것을 발견했다.

"……진?"

분명 무척 빠른 속도였지만 철저하게 단련된 샤인의 동체시력마저 속일 수는 없다. 성벽 위를 빠르게 달리고 있는 아이는 분명 던전 기사단의 막내 중 한 명인 진이었다.

아니, 하지만 잘 보니 그 뒤를 따라 함께 내달리고 있는 이가 있었다. 엘프 일로인이다.

"진이 일로인 님한테 사사한다는 얘기는 들었는데 진짜 본격적으로 하는구나. 게다가 던전에 들어갔다 나오기라도 했나? 속도가 엄청 빠른데."

"그…… 용의 눈을 가졌다는 아이? 일로인이라면 내가 알고 있는, 엘프 영웅 일로인?"

"예, 둘 다 맞습니다. 그분들이 이 도시에 머무르고 있다는 말씀은 드렸죠?"

"얘기는 들었어. 들었지만……."

하지만 말로 듣는 것과 직접 만나는 것은 얘기가 또 다르다. 아니, 아직 만나 보지는 못했지만 말이다.

아나스타샤는 수십 년 전 세상을 구한 영웅들의 모습을 떠올리며 눈을 빛냈다.

"빨리 만나 보고 싶어."

"무척 안타깝습니다. 공녀님의 기대를 만족시킬 수 있는 분들이었으면 좋았을 텐데……."

"실례야. ……그리고 아샤라고 불러 달라고 했잖아."

"제가 어찌 감히 공녀님을 그렇게 부를 수 있겠습니까."

"……."

아나스타샤는 샤인의 완고한 대답에 무웃, 하고 이상한 소리를 내며 그를 째려보았으나 샤인은 난감한 미소를 지을 뿐이었다.

사실 그들 사이에는 대충 이런 식의 회화가 하루에도 수십 번씩 이루어지고 있었다.

때론 은근히, 때론 과감하게 샤인에게 마음을 전달하는 아나스타샤와 그녀와 자신의 신분 차를 알고 있는 만큼 그녀에게 응할 수 없는 샤인!

아나스타샤의 양 볼이 두툼하니 부풀었다. 그녀가 마음을 허용한 상대, 즉 샤인 앞에서만 짓는 표정이었다.

"샤인이 뭐가 어때서."

"전 제 출신 성분과는 별개로 자신을 자랑스럽게 여기고 있습니다만 그래도 실크라인에 하나뿐인 공작가의 영애와 비교할 수는 없지요."

"샤인은 세계 최강의 기사단의 부단장이니까 괜찮아. 오히려 샤인 쪽이 더 높을 정도야."

"큭."

샤인은 아나스타샤의 말에 입을 다물어 버리고 말았다. 이 말을 부정하면 에반이 이끄는 던전 기사단의 가치를 낮추는 일이 되는 것이다.

그는 뭐라 반박해야 할까 고민하다 이내 살짝 돌아가는 길을 택했다.

"하, 하지만 던전 기사단은 아직 정식으로 발족되지도 않았습니다. 이름조차 없어요."

"그럼 기다릴게. 그 정도는 기다릴 수 있어."

"무, 뭐를 말입니까?"

"……던전 기사단의 부단장이 된 샤인이, 나를 아샤라고 불러 주는 날을."

"……."

이런, 스스로 목에 족쇄를 채우는 꼴이 되고 말았다! 샤인의 식겁한 얼굴은 보이지도 않는 것인지, 아나스타샤는 혼잣말로 '앞으로 4년…….' 하고 중얼거리며 흐뭇한 미소를 짓고 있었다. 어느덧 카운트가 시작되어 있었다!

"아, 아나스타샤 공녀님, 던전 기사단이 발족하더라도 제 신분이 보증된다는 것은 아닙니다!"

"도착했어, 샤인."

그러나 샤인이 황급히 변명을 하려던 그 순간 아나스타샤가 눈을 반짝이며 말했다. 그것은 사실이었다. 실로 기가 막힌 타이밍에 마차가 셰어든 후작가 앞에 멈춘 것이다.

"이런 젠장……."

"샤인, 에스코트해 줘."

"알겠습니다. 하지만 나중에 드릴 말씀이 있으니까 그땐 도망치시면 안 됩니다."

"샤인한테선 도망치지 않아. ……그런 아까운 짓은 할 수 없어."

"……."

볼을 붉게 물들이면서도 분명하게 제 할 말을 하는 아나스타샤를 보며 샤인은 맥이 탁 풀리고 말았다. 가슴이 두근거리고 말았던 것은 아나스타샤에게는 죽어도 말할 수 없는 비밀이다.

에반의 계획대로 아나스타샤와의 거래가 순조로이 진행되고 있는 것은 좋은 일이었으나…… 아무래도 샤인의 정조의 위기 또한 점점 에스컬레이트해 가는 듯이 보였다.

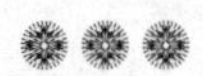

후작가에 도착한 아나스타샤는 먼저 소라인 후작에게 인사를 올렸다. 형제 코퍼레이션과의 거래인 만큼 후작과는 별 연관이 없지만, 일단 도시에서 가장 높은 인물이고 또한 에반의 아버지이기도 하기에 예의를 차린 것이다.

다만 그 후에는 곧장 에반이 있는 던전 기사단 본부로 향했다. 던전 기사단의 다른 멤버들은 오늘도 맹훈련 중이었지만, 에반과 벨루아만은 그들이 도착했다는 소식을 듣고 미리 본부 건물 앞에 나와 기다리고 있었다.

"에반 도련니이이이이이이이이임!"

"아, 진짜."

샤인과 아나스타샤가 마차에서 내리기도 전, 가장 먼저 마차에서 뛰어내린 메이벨이 에반을 향해 머뭇거림 없이 제 몸을 내던졌다.

아나스타샤를 에스코트해 마차에서 내려오던 샤인의 눈에는 순간 에반이 메이벨을 그대로 내던질까 고민하는 것처럼 보였지만, 결국 그는 양팔을 벌려 재주도 좋게 그녀를 품에 받아 안았다.

"후아아아아으으, 도련니이이임. 사랑해요오오."

에반의 품에 안착한 메이벨은 근 두 달간 쌓인 피로를 회복하려는 듯 그의 탄탄한 가슴팍에 얼굴을 부비며 나른하게 늘어지는 목소리로 중얼거렸다. 에반이 크게 한숨을 내쉬었다.

"메이벨…… 너 이제 곧 성인인 거 알아? 18살이야, 18살. 게다가 귀족이기도 하지."

"네, 도련님. 전 곧 성인이 되는 데다 귀족이기까지 하죠! 언제든 도련님과의 가정을 꾸릴 준비가, 꺅."

"흣."

에반은 가당치 않은 소리를 하는 메이벨을 자연스럽게 밀쳐 냈다. 다시 덤벼들려는 메이벨을 뒤에서 대기하고 있던 벨루아가 익숙한 폼으로 붙들었다. 마치 사전에 약속이라도 한 것 같은 자연스러운 움직임이었다.

“벨루아, 이 배신자!”

“우리는 단 한 번도 같은 편이었던 적이 없었어, 언니.”

“루아, 그거 잘 붙들고 있어. ……어서 오세요, 아나스타샤 공녀. 샤인도 고생했어.”

에반은 메이벨과 벨루아의 꽁트를 깔끔하게 무시하고 아나스타샤와 샤인을 반갑게 웃는 얼굴로 맞이했다. 샤인은 그사이 에반의 포커페이스 능력이 늘었다는 생각을 했다.

“에반 공자…… 직접 뵙는 건 오랜만이네요. 또 많이 자라셨군요.”

“한창 자랄 때니까요. 아마 더 자랄 겁니다. 샤인만큼은 아니겠지만.”

시기는 3월. 에반은 14세 생일을 앞두고 있었다.

만으로 열네 살이면 사실 거의 다 자랐다고 봐야 하는데, 실제로도 그는 샤인보다는 조금 작지만 그래도 거의 180센티미터에 육박하는 키와 탄탄한 몸매를 지닌 준수한 청년으로 성장해 있었다.

거기에 보다 성숙해진 이목구비가 자아내는 매력은 이루 말할 방법이 없다. 샤인에게 반해 있는 아나스타샤조차 순간 아찔해질 정도였다.

'요마대전 3에서의 샤인은 182센티미터, 에반도 그 언저리까지는 컸던가. 지금 우리는 신인단련법으로 어린 나이에 신체 상태를 보다 활성화했으니 분명 그보다 더 커질 거야.'

샤인과 에반이 완전히 성인이 되었을 때의 모습을 알고 있는 에반은 게임 속 캐릭터 CG를 떠올려 보며 혼자 고개를 끄덕이고 있었다.

다만 그런 에반을 보는 아나스타샤는 이미 실크라인 남성의 평균 키를 상회하는 샤인과 에반이 거기서 더 자라날 것이라는 말에 반신반의해하는 상태였다.

"미안하지만 공녀, 바로 거래 품목의 상태를 확인해도 될까요? 중요한 일이니까."

"아, 아아. 예."

샤인과 에반의 미래 성장도…… 특히 샤인이 완전히 자라났을 때의 모습을 머릿속에 그려 보던 아나스타샤는 에반의 말에 가까스로 제정신을 되찾았다.

아나스타샤의 허가를 얻은 짐꾼 한 명이 곧장 짐마차의 천막을 들추었다.

특이하게도 옅은 보랏빛으로 반짝이는 정체 모를 금속의 원석이 그 안에 가득 실려 있었는데, 그런 마차가 족히 다섯 개는 되었다.

"어…… 어떤가요?"

"도련님이 말씀해 주신 것과 일치하는 것 같긴 한데……마, 맞나요?"

아나스타샤와 에반의 거래에 있어 가장 중요한 것은 두말할 필요도 없이 바로 이 마법 금속! 그를 바라보는 아나스타샤의 얼굴에 긴장이 어렸다. 벨루아에게 붙들려 있던 메이벨도 진지함을 되찾을 정도였다.

"……좋았어."

금속의 상태를 곰곰이 살피던 에반의 입가에 이내 미소가 어렸다. 쏟아지는 일행의 시선을 담담히 받아 내며 그가 선언했다.

"1단계 거래는 성공적으로 진행할 수 있겠네요. 고생하셨습니다, 공녀. ……이걸로 당신이 공작이 되기 위한 첫걸음은 제대로 떼었네요."

"그, 그럼 2단계는……?"

"물론 준비하고 있었습니다."

에반이 실로 상쾌한 미소를 지으며 말했다.

"기다리고 기다리던 공녀의 레벨 업 시간입니다."

❋❋❋

에반은 짐마차들을 호위기사 다인의 인솔하에 형제 코퍼레이션의 창고로 보낸 후, 일행을 우선 던전 기사단 본부 내부로 안내했다.

메이벨은 스스로를 명예 단원이라 우기며 안으로 들어오려 했지만, 나중에 따로 시간을 내주겠다는 에반의 말을 듣고선 간신히 진정하고는 돌아갔다. 에반은 메이벨의 취급에 무척 능숙했다.

"오빠, 어디 나갔다 온 거야? 아, 샤인도 있다! 안녕!"

"다녀왔습니다, 세레이나 전하."

1층 로비에 설치된 넓은 소파에 추욱 늘어져 있던 소녀가 일행의 모습을 보고 손을 팔랑팔랑 흔들었다. 실크라인 1왕녀이자 던전 기사단의 멤버로 내정되어 있기도 한 세레이나 L. 실크라인이었다.

올해로 13세가 되는 그녀는 한창 성장기에 있음을 증명하듯 샤인이 영지를 떠나기 전과 비교해도 뚜렷이 성장해 있었는데, 특히 흉부의 성장이 대단했다. 샤인은 경악했다.

'메이벨 누나랑 비슷한 것 같은데……?'

메이벨도 작은 편은 결코 아닌데, 13살 나이에 벌써 그녀와 비슷하다니 조금 더 성장하면 대체 어떻게 될 것인가……!

무심코 세레이나를 빤히 쳐다보며 그런 생각을 하던 샤인은 옆구리에 찌르는 듯한 통증을 느끼곤 고개를 돌렸다. 아나스타샤가 무표정한 얼굴로 그의 옆구리를 꼬집고 있었다.

"……."

"……."

영문을 모르겠지만 그렇다고 반론을 할 수 있는 분위기도 아니었기에 샤인은 얌전히 뒤로 물러섰다. 그것이 그의 목숨을 구했다. 참고로 아나스타샤는 어느 쪽인가 굳이 말한다면 슬렌더한 타입이었다.

아나스타샤는 그제야 앞으로 나서며 세레이나에게 인사를 했다.

"오랜만에 뵙습니다, 세레이나 전하."

"아, 너도 안녕! ……그런데 누구더라?"

"아나스타샤 L. 레오나인입니다. 이전 전하께서 국왕 폐하와 함께 영지로 한 번 찾아와 주신 적이 있었습니다."

"아, 소르데 삼촌 딸이었지, 참! 반가워, 언니. 그런데 진짜로 둘이 안 닮았다. 삼촌은 곰 닮았는데."
"거기선 적어도 곰이 아니라 사자라고 하자."

그즈음에 에반이 한숨을 내쉬며 끼어들었다. 손님 접대를 세레이나에게 맡겨 두고 있다간 얘기가 끝나질 않을 테니까.

"하지만 에반 오빠, 나 사자보다 곰이 더 좋아."
"그래그래, 알았어. 공녀, 이쪽으로. 지하 수련장 갈 거니까 레이 너도 따라와."
"어흥!"
"그건 사자가 아니라 호랑이 아니니……?"

그는 아나스타샤와 얘기를 나누다 말고 자신에게 엉겨 붙는 세레이나를 익숙한 폼으로 어르며 일행을 지하 수련장으로 이끌었다. 이 시간이면 대부분 수련장에서 수련을 하고 있을 것이다.

"여기가 우리 수련장입니다."
"지하에 이렇게 넓은 공간이……."
"아, 부단장 오빠 왔다!"
"엄청 예쁜 언니도 같이 왔다!"
"아…… 샤인 돌아왔구나, 고생했어."
"고생 많았어요, 샤인."

마침 쉬는 시간이었던 것일까, 곳곳에 흩어져 쉬고 있던 기사단 멤버들이 그들에게로 모여들었다.

오직 한 명, 레오만은 제자리에서 대검을 아래로 내려치는 수련을 반복하며 샤인에게 눈인사를 할 뿐이었지만 어차피 나중에 질리도록 얘기하게 될 테니 지금은 그것이면 충분했다.

"어서 와, 오빠야! 안아 줘!"

"우리 그동안 부단장 오빠 없어서 엄청 심심했는데! 있지, 바보 진이 어제……."

"그래, 나도 반갑다."

샤인은 가장 먼저 자신에게로 우다다 달려드는 쌍둥이 자매를 능숙하게 받아 안고는 다른 아이들과 인사를 나누었다. 그중에서도 샤인을 가장 반갑게 맞이하는 이는 올해 11세가 되는 소녀 마리였다.

"부단장님!"

"아, 마리. 오랜만이야. 잘 지냈어?"

마리는 윤기 흐르는 흑발을 목 언저리에서 짧게 쳐 낸 단발을 고수했는데, 그것이 씩씩하고 활동적인 그녀와 묘하게 어울리는 느낌을 주었다. 아니, 무척 예쁜 아이인 만큼 아마 머리가 길어도 그건 그것대로 어울리겠지만.

"고생 많으셨습니다, 부단장님. 제가 뭔가 도와드릴 수 있는 게 있다면……."

"고맙다, 마리. 하지만 그리 힘들지 않으니까 괜찮아. 마음만 받을게."

"그, 그런데 그 뒤에 계신 분은……."

마리가 머뭇머뭇 꺼낸 말에 일행의 시선이 모조리 한곳, 아나스타샤에게로 꽂혀 들었다. 초대면인 사람을 다짜고짜 본부 안으로 데리고 들어왔으니 그도 당연한 일이리라.

"머리가 검은데, 혹시 우리 기사단의 새로운 멤버로……?"

"진하고 린란 이래로 드디어!?"

"아냐, 하지만 뭔가 아닌 것 같아. 조금 단장님이랑 비슷한 느낌인데?"

"그런데 진짜 예쁜 사람이다. 혹시 귀족이야?"

던전 기사단 멤버들은 샤인이 에반의 지시를 받아 공작령으로 파견되었다는 것까지는 알고 있지만 그가 구체적으로 무엇을 하는지는 알지 못했다.

샤인은 쓴웃음을 지으며 그간의 사정에 대해 대강 설명해 주었다. 반응은 실로 극적이었다.

"이, 이렇게 아름다운 분 곁에서 두 달간…… 크윽."

"공작 영애래!"
"그럼 단장 오빠야보다 높은 거야?"
"와!"

예상도 못 했던 거물의 등장에 긴장하는 이가 반, 별생각 없이 기뻐하는 이가 반이었다. 그중에서도 마리는 유독 아나스타샤를 경계하는 모습을 보이며 샤인 곁으로 달라붙었다.

그런 마리의 태도를 본 아나스타샤의 눈도 예리하게 빛났다. 내성적인 그녀는 먼저 나서 말하는 성격이 아니긴 하지만, 저 어린 것이 샤인한테 달라붙어 있는 것을 가만히 보고 있을 수만도 없었다.

"……아나스타샤라고 해. 샤인에게는 평소 신세를 지고 있어. 잘 부탁해."
"아뇨, 부단장님께서는 임무를 수행하셨을 뿐이니까요. 저도 잘 부탁드립니다. 마리입니다."

단순한 인사를 주고받는 두 여자 사이에 보이지 않는 불꽃이 튀었다. 서로가 상대의 감정에 확신을 가진 순간이기도 했다. 이 승부, 결코 물러설 수는 없다!

"단순한 임무가 아니라서, 아마 앞으로도 샤인의 도움이 필요하게 될 거야."

"그렇다면 앞으로는 저희도 힘껏 조력하겠습니다. 하지만 부단장님은 그것 외에도 하실 일이 많은 분이라서요. 단장님, 어떤가요?"

"그 부분에 대해선 나중에 얘기하자. 오늘은 더 중요한 안건이 있으니까."

에반은 자신에게로 쏠리는 마리와 아나스타샤의 시선을 과감하게 무시하며 선언했다. 그가 아나스타샤를 이곳까지 데려온 것은 샤인을 주인공으로 하는 러브 코미디를 찍기 위해서가 아닌 것이다.

"아나스타샤 공녀는 나와 긴밀한 협력 관계를 맺고 있는 분이라고 이미 얘기했지? 물론 우리 기사단과의 관계가 깊은 분은 아니지만, 앞으로는 일종의 명예 단원으로서 대접할 생각이야."

"명예 단원?"

"우리가 도움을 주기도 하고, 도움을 필요로 하는 상황에는 아나스타샤 공녀의 지원을 받을 수도 있다는 뜻이야."

사실 그것은 샤인이 던전 기사단의 부단장직을 수행하는 이상은 굳이 말할 필요도 없는 일이었다. 샤인에게 단단히 빠져 있는 그녀가 샤인의 위기…… 즉 기사단의 위기를 모른 척할 수 있을 리가 없으니까.

하지만 형제 코퍼레이션과 거래 관계에 있을 뿐인 그녀가 기사단과 아무런 관계도 없이 자꾸 엮이게 되면 이상하므로 형식상의 문제를 해소하기 위해 명예 기사단원으로 임명하겠다는 얘기였다.

사실 그것은 그녀가 지닌 드루이드로서의 능력, 마녀의 능력 등을 고려하면 기사단 쪽에도 크게 이득이 되는 얘기이기도 했다.

"도련님, 하지만 그렇게 되면 형제 코퍼레이션과 던전 기사단의 유착 관계를 의심하는 사람들이……."

"괜찮아, 새삼스럽지도 않아. 그건 내가 메이벨과 함께 형제 코퍼레이션의 공동 대표를 맡은 시점에서 이미 그른 얘기야."

샤인은 기가 막힌다는 얼굴로 에반을 바라보며 말했다.

"도련님, 정말 막 나가기로 작정하셨습니까?"

"하지만 어디까지나 표면상으로 드러나는 대표는 메이벨이지. 그게 중요해. 눈 가리고 아웅이나마 할 수 있다는 사실이 중요한 거야."

"네네, 알겠습니다. 아야야야."

에반은 자신의 말에 대충 고개를 끄덕이는 샤인의 코끝을 붙잡고 두세 번 흔드는 것으로 가벼운 처벌을 하고는 —아나스타샤와 마리는 그것조차 부러워했다— 말을 이었다.

"그래서, 그 일환으로 이번에 공녀가 너희와 함께 던전을 들어가게 된다. 너희가 그녀의 성장을 도와주는 거야. 할 수 있겠지?"

"알겠습니다!"

"그러면 멤버 구성은 어떻게 되나요?"

아나스타샤는 아직 던전에 들어가 보지도 못한 생초보. 반면 린과 란을 제외한 나머지 기사단원들은 못해도 던전 10층까지를 돌파했다.

즉 10층까지는 단순히 아나스타샤를 호위해야 하는 일인데도 불구하고 단원들은 그것 자체에 불만을 표하지는 않았다. 기사단원들의 에반을 향한 충성심이 드러나는 일면이었다.

"으음, 멤버는…… 일단 샤인, 아나스타샤 공녀, 폴, 마리, 디토, 멜슨. ……그리고 린과 란."

"와아!"

"단장 오빠, 우리도 던전 들어가!?"

"그래. 그동안 오래 기다렸지?"

"응! 우리 열심히 할게!"

"열심히 할게! 요!"

린과 란은 올해로 8살이 된다. 말할 것도 없지만 던전에 들어가기에는 턱없이 어린 나이였다.

그러나 에반은 린과 란의 스승인 레오, 아리아와의 논의를 통해 그녀들이 충분히 던전을 감당할 수 있다는 결론을 내렸다.

이 아이들은 평범한 8살이 아니다. 만으로 2년 가까이 신인 단련법을 수련하고, 나아가 세계 최고의 대검 전사와 공신의 사제로부터 집중 교육을 받은 엘리트인 것이다!

'워낙 어린 나이부터 신인 단련법을 시작해서 그런가, 신인족이라는 게 티도 안 날 만큼 기운이 넘쳐 나는 아이들이지.'

두 아이는 재능의 포텐셜만 따진다면 던전 기사단 내부에서도 월등하다고 볼 수 있었다. 만약 에반이 좀 더 과감한 성격이었더라면 이 두 자매만 던전에 집어넣었을지도 모른다.

"이번 던전행은 경험자의 조력이 무척 중요해. 샤인, 해낼 수 있겠지?"

"저 혼자만이 아니라 폴과 마리도 있으니까요. 해 보겠습니다."

"그래, 그럼 맡겼다."

폴과 마리는 가장 먼저 던전 기사단에 합류한 아이다. 신인 단련법을 수행한 경력도 가장 길고, 각각 마도사와 전사로서 실력을 탄탄히 갖춘 베테랑이었다.

비록 나이는 11살로 아직 어리지만, 셰어든에서 활동하는 모험가들을 실력을 구분해 일렬로 늘어놓는다면 뒤에서 세는 것보다 앞에서 세는 것이 빠를 터였다.

"그러면 단장님, 저는 어떻게 하나요? 저도 던전에 들어가고 싶은데……."

길게 기른 흑발을 포니테일로 묶어 내린, 유난히 크고 또렷한 검은 눈이 인상적인 미소녀 에나가 에반에게 물어 왔다.

에나는 마리가 샤인을 따르듯이 그렇게 에반을 잘 따르는 아이였는데, 그를 닮고 싶어 그에게 가장 먼저 격투술을 가르쳐 달라고 청한 아이이기도 했다.

던전 기사단에 속한 신인족 아이들은 기본적으로 에반을 무척 좋아하지만 에나는 그 가운데서도 유독 감정 표현이 두드러졌다.

"아, 에나는 이번엔 나랑 같이 던전에 들어갈 거야."
"정말요!? 단장님하고 같이……!"

예상치 못했던 소식에 에나가 뛸 듯이 기뻐했다. 그 말에 샤인이 고개를 번쩍 들었다.

“아니, 도련님도 던전에 들어가십니까!?”

“응. 너희랑 같은 타이밍에 진입할 거야. 나, 루아, 라이한 형, 아리샤, 레이, 진, 에나까지. 가능하면 30층까지 찍고 오려고.”

진과 에나, 세레이나는 아직 10층까지밖에 클리어하지 못했기에, 11층에서 스타트해 녀석들을 보조하며 쭉 내달릴 작정이다.

진과 에나가 감당할 수 있을 것 같으면 20층 이후로도 그대로 진행하고, 무리다 싶으면 그 둘만 먼저 내보내고 나머지 인원만 데리고 30층까지 클리어하는 것이 일단의 계획이었다.

“여, 영광입니다. 데려가 주셔서 정말 고맙습니다, 단장님!”

“응, 에나는 내게 격투술을 가장 깊게 배웠으니까 실전에서 응용하는 모습을 봐 두고 싶어서. 창술과의 조화를 잘 생각해서 움직이자.”

“네! 네! 열심히 할게요! ……정말 열심히 할게요, 단장님!”

사실 에반이 콕 집어 진과 에나를 던전에 데려가고 싶어 하는 데에는 이유가 있었다.

진은 요마대전 4에서도 유명한 강자였으며 이번에 일로인으로부터 엘프의 사격술을 전수받은 인재이고, 에나는 창술과 각법의 조화를 탐구하며 고유 전투 기술을 습득하고자 하는 아이다.

미지의 가능성을 향해 나아가고 있는 아이들인 만큼, 가능한 한 에반이 바로 곁에서 지켜보며 던전에서 유용한 기술들을 습득할 수 있게 도와주고 싶었던 것이다.

"헤헤. 단장님하고 같이……."

"나도 오빠랑 같이 가는 거야? 그럼 이제 나도 1군이네!"

"같은 기사단인데 1군 2군 나누지 마, 레이. 그냥 이번에만 이렇게 나눴을 뿐이야."

"거기에 진까지 데려가신다니……."

"응. 뭐, 진은 특별하니까."

"걔 수련하는 거 보면 무서워."

"난 그 바보 싫어. 우리랑은 얘기도 안 하려고 하고. 싫어."

"나도 싫어."

진은 아직 일로인과의 개인 교습이 있기에 이 자리에 없었지만 아마 에반의 이 말을 들었다면 그도 에나처럼 기뻐했을 것이다. 에나만큼이나, 아니, 어쩌면 에나보다도 더욱 에반에게 집착하는 아이가 바로 진이었으니까.

다른 아이들은 에반과 함께 던전에 들어가게 된 에나를 부러움 반, 질투 반을 담아 바라보고 있었다. 진에 대한 얘기도 여기저기서 흘러나왔다.

에반은 자신이 신인족 아이들에게 미치는 영향력을 재차

실감하며 쓴웃음을 지었다. 단원들 사이에 불화를 불러일으키지 않기 위해서라도 앞으로 던전에 들어갈 때는 멤버 구성에 신경을 써야겠다는 생각이 들었다.

"도련님, 그런데 왜 저는 빼놓고……!?"

"내가 없으면 적어도 너라도 일행을 인솔해야 원활한 진행이 가능하니까 그렇지."

억울해하며 외치는 샤인에게 에반이 냉정한 목소리로 말했다. 샤인이 도저히 납득할 수 없어 뭐라 말을 이으려던 찰나, 에반이 샤인에게 손가락을 까닥여 보였다.

그가 에반에게 귀를 가져다 대자 에반은 그에게만 들리는 목소리로 말했다.

"나머지 일행은 20층에서 돌려보내고, 너 혼자 21층부터 30층까지 내려와. 물론 히든 보스까지 클리어하면서."

"……."

"라이한 형은 방어밖에 못 하고, 루아는 마도사라 방어 부분이 취약해. 아리샤는 아직 능력이 다소 부족하고, 레이는 나랑 함께가 아니면 던전에 들어가려 하지 않아. ……하지만 너는 혼자서도 해낼 수 있잖아. 그렇지?"

굉장히 무모한 얘기였다. 파티도 없이 혼자서 21층부터 30

층까지 주파하며 심지어 히든 보스까지 클리어하라고? 에반은 여태까지 항상 본인이 무리를 할 뿐, 그 누구에게도 무리한 얘기를 한 적이 없었는데!

샤인은 실로 기묘한 감각에 사로잡혔다. 그리 나쁜 기분은 아니었다. 에반에게 신뢰를 받고 있다는 느낌이 들었다.

에반의 시선은 여전히 그를 향해 꽂혀 있었다.

"할 수 있겠지, 샤인?"

"예, 할 수 있습니다."

담담한 확신을 담아 샤인에게 묻는 에반. 샤인은 에반의 그 말에 아무런 망설임도 없이 고개를 끄덕였다.

어쩌면 그는 에반이 자신에게 이런 지시를 내리는 순간을 기다려 왔던 것일지도 몰랐다.

"얼마든지 해낼 수 있습니다. 바로 쫓아가겠습니다, 도련님."

"응, 너라면 그렇게 말할 줄 알았어."

에반은 샤인의 자신감 넘치는 선언에 만족스러운 미소를 짓고는 샤인의 어깨를 가볍게 두드려 주었다. 샤인도 미소를 지었다.

그들의 대화를 듣지 못한 다른 이들은 어리둥절해했지만, 오직 한 명 벨루아만은 진지한 표정을 짓고 있었다. 그녀가 샤인을 노려보는 시선이 예사롭지 않았다.

“바보 샤인…… 여태까지 여자를 멀리했던 건, 역시…….
너도 이제 내 적이야.”

“아니거든! 역시는 뭐가 역시냐, 이 바보야!”

❋❋❋

아나스타샤를 데리고 던전에 들어가는 것이 확정되었다곤
해도 바로 들어갈 수 있는 것은 아니다.

던전에 들어가는 것은 내일. 에반은 아나스타샤에게 다른
기사 단원들과 함께 수련을 하도록 했다. 에반에겐 그동안 처
리해 둬야 할 다른 일들이 있었다.

“루아만 따라와.”

“예, 도련님.”

“나두 갈래!”

“세레이나는 이쪽.”

“아아아, 아리샤 미워! 매번 방해해!”

“함께 수련해.”

에반에게 달라붙으려는 세레이나를 아리샤가 단호히 잡아
붙들었다. 에반 입장에서는 그저 고마울 따름이었다. ……기

회가 오면 서슴없이 에반 곁에 다가오는 것은 아리샤도 마찬가지이긴 하지만.

"어디로 가십니까, 도련님?"
"버나드 할아버지. 금속 정련 얘기를 좀 해야겠지."

물론 버나드에게 미리 얘기는 해 두었다. 곧 레오나인 공작령에서 굉장히 희귀하고 질이 좋은 마법 금속이 대량으로 채굴될 것이며 형제 코퍼레이션이 그들과 독점 계약을 맺어 그것을 들여오게 될 것이라고.

"그런데 그게 진짜였다니."
"새삼스럽지도 않잖아요, 할아버지."
"이젠 네놈의 특별한 능력을 굳이 감출 생각도 않는구나."
[정말 새삼스럽지도 않은 얘기구나, 버나드.]

에반은 언제나의 약제실에서 버나드의 눈앞에 이번에 채굴된 마법 금속을 내보였다. 연금술로 단련된 안목으로 그것을 세심히 살피던 버나드는 곧 결론을 내렸다.

"이전에 어떤 아티팩트에 이 금속이 함유되어 있는 것을 보기는 했다만, 그 명칭까지는 알 수 없겠구나. 인류 역사에 제대로 등장하게 된 것은 이번이 처음이라고 해도 좋다. 내 말이 무슨 뜻인지 알겠느냐? 꼬맹아, 네가 새로운 역사를 쓰고 있다는 얘기다."

"글쎄, 새삼스럽지도 않다니까요."

"……."

[멋진 배포다. 버나드의 제자답구나.]

정작 버나드 본인은 기가 찬 눈으로 바라보고 있는데 로즈만 혼자 만족스럽게 고개를 끄덕이고 있었다.

로즈와 에반이 악수를 —로즈의 손이 워낙 작아 에반은 한 손가락을 내밀 뿐이었지만— 하고 있을 즈음에 버나드가 에반에게 물어 왔다.

"이름은 붙였느냐?"

"어…… 글쎄요."

이 금속이 게임에서 처음 등장한 것은 물론 요마대전 4. 그때엔 광산을 차지하고 있던 사이비 종교 단체에서 멋대로 금속의 이름을 붙였었다. 그들이 모시는 신과 관련된 이름이었는데, 그 이름을 지금 가져올 수도 없는 노릇이었다.

"그럼 이비EB메탈이라고 할까요."

"설마 에반Evan과 버나드Bernard의 앞 글자를 따온 게냐. 아무런 관련도 없는 내 이니셜까지 넣다니……."

"앞으로 할아버지한테 이비메탈 관련으로도 도움을 받을 테니까 미리 선수를 치는 거죠."

그렇게 해서 금속의 이름은 이비메탈이 되었다. 정작 금속이 채굴된 레오나인 공작령과도, 아나스타샤와도 일절 관련이 없는 이름이 되어 버렸지만 에반은 전혀 신경 쓰지 않았다.

"아, 미리 말씀은 안 드렸었는데, 이건 이 자체로도 훌륭하지만 실은 몇 개 다른 일반 금속과 섞어서 보다 훌륭한 합금을 만들어 낼 수 있거든요. 이비메탈이라는 이름은 그 합금에 붙이는 걸로 해요."

"당연하지만 이미 그 비율은 알고 있겠지?"

"네. 하지만 아마 할아버지와 함께라면 개량할 수도 있을 거예요."

요마대전 4의 주적 중 하나가 바로 린과 란이 소속된 사이비 종교 단체였던 만큼, 그들이 부리는 병사가 다루던 금속에 대한 연구도 플레이어들 사이에서 활발하게 진행되었다.

그리고…… 무엇을 숨기랴, 전생의 여반민은 고작 3주도 안 되는 기간 동안 플레이했던 요마대전 4에서도 상당한 수준의 연금술을 터득했었기에 다른 연금술사 플레이어들과 협력하여 마법 금속의 합금을 만들어 내는 데 성공했었더랬다.

지금 에반이 알고 있는 레시피도 그 당시의 것이다.

'하지만 연금술의 전설인 할아버지와 함께라면 그보다 더한 것도 만들어 낼 수 있겠지.'

물론 에반의 수준도 그 당시와는 비교할 수 없을 만큼 높아졌기도 하고 말이다.

에반은 멍하니 전생의 단편적인 추억을 떠올리면서도 종이에 마법 금속 합금에 들어가는 금속 종류와 비율을 적어, 그것을 버나드에게 내밀었다.

"이걸 토대로 같이 조금 더 개량해 봐요. 그래도 가능하면 오늘 안에 결과물을 내고 싶어요. 내일부턴 또 제가 던전에 들어가야 하거든요."

"지금 이 시기에 던전이라. 생일이 며칠 안 남지 않았더냐?"

"네, 그래서 생일 전에 30층까지만 클리어하고 나오려고요."

"30층까지만……이라 이거지."

버나드는 그저 웃고 말았다.

에반과 로즈의 말마따나 정말이지 새삼스럽지도 않은 일이다. 시간만 주어진다면 이 녀석은 그대로 던전 70층 정도까지는 돌파해 버리는 것이 아닐까, 그런 생각마저 들었다.

"할아버지 일행도 얼마 전에 기어이 70층까지 클리어하고 나오셨잖아요. 기사단장이 무사히 71레벨을 찍은 덕에 기사단장도 방긋, 아이언월 나이츠도 방긋, 덤으로 우리 아버지도 방긋.”

실크라인의 귀족 자제들은 여아 남아를 불문하고 어린 나이에는 부친을 아버님이라고 부르는 관습이 있지만, 머리가 굵어진 에반은 이제 소라인 후작을 아버지라고 부르고 있었다.

“전부 네놈 덕분이지. 나나 레오나 그리고 아리아와 일로인 역시 네가 알려 준 수련법이 아니었더라면 이 나이에 다시 극적인 성취를 이루기는 힘들었을 테니 말이다.”

“가끔은 편법도 나쁘지 않죠? 그 덕에 보이는 경지도 있는 법이니까요.”

“……오냐, 그렇더구나.”

사실 버나드는 애초에 에반이 가르쳐 주는 수련법을 편법이라고 생각하지 않았다.

이 세상을 지배하는 논리는 언제나 불합리의 합리였다. 마신의 환영과 요마왕과 장미 여왕과 만난 이래 그는 늘 그렇게 생각해 오고 있었다.

“강해질 수 있는 방법이 있다면 그것을 마다할 수는 없지. 그것이 이 세상의 이치인 것이다.”

“맞아요. 아무튼 할아버지들이 강해지셔서 저도 한시름 놨어요."

"헹, 누가 들으면 네놈이 우리 보호자라도 되는 줄 알겠구나."

참으로 건방진 놈이다. 하지만 에반이 어디까지나 진심으로 그렇게 말하고 있다는 것을 알기에 마냥 구박할 수도 없었다.

에반이 레오와 버나드에게 갖는 관심과 걱정은 그리 가벼운 것이 아니었다. 그것이 느껴질 때마다 버나드는 뭐라 말하기 힘든 기묘한 감동을 느끼곤 했다.

입 밖으로 꺼내기에는 영 부끄러운 말이지만, 그에게 아들이 있었더라면 이런 느낌이 아닐까 싶었다.

'레오 놈도 아마 그런 심정이겠지…….'

얼마 전 70층까지 무사히 답파한 그들 일행은 기사단장까지 포함해 뒤풀이 자리를 가졌다. 그 자리에서 레오가 했던 말을 떠올리며 버나드는 후우, 작게 한숨을 내쉬었다.

그리고 조용히 에반의 이름을 불렀다.

"에반."

"네?"

"레오 놈이 네 생일에 제법 큰 선물을 준비한 모양이더구나."

"겍, 또 이상한 고유 스킬 아녜요?"

에반의 13살 생일 때 레오는 그에게 자신의 고유 스킬 중 하나, 쾌속 이동은 물론이고 적과의 전투 시에 다방면으로 적용할 수 있는 풋워크를 겸하는 발놀림 기술을 전하려 했었다. 전생에 자주 읽던 무협 식으로 말하자면 보법과 경공을 겸하는 기술이라 볼 수 있겠다.

그 이름은 에반도 알고 있다. '사자활주', 그야말로 레오의 전투 스타일과 딱 어울리는 광포하고도 신속한 발놀림을 담아낸 고유 스킬이다.

물론 고유 스킬인 만큼 아무나 배울 수 있는 것이 아니어서, 그것을 수련하는 과정에서 에반의 풋워크 테크닉이 많이 성장하긴 했지만 결국 그 스킬 자체를 배울 수는 없었는데…….

"으음…… 거기까진 모르겠구나."

"모르긴 개뿔, 또 스킬 전수해 주겠다고 하려는 거죠! 이 할아버지가 진짜, 다른 거 수련할 시간도 없어 죽겠는데 또 날 괴롭히려고……."

"그래도 이번엔 아닐 거다. 저번의 실패를 바탕으로 혼자 많은 연구를 했던 것 같으니까."

"끄응."

버나드가 이렇게까지 말한다면 레오가 단단히 벼르고 있는 것 같기는 했다.

하긴 그는 결국 에반이 자신의 고유 스킬을 전수받지 못한 것을 굉장히 분해하고 있었으니…… 에반은 그 당시의 레오가 짓던 표정을 떠올리며 쓴웃음을 지었다.

"전 할아버지 같은 천재가 아닌데 말이죠."
"그래, 언제나의 에반이구나."
"그것보다 우리 합금이나 해요, 합금."

에반은 테이블 위에 재료를 늘어놓으며 버나드를 재촉했다. 버나드는 손을 뻗어 에반의 머리를 부드럽게 쓰다듬으며 한마디를 더했다.

"……에반, 레오에게 잘해 주거라."
"그야 말할 필요도 없는 일인데요."
"그래, 그렇지."

망설임 없는 에반의 대꾸. 버나드는 그것이면 되었다며 고개를 끄덕였다.

에반은 버나드의 의미심장한 말을 들으며 속으로 레오에게 무슨 일이라도 있는 것일까 고개를 갸웃거렸지만, 아무리 생각해도 레오에겐 현재 남아 있는 사망 신호가 없었기에 그냥 넘어가기로 했다.

❁❁❁

그로부터 다섯 시간이 지났다. 에반은 끝내 마음에 쏙 드는 합금을 얻어 냈다.

요마대전 4의 플레이어들과 함께 합금을 만들어 냈을 때와는 에반의 수준이 다를뿐더러 요마대전 2 시점에서 보다 성장한 전설의 연금술사 버나드가 있는 것이다.

앞으로도 다소 개량의 여지는 있을지도 모르겠지만, 적어도 현시점에서 가능한 한 가장 효율적이고 강한, 많은 마력을 품는 마법 금속을 만들어 내는 데에는 확실하게 성공했다.

"그럼 전 이거 들고 오르타한테 가 볼게요. 실은 거래 계약의 증표로 아나스타샤 공녀에게 우선 무구를 만들어 주기로 했거든요."

"다른 녀석들이 삐지지 않겠냐?"

"마법 금속을 정기적으로 공급할 수 있게 된 이상, 던전에서 얻어 오는 재료들을 더해 차근차근 만들어 줄 생각이에요. 하지만 지금은 우선 아나스타샤 공녀 일이 급하니까."

"그게 아니고…… 이번에 레오한테 생일 선물도 받지 않느냐. 레오 놈 것도 하나 챙겨 주지 그러냐."

"아……."

에반은 버나드의 말에 움직임을 멈추고 생각에 잠겼다. 그러고 보니 장미 여왕과의 일전에서 가장 마음에 들던 대검을 분질러 먹은 이래 레오가 몇 번인가 투덜거리던 것이 기억이 났다.

"할아버지 생일도 챙겨 드리긴 했지만…… 그렇네요, 확실히 이번 기회에 그분 쓰실 만한 대검 하나 만들어 드리는 것도 나쁘지 않겠어요."

"그렇지?"

"그런데 버나드 할아버지."

"응?"

에반은 버나드의 코앞에 자기 얼굴을 들이대며 그에게 엄한 표정으로 물었다.

"진짜 레오 할아버지한테 무슨 일 있는 거 아니죠? 실은 레오 할아버지의 발목에 요마왕을 불러내는 소환진이 그려진 발찌가 채워져 있다거나 그런 거면 저 진짜 화낼 건데요."

"그런 거 아니다, 이놈아! 자세한 얘기는 네가 직접 레오한테 들어라!"

[요마왕 같은 무식한 작자가 나처럼 복잡한 마도를 구사할 리 없잖으냐! 하하하하하하!]

에반의 말에 버나드는 버럭 소리를 지르는 반면 로즈는 뭐가 웃겼는지 몰라도 그 자리에서 데굴데굴 구르며 즐겁게 웃었다. 그 반응을 보니 정말 레오의 목숨과 관련된 위기는 아닌 듯싶었다.

그런데 그다음 순간 에반은 직감적으로 떠올린 것이 있었다.

"……할아버지, 혹시 레오 할아버지가 던전 도시를 떠나려고 하세요?"

"그……."

버나드의 말문이 막혔다. 아무래도 정답인 모양이었다. 에반은 최근 레오가 어딘가 조용했다는 것을 떠올리곤 고개를 끄덕였다.

이대로 평생 던전 도시에 눌러앉아 주는 게 아닐까 기대했는데…… 역시 일이 그렇게 쉽게 굴러가지는 않는 모양이다. 에반의 입술이 절로 뾰로통하니 튀어나왔다.

겉으로는 이미 다 큰 남자인데, 에반이 그런 표정을 지으니 아찔한 매력이 있었다. 버나드에게는 별로 어필할 수 없었을 뿐더러 어필하고 싶지도 않았지만.

"……그냥 던전 들어가지 말까."

"그런 이유 때문에 네가 던전행을 미룬다면 레오 그놈이 더 화낼 거다."

"끄응."

에반은 몇 분간 그 자리에서 끙끙거리다 말고 이내 완벽한 비율로 합금 공정이 끝난 이비메탈 금괴를 집어 들었다. 혼자 고민하고 있어 봤자 해결되지 않는 일이라는 것을 깨달았으니까.

"아나스타샤 공녀 것보다 우선해서 일단 레오 할아버지 대검을 만들어 볼게요. ……덤으로 아리아 님 것도 만들어야겠네."

"아리아도 무척 기뻐할 거다. 그럼 난 혼자 부지런히 합금하고 있으마."

"부탁드려요, 할아버지."

"이래 가지고 데빌 룬은 언제 추출하고 엘릭시르는 언제 만들지, 앞날이 아직도 멀구나."

"멀죠. 머니까 할아버지는 저를 떠나면 안 돼요. ……아직 45년도 더 남았어요."

"시끄럽다, 이놈아. 그 정돈 알고 있다…… 어억?"

에반은 퉁명스럽게 대꾸하는 버나드를 괜히 한 번 꽉 껴안고는 떨어져 나왔다. 그때 마침 훈련을 마친 일로인이 홀로 약제실 안으로 들어왔다.

"돌아왔습니다! 버나드으!"

"으어억."

"후우, 언제 맡아도 안정되는 냄새예요."

"부, 부끄러우니까 맡지 마시오. 핥지도 마시오!"
[후, 짜증 나는 엘프가 돌아왔구나.]

일로인은 에반이 하는 것을 보지도 못했을 텐데 자연스럽게 버나드를 꽉 껴안고는 코를 그의 목 언저리에 묻으며 킁킁거렸다. 그러더니 이내 쪽쪽 소리를 내며 그의 목덜미에 키스까지 하기 시작했다.

과연 음란한 엘프…… 에반은 로즈가 언젠가 했던 말을 떠올리며 고개를 끄덕였다. 버나드의 볼이 붉어졌다.

"어머나, 에반. 왔나요?"
"아뇨, 이제 가요. 일로인은 훈련이 굉장히 길었네요."
"아침 공동 훈련 시간을 제외하고 진의 교육은 전부 제가 맡고 있으니까요. 진의 성장세는 확실하답니다."
"그래야 해요. 이번에 그 녀석을 데리고 던전에 들어갈 거거든요."
"그건 참……."

버나드를 끌어안고 있던 일로인의 입가에 화사한 미소가 떠올랐다. 버나드와 결혼하고 그녀의 인상이 참 따스해졌다.

"진이 기뻐하겠네요."
"진을 정성껏 가르쳐 줘서 고마워요, 일로인. 앞으로도 잘 부탁해요."

"물론이죠. 그렇게 가르치는 보람이 있는 아이는 엘프 가운데서도 찾기 힘든걸요."

"그럼 오늘은 이만 실례할게요."

에반은 일로인과 한 덩어리가 된 버나드에게 손을 팔랑팔랑 흔들고는 약제실을 나왔다. 카운터에 서 있던 한나가 그에게 인사했다.

"어라, 오랜만에 뵙네요, 도련님."

"응? 아까는 없었잖아요. 세르피나 누나랑 던전에 들어갔다고 들었는데요."

"바로 조금 전에 나와서 목욕 마치고 업무 복귀했어요."

"참고로 이번엔 몇 층까지?"

한나는 에반의 물음에 손가락만 두 개 세워 대답했다. 20층까지 클리어했다는 얘기다.

말로 하지는 않았지만 그녀의 얼굴 가득 뿌듯한 표정이 떠올라 있었다. 아무래도 던전 공포증은 어떻게든 이겨 낼 수 있었던 모양이다.

에반은 씩 웃으며 말했다.

"이번에 우리 애들도 다 20층까지 클리어시키려고요."

"아, 왜요오!"

"누나도 안 뒤처지려면 열심히 해야겠네요. 그래도 너무 무리하지는 말고요."

"아, 정말!"

오늘도 순조로이 한나를 골려 먹은 에반은 어딘가 어이없다는 눈으로 자신을 바라보는 벨루아와 함께 형제 약국을 나왔다.

오르타는 자신이 영웅의 무구를 만들게 되었다는 사실에 무척 부담스러워했지만, 결국 에반의 의뢰를 받아들여 주었다.

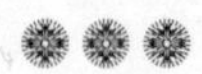

여명이 대지를 아스라이 비추는 새벽녘. 에반은 기사단 본부 건물 앞에서 마지막으로 인원과 장비를 점검했다.

"다들 무기는 제대로 챙겼겠지?"

"넵!"

"완벽해."

"그럼 1팀과 2팀으로 나누어 정렬하도록."

던전 기사단원들은 에반의 지시에 일사불란하게 움직여 정렬했다. 다만 린과 란은 샤인의 양팔에 매달린 채였다. 적어도 당분간은 떨어질 것 같지 않았다.

"도련님, 이 녀석들……."

"8살 아이들에게 오와 열의 개념을 주입하는 건 아직 이른가 보다. 샤인, 걔네 던전에서 덤벙거리다 실수하지 않게 네가 잘 돌봐 줘."

"전 던전에 들어가도 보모 역할입니까, 젠장."

미래의 사일런트 나이트는 한숨을 내쉬며 린과 란을 다독였다. 란의 어깨에 비스듬히 메인, 그녀의 신장보다도 큰 대검이 위태로이 덜컥거렸다.

에반은 정말 이 아이들을 던전에 보내기로 한 선택이 잘한 것인지 의문이 들었다. 제아무리 6살부터 신인 단련법을 수련했다고는 해도, 이 녀석들은 어려도 너무 어렸다.

"쟤 진짜 저거 쥐고 휘두를 수는 있으려나……?"

"적어도 고블린 정도는 단숨에 벨 수 있을 거다. 녀석의 대검 적성은 실로 뛰어나거든."

꼬마 제자들의 첫 던전 원정을 배웅하러 나온 레오가 뿌듯한 표정을 지으며 말했다. 귀엽디 귀여운 소녀를 흉악한 대검 전사로 만들어 놓은 원흉이었다. 물론 에반도 그 원흉 중 하나다.

"뭐, 할아버지가 괜찮다면 괜찮은 거겠죠. ……둘 다 신성력도 다룰 수 있고."

"예에, 공신께서도 훌륭한 사제들을 얻게 되어 무척 흡족해하고 계신답니다."

아리아의 입가에도 레오의 그것과 비슷한 미소가 걸려 있었다. 실은 이 부부는 무척 닮은 것이 아닐까, 에반은 생각했다.

"그래서 에반, 정말 생일 전에는 나오는 거냐?"

"물론이죠. 생일상은 받아야죠. 나와서 봐요, 할아버지."

"……그래. 다녀와라."

레오는 가볍게 에반의 어깨를 두드리고는 물러났다. 그것뿐이었다. 에반도 별말을 더 하지는 않고 그대로 일행을 인솔해 던전으로 향했다.

셰어든의 새벽 거리는 다른 소리는 일절 없이, 드물게 던전에 들어가고 나오는 사람들의 발걸음 소리만 울려 퍼질 뿐이었다.

그런데 어느 순간 그 소리 중 일부가 에반 일행의 근처에서 멎었다.

"어, 혹시 에반 공자님입니까?"

에반 일행은 후드를 써 정체를 감추고 있었지만 아무래도 일행 중 어린아이가 많아 다소 눈에 띈다. 그를 알아보는 이가 있어도 무리가 아니었다.

그리고 이들은…… 에반은 반갑게 그들에게 손을 흔들어 주었다.

"안녕하세요, 앨런. 데이지도."

"이름을 기억해 주고 계셨다니 영광이네요."

"이야, 정말. 이런 귀족님은 없을 거야."

그들은 바로 소수 정예를 지향하는 던전 공략 길드 낙원유랑의 길드 마스터와 서브 마스터, 앨런과 데이지였다.

낙원유랑은 던전 도시에 있는 많은 길드 중에서도 개개인의 기량이 압도적으로 뛰어나기로 유명한 길드로, 요마대전 3에서도 끝까지 살아남아 마족들과 싸우는 멋진 전사들의 집단이다. 이런 이들과는 미리 친분을 다져 두어 나쁠 것이 없었다.

"던전 들어가십니까?"

"네. 슬슬 아이들한테도 던전을 알려 줘야지 싶어서요."

"에반 공자님 나이에 던전에 들어가는 것만도 놀라운 일인데 이 꼬맹이들을……."

"우리 꼬맹이 아냐!"

"우리 이제 여덟 살이야!"
"여, 여덟 살이라고? 생각보다 더 어리잖아."

보통은 성인이 되는 열여덟 살 나이에 던전에 처음 들어가는 경우가 많은데, 그것보다 10살이나 어린 나이에 던전에 들어가다니. 앨런의 입가에 어려 있던 미소가 쩌저적 굳었다.

"이거…… 정말 괜찮은 거야?"
"특별한 아이들이거든요. 그래도 소문내지는 말아 줘요. 벌써부터 주목받을 필요는 없으니까."
"누구 말씀이신데. 입에 자물쇠 채우고 있을게요. 앨런?"
"으, 응. 아마 말해도 아무도 못 믿겠지만. 만약 그 나이에 던전에 들어가 1층이라도 제대로 클리어할 수 있다면 정말 경악스러운 일인데…… 야, 우리도 다시 던전 들어갈까?"
"방금 53층 클리어하고 나왔잖아. 절대 무리야, 애들 다 쓰러져 자고 있을걸."

45층의 썬더 라이칸슬로프가 뚫린 이후로 각 길드는 던전 공략에 박차를 가하고 있었다.
그중에서도 단연 선두에 서 있는 것이 지금 에반과 대화하고 있는 이들 낙원유랑, 그리고 이전 라이한을 스카우트하려고 했던 천둥새 길드다.
벨루아의 마도 토론 파트너인 엘로아 폰 시르페가 속해 있는 피닉스 길드는 근소한 차이로 그 뒤를 쫓고 있었다.

"그러면 우린 이만 가 볼게요. 나중에 봐요."

"예, 예에. 아! 잠깐, 공자님."

"뭔가 더 할 말이라도?"

"으음, 이건 좀 꼰지르는 것 같아서 그렇긴 한데…… 던전에 들어가신다면 천둥새 길드는 조심하십쇼."

천둥새 길드라는 말에 에반의 눈에 이채가 감돌았다. 얘기가 통한다고 느꼈는지 앨런이 보다 적극적으로 말해 왔다.

"그놈들, 좀 뒤가 구린 세력과 끈이 닿아 있다는 말이 있습니다. 평소 태도는 그냥 그러려니 하겠는데 던전 도시에 들어오는 신입 탐험가들을 꼬드기려고 범죄를 동원한다는 얘기도 있고……."

"아, 과연. 아이언월 나이츠에 말을 해 둘게요."

역시나 요마대전 3에서 문제를 일으키는 길드는 지금 시점에도 전조가 있는 것인가. 에반은 쓴웃음을 지으며 말했다.

물론 아이언월 나이츠도 인류 보완 계획 덕에 대대적으로 강화되고 있는 만큼 만약의 상황에서도 천둥새 길드를 제압하는 것은 어렵지 않으리라. 기사단장 미하일 디 에어로크가 나서면? 천둥새 길드가 떼로 덤벼도 한 칼이다.

"고맙습니다. 그런데 그게 아니고, 그런 자식들은 던전 안에서 만나면 위험할 수가 있습니다. 그 얘기를 하고 싶었던 겁니다."

"아아……."

앨런이 말하고 싶은 것이 뭔지 에반도 대충 파악했다. 본래 던전 안에서는 범죄가 일어나기 쉽다. 사람 눈이 잘 닿지 않는 곳이고, 어떤 범죄를 저지르든 증거를 은폐하기도 쉽기 때문이다.

막말로 사람을 죽여 놓고 몬스터가 죽였다고 해도 그 현장을 직접 보지 못한 사람들은 그걸 믿을 수밖에 없다.

"던전 안에서 범죄를 저지르고 다니나요?"

"눈으로 보지는 못했죠. 눈으로 봤으면 이미 그 자식들 잡아다가 후작님 앞에 무릎을 꿇렸지. 하지만 그럴 가능성이 높으니 조심하시라는 얘깁니다. 공자님처럼 크게 되실 분이 그 놈들하고 잘못 엮이는 건 보고 싶지 않거든."

그 말을 하는 앨런의 시선이 잠시 라이한에게 머물렀다.

천둥새 길드 마스터 제니엔에게는 과거 라이한을 스카우트하려다 에반에게 제지당한 경험이 있다. 그가 그것에 앙심을 품고 있다면 던전 안에서 수작을 걸어오는 것도 충분히 있을 수 있는 일이었다.

"충고 고마워요. 유의할게요."

"음, 진지하게 들어 주시니 고맙습니다. 역시 좀 다르다니까."

"뭘 좋아서 웃고 있냐, 바보 놈아. 너도 던전 기사단이나 들어가라."

"하하, 그럼 나중에 봐요."

별생각 없이 웃는 앨런과 던전 기사단조차 경쟁 상대로 보고 있는 데이지. 분명한 것은 둘 다 무척 좋은 사람이라는 것이다.

에반은 둘과 헤어진 후 샤인에게 시선을 주었다. 샤인은 담담히 고개를 끄덕여 보였다.

"들었습니다. 주의하죠."

"별문제는 없겠지만. 이거 가져가."

에반은 샤인에게 둥그런 나침반과 같은 것을 던져 주었다. 샤인이 받아 들고 보니 그것은 에반이 레오나인 공작령에서 대범람을 맞이했을 당시 썼던 몬스터 계측기였다.

"몬스터가 아닌 사람한테 반응하도록 맞춰 놨어."

"써먹을 수 있겠네요. 도련님은?"

"지금의 천둥새 길드 수준이면 내 감각을 속일 수는 없을 거야."

"뭐, 그렇겠죠."

그 후로는 다른 아는 사람들과 마주치는 일 없이 던전 입구까지 도착했다. 아이언월 나이츠의 기사 한 명과 대지 교단에서도 세르피나의 파벌에 속하는 사제, 마지막으로 피닉스 길드의 마도사가 그들을 맞이했다.

모두 에반 일행의 던전행에 대해 입을 다물어 줄 수 있는 사람들로 미리 준비해 둔 것이다.

"그러면 바로 들어가 보겠습니다."

"아나스타샤 공녀, 힘내요."

"단장님, 반드시 20층까지 돌파하겠습니다!"

"애들아, 힘내!"

먼저 샤인을 리더로 하는 2팀이 던전에 입장했다.

처음 던전에 들어가게 되어 단단히 긴장한 기색을 보이는 아나스타샤와는 달리 린과 란은 마냥 신이 나 있었는데, 그냥 들어가긴 섭섭했는지 기어이 에반의 뺨에 입을 한 번씩 맞추고는 꺅꺅 떠들며 마법진 위로 올랐다.

정말 귀여운 녀석들이다.

"……저 천박한 것들이."

"애들이잖아, 애들."

그 말을 들은 아리샤는 성인의 관점에서 보면 자신도 충분히 어린아이이니 그렇다면 자신도 에반의 뺨에 키스를 해도 좋은 것이 아닐까, 고민했지만 그들도 이어서 곧장 던전에 들어가게 되었으므로 기회를 놓치고 말았다.

"후우우……."
"……."

눈을 뜨니 이미 그곳은 던전 11층이었다.
에반과 벨루아, 라이한과 아리샤에게는 벌써 한참 전에 돌파한 구역이지만 에나와 진, 세레이나에게는 처음으로 도전하는 영역. 진정한 던전의 시작점으로 흔히 언급되는 곳이었다.
에나는 긴장한 듯 심호흡을 하며 창을 움켜쥐었고, 진은 날카로운 눈으로 사방을 둘러보며 화살통을 매만졌다. 둘 다 초심자로서는 훌륭했다.

"루비, 정찰!"
[꾸!]
"루시는 날 보호해 줘. 루디는 대기."
[뀨웃!]
[뀨우우!]
"……그런데 이쪽만 압도적으로 분위기가 다르단 말이지."

에반은 세 마리의 슬라임에게 척척 지시를 내리며 11층을 탐사할 준비를 하는 세레이나를 바라보며 아득한 표정이 되었다. 요마대전 3을 플레이하던 몬스터 테이머 유저가 와도 이 정도로 해낼 수 있을까 싶었다.

"레이, 안 돼."
"뭐가 부족해? 아, 나 말고 다른 애들 호위도 해야 하는구나!"
"아니, 그게 아니라 이대로면 너 혼자 다 해 먹어서 안 돼."
"응?"

이대로 세레이나에게 맡겨 두다간 그녀 혼자서 던전을 클리어해 버릴 것이다. 말할 것도 없이, 그렇게 되면 진과 에나가 레벨 업을 못 하게 될 수도 있다.

만약 세레이나의 이런 모습을 샤인이 봤더라면 '도련님하고 진짜 닮았네요!'라고 한마디 했을 것이다. 세레이나가 에반을 보고 배운 결과 이렇게 된 것이니 당연한 일이지만.

"정찰은 다른 이한테 맡겨. 이번에 너는 전투 역할만 제대로 하면 돼. ……진, 네가 대신 정찰을 해 봐. 할 수 있겠지?"
"넵."

진은 멀리, 정확히 보는 눈을 지녔다. 더구나 마력을 보는 그의 눈은 함정을 찾아내기에도 탁월한 능력을 지니고 있으니 정찰 역으로는 최적이었다.

"할 수 있습니다."

"나는 지도가 완벽히 작성되는 대로 너희를 가장 빠른 길로 이끌어 줄 거야. 하지만 그것뿐이야. 11층에서 20층까지, 전투도 함정 발견도 너희끼리 알아서 하고 처리해야 한다는 것 명심해."

"흠."

에반의 엄격한 말투에 에나는 괜히 더 긴장이 되는지 이를 악물고 창을 단단히 쥐었다.

던전에 도전하는 탐험가라면 모름지기 이 정도 긴장감은 몸에 두르고 있어야지! 에반은 간접적으로나마 오랜만에 맛보는 그 감각에 연신 고개를 끄덕이며 감격했다.

……하지만 아마 그 감격이 오래가지는 않을 것이라 스스로도 잘 알고 있었다. 자신이 혼신의 힘을 다해 키워 낸 녀석들의 힘이 얼마나 강한지, 그가 제일 잘 알고 있었으니까.

"아, 진이 또 내가 잡으려던 거 뺏어 잡았어!"

"먼저 노릴 수 있었으니까 잡은 것뿐입니다."

"……다음 건 안 놓쳐. 단장님, 함정 하나 더 발동시킬게요!"

지나치게 우수한 세레이나는 루비와 루시, 루디의 화려한 연계로 몬스터가 나타나는 족족 공략했고, 그런 세레이나에게 지기 싫었던 진은 악착같이 기를 쓰고 몬스터를 탐색해 조금이라도 부지런히 화살을 쏘아 댔다.

처음엔 기가 죽어 있던 에나도 두 사람의 모습에 곧 오기가 생겼는지 본격적으로 던전을 창으로 휘젓고 다니기 시작했다. 근접 무기 중에서도 압도적인 리치를 자랑하는 창과 에반의 도움을 받아 완성된 가볍고 경쾌한 각법은 실전에서도 상당히 훌륭한 조화를 보였다.

그 결과 4시간이 지났을 즈음엔 일행은 이미 던전 15층, 히든 보스 배틀 룸을 눈앞에 두고 있었다.

"아니, 너희 곧 보스전인데 미리 힘 빼지 말라고."

"하나도 안 지쳤으니까 바로 보스 잡으러 가자, 오빠! 히든 보스 내 거!"

아까 녀석들이 던전에 들어오며 느꼈던 긴장감은 대체 어디로 간 것인가 태클을 걸고 싶은 마음도 있었으나, 당초 예상한 그대로의 전개였기에 에반은 딱히 실망하지 않았다.

단지 게임으로 플레이했던 시절의 긴장감 넘치던 던전이 아주 조금, 그리웠다.

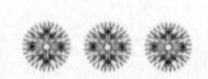

20층까지의 던전 공략에서 에반이 주목한 것은 신인 3명의

전투 능력, 전술 그리고 순발력이었다. 셋 모두 몸에 지닌 실력은 이미 수준급. 그러나 그것을 제대로 끌어내어 싸울 수 있는가는 또 별개의 문제였다.

'우선 레이는 스킵하고.'

세레이나의 전투에서는 전반적으로 완숙함이 느껴졌다. 실전을 별로 안 겪어 본 것이 분명한데, 마치 누군가에게 철저한 교육을 받기라도 한 것처럼 상황 대처 능력이 완벽했다. 에반이 감히 손을 댈 수도 없다.

세레이나의 센스가 뛰어나서이기도 하지만 단순히 그 때문만은 아니리라. 에반은 그 이유로 짐작이 가는 바가 있었다. 바로 그녀의 목에 걸려 있는 테이머 전용 아티팩트, 티그리스 글로리다.

요마대전 1의 레귤러 캐릭터, 데미휴먼 우라케아의 의지가 담겨 있는 것으로 추측되는 이 목걸이가 세레이나의 몬스터 테이머로서의 성장을 보조해 주고 있을 가능성이 높았다. 어쩌면 우라케아 본인의 자아가 담겨 있을지도 모른다.

'레이의 움직임에서 노련미가 느껴지는 건 분명 그 때문이겠지. 녀석이 우라케아의 가르침을 받는다면 내가 더 간섭할 여지는 없다. 그러면 그다음은 진인데…… 이 녀석도 무척 잘하고 있단 말이지.'

세 마리 슬라임의 움직임을 유기적으로 연계하며 거의 모든 상황에 완벽하게 대처하는 세레이나 만큼은 아니지만, 뛰어난 엘프 궁수 일로인에게 사사한 진 역시 그 행동에 쓸데없는 낭비가 없는 것이 유독 눈에 띄었다.

진의 용안은 멀리 보고, 세세히 잡아낸다. 만물의 핵심과 취약점을 파악하는 그의 눈은 엘프로부터 전수받은 바람의 궁술과 조화가 무척 훌륭했다.

본디 요마대전 4에서의 진은 초장거리 저격을 주로 다뤘으나 지금의 녀석에겐 거기에 속사 능력까지 더해졌다. 아직 적이 다수 출몰하는 상황에서의 사격 우선순위를 헷갈리는 면이 있지만, 그 부분만 에반이 조금씩 충고해 준다면 금방 좋아질 것이다.

'남은 건 에나……. 물론 둘에 비하면 많이 부족해. 이미 완성된 기술과 전법을 구사하는 둘과 달리 막연히 창술과 각법을 조화시키겠다는 목표로 움직이고 있을 뿐이니까.'

그렇기에 더더욱 에나가 중요하다. 에반은 어떻게든 에나가 창술과 각법을 함께 다루는 고유 스킬을 얻어 내도록 하겠다고 단단히 벼르고 있었다.

"에나, 좀 더 집중해. 거기서 왼발을 들지 마! 그래서야 네 발의 움직임에 창이 방해를 받을 뿐이야."

"읏! 제, 제대로 하고 있었는데 갑자기 뒤에서 적이 나타나는 바람에……."

"실전에서 통하지 않으면 수련은 의미가 없어. 알고 있겠지?"

"크으으…… 예, 옙!"

에반의 지적이 유독 자신에게 집중된다는 사실을 알아차린 에나는 금방 울상이 되어 눈물을 글썽였으나, 그녀 스스로도 자신이 진과 세레이나에 비해 능력이 떨어진다는 사실을 알고 있는 만큼 필사적으로 에반의 지시에 따라 몸을 움직였다.

"좋아, 잘하고 있어. 휴식 없이 바로 다음 전투 간다!"

"네에엡!"

수련 대상이 될 몬스터만은 차고 넘치도록 많다. 에반은 몬스터가 나타나는 함정마다 건드려 가며 일행에게 숨 가쁜 전투를 강요했다.

세레이나만은 자유롭게 움직이도록 놔두고 ―오히려 그녀는 혼자 너무 많은 몬스터를 잡아 버리지 않게 규제를 해야 했다― 진의 사격과 에나의 움직임을 꼼꼼히 체크하며 그때그때 적확한 지시를 내린다.

그런 와중에 지도 작성까지 맡아 하고 있으니 그것을 지켜보는 이들 입장에서는 에반에게 눈이 한 여덟 개 정도 달린 것인가 의심이 갈 정도였다.

"던전에 들어온 지 만으로 하루도 지나지 않았는데…… 벌써 17층이잖아."

"도련님의 길잡이 능력이 발전했기 때문입니다."

"그런 문제야, 이거……?"

그보다는 에반이 무지막지한 속도로 일행을 이끌고 있음에도 세레이나와 진, 에나가 그의 기준에 맞춰 따라올 수 있었기 때문이었다.

결국 그날 일행은 18층으로 내려가는 계단을 찾아냈다. 세레이나와 진, 에나 모두가 무사히 18레벨로 성장했다.

"신체 능력이 갑자기 너무 올라서 몸에 적응이 안 돼."

"넌 그나마 테이머라서 정도가 덜하지. 육체 능력을 다루는 데다 신인족이기까지 한 진과 에나는 더 힘들다고."

"괘, 괜찮습니다! 이 정도는 아무렇지도 않아요!"

에나는 에반의 걱정이 당치도 않다는 듯 씩씩하게 외치고 있었지만, 사실 아주 약간은 의기소침해 있었다.

이유는 간단하다. 18레벨까지 오르며 세레이나와 진이 자신의 적성과 관련된 한두 개의 스킬을 받는 동안, 그녀만은 신으로부터 그 어떤 스킬도 받지 못했기 때문이다.

하지만 에반은 오히려 그것이 좋은 징조라고 여겼다.

‘실적이 부족한 건 결코 아냐. 공적은 넘칠 정도였지. 어쩌면 신들이 에나에게 어떤 능력을 부여해야 할지 몰라 헤매고 있는 것일지도 몰라. 에나가 던전에서 취하고 있는 전투 방식이 워낙 독특하니까……. 있는 것 중에 골라서 줄 수 없다면 그다음은 만들어 낼 뿐. 분명해, 지금 에나는 고유 스킬을 획득하느냐 마느냐의 갈림길에 서 있는 거야.’

물론 에반은 그 생각을 에나에게 직접 말해 주지는 않았다. 그랬다가 만약 고유 스킬을 얻지 못한다면 무척 미안한 일이 될 테니까.

“다들 고생 많았어. 오늘은 이 정도로 하고 휴식을 취하자. 내일은 단숨에 20층까지 돌파할 테니 체력을 잘 비축해 두도록.”

“넵!”

“오빠, 난 그 이후로도 같이 갈래!”

“그래, 네 능력을 증명할 수 있다면 말이지.”

에반은 계단 근처에 있는 세이프 룸으로 일행을 인도해 밥을 먹이고 캠프를 차렸다. 다른 파티가 멋대로 들어오지 못하게 세이프 룸의 안전장치를 단단히 확인한 후 그는 고개를 들어 에나를 불렀다.

“다른 사람들은 쉬고 있어. 에나는 조금 더 나랑 같이 수련하자. 오늘 실전에서 부족했던 부분들을 개선하는 거야.”

“아, 알겠습니다!”

에반은 곧장 에나와 함께 창술과 각법의 복합 수련을 시작했다. 물론 그는 창술에는 전혀 적성이 없지만, 그래도 요마대전 3을 플레이하며 주인공으로 창술 마스터를 찍은 적도 있는 만큼 에나에게 조언을 해 줄 정도의 안목은 갖고 있었다.

거기에 연금술사로서 단련한 눈썰미, 천재적인 격투 감각 등이 어우러져, 에나가 앞으로 나아가야 할 방향을 지시해 주는 진정한 스승으로서의 역할을 해낼 수 있었다.

……에반은 자신이 얼마나 뛰어난 스승인지 아직은 모르고 있었지만 말이다.

“수련에 대한 부분만 놓고 보면 에반 공자님은 역시 상당히 엄격하단 말이지.”

“나도 오빠가 저렇게 하나부터 열까지 돌봐 주면 좋겠다.”

“……전하는 참 자신에게 솔직하시군요.”

“응, 기왕이면 내가 잘못했을 때 확실하게 혼도 내 주면 좋겠어. 혼났는데 또 같은 실수를 저질러 버려서 오빠가 기막혀하는 얼굴이 보고 싶어. 그래서 있지, 어쩔 수 없다는 듯이 투덜거리면서도 처음부터 끝까지 다 챙겨 주는 모습이 보고 싶어.”

“…….”

라이한은 그렇게 특수하고 민폐스러운 취향을 피로당해도 곤란할 뿐이었으나 마침 적절한 타이밍에 아리샤가 끼어들어 세레이나의 폭주를 막아 주었다.

"그렇게나 타인의 보살핌을 받고 싶으시다면 공주님은 이만 궁으로 돌아가는 게 어떨까?"

"에이, 난 오빠한테 보살핌을 받고 싶은걸. 아리샤도 참 농담을 좋아한다니까. 히히."

"후흐, 농담이 아닌데. 농담은 당신의 텅텅 빈 뇌만으로 충분해."

"아리샤의 납작한 가슴처럼? 우리 같은 여자앤데 진짜 이상하지! 아하하하!"

"호오……."

"으응……?"

던전에 들어와 몇 번째인지 모를 '가벼운' 말다툼을 벌이는 아리샤와 세레이나. 그것을 가만히 지켜보고 있던 벨루아는 음산한 미소를 교환하는 둘을 일별하고 재차 에반에게 시선을 돌렸다.

에나에게 달라붙다시피 하여 세세한 동작을 지시하는 에반의 모습에 순간 강렬한 질투심이 끓어올랐으나 그녀는 애써 그것을 억눌렀다. 조금만 더 참으면 포상이 기다리고 있다. 포상이……!

"후…… 좋아, 이제 좀 감이 잡히는 것 같은데."

"네! 이거라면 해낼 수도 있을 것 같아요……! 아니, 반드시 해낼게요!"

"좋아, 내일 실전에서도 이 정도로 움직일 수 있도록."

"명심하겠습니다, 단장님!"

에반이 에나에게 합격 선언을 한 것은 그로부터 무려 두 시간이 흐른 후였다. 벨루아를 제외한 나머지 일행은 이미 깊은 잠에 빠져 있었다.

"고생하셨습니다, 도련님. 땀을 닦아 드리겠습니다."

"응, 고마워. 에나 너도 이제 쉬어. 내일은 일찍 일어나야 하니까…… 그래, 포션을 하나 줄까."

"가…… 감사합니다!"

에나는 에반에게서 받아 든 포션을 소중히 품에 안았다. 그러나 바로 마시라는 에반의 말에 못내 아까운 듯 찔끔거리며 포션을 마셨다.

그러자 신기하게도 하루 내내 격한 전투와 단련으로 몸에 쌓였던 피로가 해소되었다. 편안하게 잠을 잘 수 있을 것 같은 기분이었다.

"단장님, 정말 고맙……."

그녀는 에반에게 감사를 표하려 고개를 들었다가, 어느덧 벨루아가 에반의 지척에 다가와 있는 것을 보고 움찔했다.

단지 에반 곁에 선 채 자신을 가만히 바라보고 있을 뿐인데도 어딘가 방해하지 말라는 오오라가 느껴져, 에나는 더 이상 아무런 말도 하지 못하고 물러섰다.

"그, 그럼…… 안녕히 주무세요."

"그래, 잘 자."

"도련님, 잠시 상의를 벗기겠습니다."

"응, 고마워."

정성스레 에반의 상의를 벗기고, 미리 준비하고 있었던 것처럼 따끈한 물에 적신 타월을 꺼내 천천히 에반의 몸을 닦는 벨루아.

"간지러우십니까."

"아니, 괜찮아. ……루아도 먼저 자도 됐는데."

"아닙니다. ……잠시 왼팔을 들겠습니다."

"으, 응."

포션을 다 마신 에나는 자신도 대충 땀을 닦고 침낭 안으로 들어가며 그것을 몰래 훔쳐보았다.

벨루아는 그저 담담히 에반의 땀을 닦고 있을 뿐인데, 어딘가 모르게 요염한 분위기가 감돌고 있어 그쪽으로 시선이 향하는 것을 막을 수가 없었다.

'벨루아 님은…… 아마도 단장님을 좋아하는 거겠지.'

단순한 충성심만으로 저런 표정은 나올 수 없다고 에나는 확신했다. 에반의 몸을 닦다 말고 벨루아가 나지막이 내쉬는 숨소리가 에나의 귀까지 간질이는 것 같았다.

그 광경을 더 보고 있다간 괜히 자신까지 기분이 이상해질 것 같았기에, 에나는 차라리 눈을 질끈 감아 버렸다. 한창 사춘기를 맞이한 소녀에게는 너무나 자극적인 광경이었다.

"허, 허리 아래로는 괜찮아, 루아."
"하지만 땀이."
"내가 할게! 먼저 자, 루아."
"전 괜찮습니다만……."
"내가 안 괜찮거든!"
"……알겠습니다. 그러면 확실히 닦아 주세요."

곧 밤중의 소란도 그치고, 에반과 벨루아도 각자의 침낭 안으로 들어갔다. 에나는 그제야 다시 빼꼼 눈을 떴다. 에반의 침낭이 보였다.

규칙적인 숨소리가 들리는 것으로 보아 에반은 이미 잠에

빠진 모양이었다.

"……."

많은 욕심을 부릴 생각은 없다. 그냥 조금 더 에반에게로 가까이 다가가고 싶었다. 동경하는 사람의 근처에 있을 수 있는 것만으로 행복하니까.

그런데 에나가 그런 충동적인 생각으로 조심스레 침낭째로 몸을 꿈틀거리는데, 그 너머로 사람이 들어간 침낭 하나가 둥실둥실 떠올라 에반의 침낭 근처로 향하고 있는 것이 보였다.

"……!?"

에나는 깜짝 놀라 비명이 튀어나오려는 것을 간신히 참았다. 공중 부양을 하던 침낭이 곧 에반의 침낭 바로 옆에 도착해 마찬가지로 부드럽게 착륙하는 것이 보였다.

……그 침낭의 주인은 바로 벨루아였다.

"……후훗."
"……."

에나는 벨루아가 에반과 마주 보는 위치에 자리를 잡고는 만족스러운 웃음을 짓는 것을 멍하니 바라보았다. 에반의 옆에서 자기 위해 저렇게까지 하다니!

어이가 없었지만 동시에 부럽기도 했다. 에나에게도 저런 능력과 집념이 있었더라면……. 그런데 바로 그 순간, 벨루아가 시선을 느꼈는지 에나를 돌아보았다. 둘의 시선이 맞았다.

"……."

벨루아는 무표정하게 자신의 입가에 집게손가락을 가져다 대었다. 깜짝 놀란 에나가 정신없이 고개를 끄덕이자, 벨루아는 그제야 만족스럽게 고개를 끄덕이곤 다시 에반에게로 돌아누웠다.

……정말이지 이길 수 있을 것 같지가 않다. 에나는 그런 생각을 하며 재차 한숨을 내쉬었다.

그다음 날, 일행은 7시간의 탐험 끝에 20층 히든 보스 배틀룸을 눈앞에 두게 되었다.

셰어든 던전 20층의 히든 보스, 블러드 오크 워리어는 덩치가 거대한 것도 아니고, 특수한 속성을 지닌 것도 아니고, 하물며 부하들을 줄줄이 끌고 나와 플레이어를 곤란하게 하는 타입도 아니다.

그 넓은 보스 룸에 블러드 오크 워리어 한 마리가 덩그러니 나타나 플레이어 파티를 상대할 뿐. 까놓고 말해 뭔가 화려한 옵션이나 스킬을 줄줄이 달고 나오는 다른 히든 보스에 비하면 초라해 보일 뿐이다.

'하지만 그건 다르게 말하면 녀석에겐 그런 부차적인 요소가 필요 없다는 뜻이기도 해.'

블러드 오크 워리어는 강하다. 그냥 심플하게, 강하다.

공격이면 공격, 방어면 방어 완벽하게 밸런스가 잡혀 있으며 AI도 저층의 보스라고는 믿을 수 없을 만큼 뛰어나 요마대전에 제법 익숙한 플레이어들조차 놈에게 물을 먹는 경우가 많았다.

[크하아아아아! 그 정도 느린 화살에는 맞지 않는다!]

"……칫!"

"저거 너무 빠르게 움직여서 짜증나! 루비, 루시! 왼쪽! 아니, 오른쪽, 오른쪽! 왼쪽!"

[꾸!]

[뀨뀨잇!]

"흐아아아압!"

……물론 이전 만났을 땐 그 명성이 초라하게 느껴질 만큼 깔끔하게 처리해 버리긴 했지만, 그건 어디까지나 상대가 나빴기 때문이었다.

에반은 진과 세레이나 그리고 에나가 블러드 오크 워리어를 상대로 분투하는 것을 보며 새삼 놈이 강한 적이었다는 사실을 떠올려 냈다. 저번엔 너무 쉽게 잡아서 그걸 실감하지 못했을 뿐이었다.

'뭐, 레이한테 제한을 걸어 두지 않았으면 이번에도 별로 다르지 않았겠지만…….'

세레이나는 신인족도 아닌 주제에 동 레벨, 비슷한 나이의 신인족보다도 월등히 강했다. 대체 왜 그렇게 되었는지는 알 수 없다.

게임의 테이머 수련법이 이 세계에서 지나치게 효과적이었는지, 세레이나의 테이머 적성이 에반의 상상을 초월할 만큼 높은 것인지, 우라케아의 힘이 깃든 티그리스 글로리가 게임에서보다 뛰어난 아티팩트인 것인지, 그도 아니면 므이라슬의 목걸이로 인해 소환된 엘리트 슬라임들의 잠재력이 뛰어났던 것인지, 아니면 그것 전부이든지.

'마족들이 녀석을 노렸던 게 이해가 가. 정말로 레이는 사기야……. 이 녀석이 게임에서도 제대로 성장할 수 있었다면 주인공 같은 건 필요 없었을 거야.'

아무튼 세레이나는 너무 강하다. 까딱하면 지금 시점에서 샤인이나 벨루아보다 강한 것이 아닐까 싶을 정도로 사기다.

그녀가 전력을 내게 했다간 전투가 순식간에 끝나, 진과 에나가 경험을 얻지 못하게 될 터였다.

그렇기에 이번 전투에서는 세레이나와 슬라임들에게 공격을 하지 않고 도발과 방어만 담당하도록 제한을 둔 것이다. 그 결과 에반의 의도대로 이렇듯 치열한 전투가 벌어지게 된 것.

진과 에나를 성장시키기에는 최적의 일전이었다.

[모기처럼 촐랑거리는 것이 정말 귀찮게 하는구나!]

"큭……!"

공간을 가르고 쏟아져 내리는 거대한 도끼의 폭격. 에나는 발빠르게 그것을 피해 내며 창을 휘둘러 놈의 팔뚝에 상처를 냈다. 반동을 이용한 훌륭한 일격이었지만 그리 깊지는 않았다.

"이대론 하루 종일 싸우겠어! 오빠, 나 공격하면 안 돼?"

"안 돼."

[끄우웃!]

잔뜩 약이 올라 에나를 추적하는 블러드 오크 워리어를 슬라임들이 막아섰다. 그렇게 만들어진 짧은 틈에 정확히 놈의 눈을 노리고 날아드는 진의 화살!

놈은 다급히 양팔을 휘저었다. 화살이 팔에 박혀 들며 놈에게서 신음 소리를 짜냈다. 그 후로 재차 에나의 공격이 이어진다! 적어도 셋의 호흡은 제법 괜찮게 맞물리고 있었다.

'좋아. 좋지만…… 아직 약해.'

진과 에나는 분명 나중에 크게 성장할 수 있을 것이다. 하지만 수련이 깊지 않은 지금은 공격력과 속도 면에서 블러드 오크 워리어를 압도하지는 못하고 있었다. 신인족으로서 던전 레벨 20을 달성해 크게 강해졌지만, 그럼에도 부족했다.

하지만 냉정히 생각해 보면 그게 당연했다. 블러드 오크 워리어는 그냥 보스도 아니고 히든 보스, 본래라면 40층 이후에 나타나는 엘리트 몬스터니까! 오히려 놈을 쉽게 상대한 샤인과 벨루아가 이상했던 것이다.

'약점에 제대로 명중만 시킬 수 있다면 진의 공격력은 지금도 충분히 훌륭해. 하지만 그렇게 하려면 에나가 보다 강한 공격으로 보스의 시선을 잡아당겨, 큰 틈을 만들어 내야 하는데…….'

에나의 공격은 기본적으로 블러드 오크 워리어에게 있어 따끔하고 귀찮은 것 정도로 취급되고 있었다. 그래서 에나보다는 진을 더욱 경계하고 있다 보니 그의 행동에 금방 대응하는 것이다.

역시 에나의 공격력이 보다 높아져야 한다. 지금도 그녀의 가벼운 풋워크와 예리한 창격에 불만은 없지만…… 지금 저

것은 결코 '정답'이 아니다.

'블러드 오크 워리어를 사냥하고, 21레벨로 성장하면서도 제대로 된 스킬을 얻지 못한다면…… 당분간은 각법보다는 창술에 주력하게 하는 게 더 좋겠어.'

에나가 격투술, 각법에 쏟고 있던 정성은 이루 말할 바 없이 크다. 그러나…… 조금 냉정한 말이긴 하지만, 그 시간에 그녀가 창술에만 주력했으면 지금보다는 훨씬 강해졌을 것이다. 이미 사냥에 성공했을지도 모른다.

[쥐새끼가아아아!]
"익, 이이익…… 크핫!"

그런 생각을 하며 에나를 돌아봤을 때 그녀는 이미 에반에게 배운 격투술과 홀로 수련한 창술의 기본 동작마저 잊을 만큼 전투에 몰두하고 있었다.

"에나, 위험해!"
"화살 쏘지 마, 에나가 맞을지도 몰라!"

에나가 블러드 오크 워리어의 손등에 창을 박아 넣은 순간, 고통을 이기지 못한 놈이 팔을 허공에 마구 휘둘렀다.

그러나 제법 깊게 박힌 것인지 창은 빠져나오지 않고, 에나 또한 창을 놓치지 않기 위해 필사적으로 매달려 허공에서 애처롭게 흔들리고 있었다.

[떨어져라, 귀찮은 모기 새끼가!]
"이이이익!"

그러던 한순간이었다. 에나가 양팔로 창을 붙든 채 허공에서 흔들리던 몸을 추스르기 위해 안간힘을 쓰는가 싶더니, 허공중에서 본능적으로 양발을 모아 놈의 손등을 힘껏 걷어찬 것이다. 송곳처럼 예리한 일격이었다.

[크아아아악!]

어쩌면 그것은 에나의 공격 중 가장 효과적인 공격이었을지도 모른다. 허공에 솟구치는 검붉은 핏줄기! 엄청난 충격의 반동으로 창이 뽑히고, 동시에 에나의 몸도 튕겨져 나왔다.

그러나 벽에 내동댕이쳐지기 전 벽에 창을 박아 넣어 충격을 완화한 그녀는 그대로 벽을 박차고 다시 창을 뽑아내 블러드 오크 워리어에게 돌진했다.

엉망진창으로 과격했지만 동시에 위협적이기도 했다. 블러드 오크 워리어도 그것을 느꼈는지 이를 드러내며 그녀와 대치했다.

"저건……."

무모하고 무리한 움직임. 전투에 지나치게 몰입한 나머지 에나의 이성이 깔끔하게 날아가 있었다. 단적으로 말해 무척 위험했다.

"에반, 재……."
"잠깐, 잠깐만. 진, 세레이나도 미안하지만 물러나 줘."
"읏, 응!"

그러나 에반은 오히려 그녀가 그런 상태이기에 틀에 얽매이지 않은 자유로운 움직임을 보이고 있는지도 모르겠다는 생각을 했다.

실제로 방금 에나의 공격은 흉포하면서도 날카로웠다. 본인이 부상을 입을 가능성이 높지만 그 부분만 잘 컨트롤할 수 있다면 앞으로 발전할 여지가 있었다.

발 기술과 창을 동시에 정교하게 다루려 애쓰는 것이 아니라, 그 두 가지를 모두 동원해 어떻게든 적에게 치명상을 입히고자 하는 몸부림!

광기마저 느껴지는 그 움직임에서 에반은 가능성을 읽은 것이다.

'하지만 위험할지도 모르니까 일단 대비는 해 둬야겠지.'

에반은 한 손에 비드를 쥔 채 조용히 그것을 지켜보았다. 만약 정말로 에나의 목숨이 위험해지는 순간이 온다면 단숨에 블러드 오크 워리어를 정리하고 그녀를 구출할 셈이었다.

"흐아아압!"

하지만 결론부터 말해 그럴 필요는 전혀 없었다.

에나는 자신을 향해 날아드는 놈의 공격을 실로 민첩하게 피해 내더니, 뾰족하게 세운 양 발끝으로 놈의 구부려진 무릎을 연달아 걷어차며 높이 점프했다.

그리고 텅 빈 놈의 정수리에 창을 있는 힘껏 꽂았다.

[쿠아아아아아아아아!]

"……빨라졌어."

"아니, 여태까지는 적과의 간격을 지나치게 의식하느라 제 속도를 내지 못하던 거였어. ……드디어 한 꺼풀 벗은 모양이네."

"흐앗!"

블러디 오크 워리어가 끔찍한 고통에 발광을 하며 날뛰었다. 그러나 에나는 창을 단단히 붙들고 놈의 머리 위에 버티고 선 채, 자신을 붙잡으려는 놈의 팔을 연신 강하게 걷어찼다.

본래 놈의 공격을 맞받아칠 수 있을 만큼 그녀의 육체가 튼튼하지는 않지만, 지금은 놈의 자세가 불안정할뿐더러 놈이 정수리 위에 올라선 에나의 모습을 두 눈으로 확인할 수 없는 만큼 공격의 초점이 맞질 않았다. 주먹에 힘이 별로 실리지 않는다는 얘기다.

"흐아아압!"

그러나 정말 놀라운 것은 그다음 순간의 일이었다.

기어이 에나가 피해 낼 수 없는 공격이 날아든 순간, 에나는 놈의 머리통을 박차고 있는 힘껏 점프했다.

던전의 천장에 부딪치기 직전 허공에서 날래게 몸을 뒤집은 그녀는 양발로 천장을 박차고 다시 놈에게로 돌진, 빠르게 발을 뻗어 내 여전히 놈의 정수리에 꽂힌 채인 창을 있는 힘껏 가격한 것이다!

[크아아아아아악!]

에나가 여태껏 각법을 수련한 것은 결코 틀리지 않았다. 단련된 각력으로 인해 추진력을 얻은 그녀의 발끝이 정확히 창 손잡이를 밀어붙여, 창이 블러디 오크 워리어의 머릿속 깊숙이 꽂히게 했다!

[키헤에에에엑!]

치명적인 일격이 블러디 오크 워리어에게 스턴을 불러일으켰다. 마치 흘러가던 영화 화면을 정지시킨 듯한 위화감이 장내를 지배했다.

그러나 놈이 스턴에서 풀리기 직전 에반이 짤막하게 외쳤다.

"마무리해! 세레이나도 공격!"

"흡!"

"얘들아, 삼 연속 몸통 박치기!"

[뀻!]

[뀨귯 !]

[뀨규귯!]

모두가 이 순간을 기다리고 있었으리라. 진이 빠르게 쏘아낸 화살이 블러드 오크 워리어의 왼쪽 눈을 터트리며 안에 박혀 내부를 휘젓고, 다음 순간 세레이나의 세 마리 슬라임이 타이밍을 맞추어 놈의 몸통에 강렬한 속성 박치기 공격을 했다!

에나가 창을 회수했을 때엔, 이미 블러드 오크 워리어의 Hp는 남아 있지 않았다. 전투가 끝난 것이다.

"이…… 이겼다."

블러드 오크 워리어가 전리품만 남기고 사라지는 것을 확인한 에나는 그렇게 힘없이 중얼거리며 제자리에 주저앉았다. 여전히 쌩쌩한 세레이나의 슬라임들이 그녀를 부축해 주었다.

"눈앞도 보이지 않을 정도로 이성을 잃으면 안 되지."
"죄, 죄송합니다!"

에반이 그런 그녀에게로 다가서며 하는 핀잔에 에나는 아차 한 표정으로 고개를 숙였다. 그러나 에반은 그 이상 그녀를 탓하는 일 없이, 녀석의 머리에 손을 얹었다.

"아주 잘했어, 에나. 나아갈 방향을 찾은 것 같네."
"네? ……아, 넵!"

에반의 말을 알아들은 에나의 얼굴에 환한 미소가 걸렸다. 그녀도 방금 뭔가 '해냈다'는 감각만은 선명하게 붙잡고 있었다. 그것을 에반이 긍정해 주니 새삼 확신하게 된 것이다.
비록 이성을 잃고 적에게 달려든 것은 잘못이지만, 전투 자체는 나쁘지 않았다. 아니, 훌륭했다. 여태껏 가져 왔던 편견이 이제야 깨어진 느낌이었다.

"창술과 격투술을 조화시키는 새로운 전투 기술은, 단순히 창술과 격투술을 동시에 운용한다고 만들어지는 게 아니었네요."
"당연하지, 그래서야 그냥 창술과 격투술을 동시에 쓰고 있을 뿐이니까. 하지만 그걸 본인이 깨닫기란 무척 힘든 일인데…… 잘했어. 분명 앞으로도 잘할 수 있을 거야."

"헤…… 헤헤."

에나의 입가에 순진한 미소가 걸렸다. 동경하는 사람에게 칭찬을 들었을 때의 기분이란 이루 형용할 수가 없었다.

물론 그 뒤에서 자신을 빤히 바라보고 있는 벨루아나 아리샤의 시선은 조금 무섭지만, 지금은 애써 신경 쓰지 않기로 했다. 어쨌든 지금 에반이 자신의 머리를 쓰다듬어 주고 있으니까!

그 후, 히든 보스 배틀 룸을 나와 21층으로 내려가는 계단 앞에 선 세 명은 무사히 21레벨로 성장했다. 그리고 에나는 거기에 더해 한 가지 보상을 받았다.

새로운 고유 스킬 '라이트닝 트라이던트'가 탄생한 순간이었다.

❋❋❋

신입 셋을 이끌고 무사히 던전 20층까지 돌파한 에반은 그중 진과 에나를 지상으로 돌려보내기로 했다.

물론 에반은 둘의 능력이라면 30층까지도 얼마든지 오를 수 있을 것이라 생각했지만, 신인족인 두 아이들은 한 번에 너무 많은 레벨 업을 겪으면 급격한 능력 상승으로 신체 밸런스가 무너질 가능성이 있었다.

'사실 지금까지 버틴 것도 이 녀석들이 신인 단련법으로 신체를 다져 왔기에 그나마 가능했던 거였지…….'

더구나 본인들도 20층까지 진행하며 향상한 신체 능력에 적응하고, 새로이 얻은 스킬들을 완전히 몸에 익히고 나서 그 앞으로 나아가고 싶다는 얘기를 해 왔기에 이번엔 여기까지만 하기로 한 것이다.

"정말 기특해. 그 향상심과 자제심, 누가 가르쳤는지 참 잘 가르쳤어."

"공자님은 자신의 무력을 제외한 다른 부분에 대해선 자화자찬이 상당히 격렬하시군요……."

그건 에반도 자각하고 있었다. 자신이 엑스트라라는 고정관념과 자기 세뇌가 없었다면 에반의 성격은 어쩌면 무척 재수 없지 않았을까, 그도 가끔 생각하곤 했다. 사실 이미 충분히 재수가 없다는 것을 에반 본인은 아직 모르고 있었다.

"그나저나 여기까지만이라고는 해도 21레벨이죠. 10살 나이에 21레벨…… 아마 그 누구도 믿지 못할 겁니다."

"10살 나이에 20층 돌파라, 이전의 기록은 벨루아가 보유하고 있었을 테니 가볍게 신기록이네. 벨루아는 분하지 않아?"

"전혀. 기록 따위는 관계없습니다. 전 그저 도련님을 모실 뿐입니다."

아리샤가 약간 짓궂은 말투로 벨루아를 놀렸지만 흔들림 한 점 없이 돌아오는 그녀의 대답에 입을 다물어 버리고 말았다.

행동 양식이나 사고방식의 우선순위가 저렇게 확고한 인간이 있을 수 있을까, 그저 기가 막힐 따름!

"오빠, 나는 안 돌아가도 되지?"

에반이 아리샤와 벨루아의 대화를 들으며 쓴웃음을 짓고 있자니 지상으로 돌아가지 않고 남은 한 명, 세레이나가 그에게 다가와 팔짱을 끼며 물어 왔다. 에반은 자연스레 팔짱을 풀어내며 말했다.

"너는 신인족도 아닐뿐더러 직접 몸을 움직이는 직업도 아니니까 말이지. 아, 그리고 이제부턴 자제하지 않아도 돼. 마음껏 날뛰어."

"신난다, 그럼 이제 완벽한 1군이네! 부단장의 꿈도 머지않았네!"

"1군인지 뭔지는 몰라도 부단장직은 포기해."

그러나 사실 에반은 세레이나의 말에 대꾸하면서도 조금 켕기는 것이 있었다.

던전에 들어오기 전부터 1군이라는 표현을 쓰는 세레이나에게 그런 건 없다며 부정하고 있기는 했지만, 사실 기사단 멤버가 많아지면 많아질수록 1군, 2군 등 우열을 가를 필요성은 확실히 있었기 때문이다.

'개개인의 강함을 측정해 랭크를 매기고, 기사단 내부에서 함께 행동할 집단을 나누는 것…… 사실 집단의 효율성을 따져 보면 필수적인 일이긴 한데.'

매번 멤버를 마구잡이로 섞어서 던전 공략을 할 수도 없는 노릇. 함께 행동할 파티를 구성해 집단 전법을 연습할 필요성도 있었다.

즉…… 지금은 얼버무리고 있지만 언젠가는 세레이나의 말마따나 1군과 2군을 분류해야 한다는 얘기다.

'이번에 나랑 같이 던전에 들어갈 멤버를 고르는 것만으로도 그런 소동이 있었는데, 정식으로 파티를 나누게 되면…… 으으, 기사단원들이 나를 너무 맹목적으로 따라도 문제가 있네.'

잠시 그 문제에 대해 생각하던 에반은 곧 머리를 휘휘 저어 생각을 털어 냈다. 지금 고민한다고 해결될 문제도 아니고, 그 문제는 아이들을 모아 놓고 정면으로 부딪쳐 해결하는 수밖에 없었다.

……그런 생각을 하던 중 그의 팔꿈치 부분에 뭉클한 감촉이 와 닿았다. 시선을 돌리니 세레이나가 그에게 재차 팔짱을 끼며 뿌듯한 미소를 짓고 있었다.

"하지만 나만은 이미 1군 확정이지, 그치?"

"당연하다는 듯이 내 머릿속을 읽지 말아 줄래? 그리고 자꾸 팔짱 끼지 마라. 닿는다고."

"뭐가 닿는데? 응? 응?"

"거기까지. 에반을 자꾸 귀찮게 하지 마."

2차 성징과 함께 볼륨이 확보되자마자 노골적으로 에반과의 신체적 접촉을 늘리는 약삭빠른 공주님은, 마찬가지로 2차 성징을 겪었지만 볼륨이 아직 충분히 확보되지 않은 아리샤에 의해 곧 구속되었다.

"아이, 참…… 아리샤는 날 정말 좋아한다니까."

"응, 죽이고 싶을 정도로는 좋아해."

"둘이 친하게 지내는 것도 좋지만 지금은 일단 21층 가자, 21층. 거기서부턴 오크 샤먼하고 오크 메이지가 나온단 말이야. 정신 똑바로 차려."

에반은 음산한 미소를 교환하고 있는 두 여자아이의 모습에 새어 나오는 한숨을 감출 길이 없었다.

참으로 이상한 일이지, 분명 아까 블러드 오크 워리어와 싸울 때까지만 해도 제법 박진감 넘치는 멋진 던전 탐험 분위기가 났던 것 같은데 진과 에나가 빠지자마자 도로 김빠지는 분위기로 돌아와 버리다니…….

"전투 준비가 되었습니다, 도련님."

"고마워, 루아. 네가 있어서 다행이야."

"저는 언제나 도련님 곁에 있습니다."

자신들이 시시한 다툼을 벌이는 사이, 벨루아만이 언제나처럼 초연한 태도로 에반에게 주가를 높이고 있다는 사실을 세레이나와 아리샤는 아마 모르고 있으리라.

21층부터는 오크들의 클래스가 세세히 분화되어, 오크 전사와 오크 궁수뿐만 아니라 오크 사제와 오크 마법사까지 빈번하게 등장한다.

더구나 이들이 밸런스 좋은 파티를 이루어 나타나기라도 하면 여태까지 전술의 개념 없이 무식한 몬스터들과 싸우기만 했던 탐험가들은 지리멸렬하기 마련.

[저기 인간 놈들이…….]

"슬라임 제트 스트림 어택!"

"레이 네가 제트 스트림 어택을 어떻게 알아!"

[끗!]

[끄웃!]

[끄우웃!]

물론 던전 1층에 도전할 때부터 이미 밸런스 우수한 파티를 구성하고 있었을뿐더러, 결정적으로 모든 적의 어그로를 무조건적으로 끌어당기는 도발왕 라이한과 함께하는 에반 파티에게는 해당 사항이 없는 얘기였다.

오히려 강력한 엘리트 슬라임 세 마리를 다루는 세레이나가 파티에 더해진 것으로 인해, 비록 샤인이 잠시 이탈했다지만 그들 파티의 전력은 오히려 상승한 것처럼 느껴질 정도!

슬라임들은 세레이나의 지시에 따라 도발, 정찰, 공격을 자유롭게 오가며 실로 화려하게 활약했다. 에반을 비롯한 나머지 일행이 자신의 역할을 빼앗기지 않기 위해 보다 분주히 움직여야 할 정도였다.

[너의 레벨이 22로 성장했다.]

그 결과 에반 파티는 처음으로 도전하는 플로어였음에도 불구, 고작 2시간 만에 던전 21층에 감추어져 있던 모든 비밀을 들추어내며 22층으로 내려가는 계단 앞에 도달할 수 있었다.

물론 본인도 놀라울 정도로 급상승을 거듭한 에반의 길잡이 능력이 없었다면 불가능한 일이었겠지만!

[오랜만이구나.]

"이젠 아예 당연하다는 듯이 인사를 하시네요."

[다른 인간이었다면 감격을 했을 텐데 어찌 이 아이는 이리 컸는지.]

"처음 레벨 업 했을 때부터 당신들한테 끌려갔었는데 이제 와서 이 정도로 무슨 반응을 하라고."

그리고 무사히 레벨 업을 거친 에반은 이번에도 마찬가지로 신들과 대화를 나누게 되었다. 이젠 그냥 동네에서 만나는 아줌마, 아저씨처럼 편안하게 느껴지기만 했다.

[조금 더 친밀하게 대해 주면 기쁘련만……. 네 각력 스킬을 한 단계 성장시켜 줄 테니 조금 더 사랑스러운 목소리로 말해 보거라.]

"저한테 각력 스킬이 있었어요!?"

[네가 '마격'이라 부르는 동작을 취할 때마다 미미하게나마 꾸준히 단련되고 있었다. 악력 스킬과 함께 너의 신체 능력을 보다 강화시켜 주는 중요한 스킬 중 하나로구나.]

에반은 자신에게 수준 높은 각력 스킬이 있었다는 사실을 이제야 알게 되었다!

생각해 보면 마격을 할 때 캔슬되는 동작이 발차기이니 그것의 수련치가 정상적으로 들어간다면 각력 스킬이 수련되는 것도 당연한 일이긴 한데!

"예상외의 소득이라 기쁘긴 하지만…… 그래도 각력이라. 내 직업이 완전히 격투가로 굳어진 느낌인데."

[걱정하지 마라, 너의 길은 격투가 따위가 아닌 완벽한 외도이다.]

"시끄럿!"

각력 스킬은 격투술과 비슷하면서도 다른 카테고리에 있는 스킬이다. 어디까지나 격투술이 아닌 일반 맨몸 공격에 포함되는 발차기를 통해 획득하고 수련할 수 있는 스킬이기 때문.

그러면서도 각력 스킬로 인해 더해진 스테이터스 자체는 격투술에도 긍정적으로 작용하니, 만약 격투술을 진지하게 익히려고 한다면 각력 스킬을 함께 수련하는 것이 좋았다.

……물론 요마대전 시리즈 플레이어 중에 그렇게까지 힘든 길을 돌아가려는 사람은 별로 없었겠지만!

'가만…… 혹시 지금 나는 요마대전 고인물들이 봐도 상당히 특수한 길을 걷고 있는 것이 아닐까?'

그 깨달음에는 조금 뒤늦은 감이 있었다.

에반은 몸에 착용할 수 있는 다섯 개의 아티팩트 중 두 개가 장신구인 데다, 가죽 장갑은 무기를 착용하지 못하게 하는 맨손 전용 아티팩트, 부츠는 스테이터스를 낮추는 저주템…… 이 시점에서 이미 상당히 특수한 것이다!

'후, 다행이다. 리미트 브레이커로 아티팩트 착용 한계를 늘리지 않았으면 완전히 변태 취급을 받았을 거야.'

물론 지금 시점에서도 완벽한 변태였지만, 에반은 애써 현실에서 눈을 돌리고 있었다. 그런 에반에게 재차 청천벽력이 떨어졌다.

[지금은 신들끼리 너의 장갑을 진화시키는 방법에 대해 논의하고 있단다.]

"아니, 왜요!?"

이 장갑은 어디까지나 수련용인데!

[그야 딱히 지금의 네게 더해 줄 스킬은 없으니 남은 건 장비를 진화시켜 주는 방법뿐이지 않겠니. 하지만 므이라슬의 목걸이는 우리가 감히 손을 댈 수 있는 것이 아니고.]

"이게 그렇게 대단한 물건이었어!?"

하긴 근래 들어선 에반도 슬슬 이 목걸이가 대체 어디까지 진화할 것인가 신경이 쓰이고 있기는 했다!

[설산정령 귀걸이는 정해진 길이 있으니 마찬가지로 손을 댈 수가 없구나.]

"음……?"

게임에서 설산정령 귀걸이는 진화 불가 아티팩트였는데? 그럼에도 불구하고 성능이 워낙 뛰어나 최종 장비로 손꼽힐 정도였다.

하지만 신들의 말에 따르면 이 아티팩트에는 알려지지 않은 진화 방법이 숨겨져 있는 모양이었다. 아니, 가만. 그렇다면……. 에반에게 문득 떠오른 생각이 있었다. 물론 지금 당장 확인할 수는 없다. 아직은 에반에게도 이 귀걸이가 필요하니까.

[거기에 마신의 힘이 깃든 그 부츠는 우리가 손을 대기 싫고…… 그러니 남는 것이 그 장갑뿐이구나.]

"그렇다면 차라리 다른 아티팩트를 가져올 테니 그걸……."

[네가 몸에 댄 지 오래된 아티팩트가 아니면 무의미하다. 그러니 그 장갑을 진화시켜 주는 것으로 확정이구나.]

"쪼잔하기는……."

구시렁거리는 에반의 귓가에 언제나처럼 침착한 신의 목소리가 들려왔다.

[그러니 축복의 기운을 조금만 더 모아서 25층 즈음에서 장갑을 진화시켜 주마.]

"그것참, 친절도 하시지."

신의 축복에는 마일리지 제도가 없다는 것이 플레이어들 사이에 불문율처럼 전해지는 정설이었는데, 신들과 대화를 나누다 보면 꼭 그렇지만도 않다는 사실을 알 수 있었다.

결국 중요한 것은 이룩한 성취에 따라 주어지는 축복의 총량이리라. 게임은 단순한 시스템이었지만 이 세상에서 실제로 사람들에게 축복을 나누어 주는 것은 어디까지나 신의 힘. 그러니 그들의 재량이 개입되기도 하는 것이다.

"25층이라 이거죠. 알겠습니다, 오늘 안에 가 보죠."

[그냥 하루 만에 던전 100층까지 도달하는 걸 목표로 삼아 보는 건 어떨까.]

"전 아× 크리스틴이 아니거든요."

그로부터 여덟 시간 후, 에반은 약속대로 하루 만에 일행을 이끌고 25층의 히든 보스 워 트롤 나이트를 격파하는 데에 성공했다. 25층에 있는 마신상을 단숨에 쪼개 부츠의 저주를 강화시키는 것도 잊지 않았다.

약속을 완수한 에반에게 신들은 기꺼이 보상을 내렸다. 그 보상의 이름은 바로…….

[축복이 충분히 모였구나! 너의 장비에 대축복을 내리겠다. 지금부터 너의 장갑은 우리의 언어, 룬으로 말미암아 너와 함께 살아 숨 쉬게 되리라!]

……뜻하지도 않았던 신의 문자 룬이었다.

Chapter 35.
에반 디 셰어든, 전설과 이별하다

에반은 자신이 제대로 들은 것인가 믿지 못해 반사적으로 반문했다.

"룬?"

[음, 룬을 모르느냐?]

왜 모르겠는가. 너무 잘 알아서 문제다. 룬은 신의 문자. 요마대전의 세계에 존재하는 모든 마법 문자의 최고위에 속하며, 인간은 감히 다룰 수 없는 문자인 것이다!

당연히 룬이 새겨진 아티팩트는 요마대전의 아티팩트 랭킹 최상위에 위치해 있었으며 요마대전 플레이어들도 운이 따라야만 얻을 수 있는 귀한 보물이었다.

그렇게 희귀한 것이기에 에반이 데빌 룬이라는 미지의 룬에 민감하게 반응했던 것이기도 하고…….

“그런데 그 룬을 25층에서 벌써 얻을 수 있다고요……?”

[여태까지 네가 이룩한 업적을 생각해 본다면 이 정도는 당연한 일이 아니냐?]

[이제 와서 룬 정도로 그렇게 놀라 줄 줄은 몰랐는데…… 좀 기쁜걸.]

[힘을 쓴 보람이 있구나. 이제 우리의 위엄을 좀 알겠는가, 아이야?]

그러나 에반의 말을 듣고 있던 신들은 오히려 에반의 반응이 호들갑스럽다는 투로 대꾸했다.

신들의 입장에서 보면 에반은 여태껏 단 한 번도 드러나지 않고 감추어져 있던 던전의 온갖 위험한 함정과 비밀들을 철저하게 깨부수며 기존의 모든 기록을 갈아 치우고 있는 괴물!

확실히 본래 룬은 25층의 보상으로 등장할 만한 것이 아니지만, 에반에게 부여되어야 할 축복의 총량을 생각해 본다면 아슬아슬하게나마 가능한 수준이었다.

[물론 단번에 모든 능력을 담아 줄 수는 없다만. 지금은 우선 하나뿐이다.]

[앞으로 네게 줄 축복의 잉여가 생길 때마다 그 장갑에 새로운 룬을 부여해 주마.]

[천중과 같이, 우리가 함께 만들어 가는 또 하나의 예술 작품이로구나.]

그의 양손에 착용하고 있는 검은 가죽 장갑 손등 위로 작게 룬 문자 하나가 새겨졌다. 쇠사슬을 닮은 문자였다.

요마대전 독극물인 에반은 그것이 '제라'라고 불리는 룬이라는 사실을 금방 알아차렸다.

분명 기원은 다르지만 지구의 룬 문자와 발음과 생김새는 같았다.

[제라, 그것은 쇠하지 않는 힘.]

[제라, 그것은 대지와 같이 무한한 생명력.]

[이 룬이 빛을 발하는 동안 너는 결코 쓰러지지 않으리라.]

제라의 룬은 쉽게 말하면 생명을 유지하는 힘이다. 이것이 새겨진 아티팩트에는 체력과 마력, 스태미나의 회복 속도를 크게 상승시켜 주는 효과가 있었다.

가뜩이나 괴물 같던 에반의 내구도에 박차가 가해진 순간이었다.

[이 아티팩트에 '검은 구름'이라는 새로운 이름을 부여하겠다.]

"검은 구름……."

'단숨에 아티팩트 가치가 폭등해 버렸잖아.'

에반은 완전히 가죽 장갑, 검은 구름에 정착하여 이젠 희미한 보랏빛을 발하고 있는 제라의 룬을 더듬으며 난감한 표정을 지었다.

물론 무척 기쁜 일이다. 기쁜 일이지만, 이래서야 계속 이 장갑을 끼고 다녀야 하지 않는가! 언젠가는 에반의 적성에 맞는 무기를 찾아낼 수 있을 줄 알았는데…… 아니, 사실 이건 반쯤 포기하고는 있었지만.

"앞으로 맨손 격투가로 전업하라는 신의 계시인가……."

[그건 아니다. 너는 외도다.]

[우리는 그런 계시를 내린 적이 없으니 잊어라.]

빌어먹을 외도!

[나 *%&l*의 이름으로 말하건대 그 아티팩트는 너를 위해 준비되어 있던 것이 틀림없다.]

"이런 기분 나쁜 아티팩트가 내 운명이라고 들어도 별로 기쁘지 않거든요?"

게임에서는 에반의 목숨을 잡아먹었던 아티팩트 중 하나인데! ……물론 에반과 엮여서 그를 죽이지 않은 아티팩트를 찾는 편이 더 빠르긴 하지만!

[하지만 이렇듯 룬의 힘을 거듭해 가면 그 어떤 효용을 지닌 무기도 초월하는 최고의 무기가 되어 줄 것이다.]

"그렇죠. 이 아티팩트를 착용하고 있는 한 여전히 맨손 취급이기는 하지만요…… 흠?"

그러나 거기까지 말하다 말고 에반의 뇌리를 스치고 지나가는 생각이 있었다. 그것은 바로 요마대전 게시판에서도 잠시 유행이 되었었던 '맨손 스킬'에 대한 상념이었다.

'요마대전 시리즈에는 반쯤 장난으로 만들어진 스킬도 있고, 개발자가 완전히 현실도피하려고 만든 스킬도 있다. 대표적인 것이 맨손 스킬. 투척 스킬처럼 맨손일 때에도 다룰 수 있는 스킬이 아니라, 맨손이 아니면 아예 쓸 수 없는 스킬. 까놓고 똥스킬 취급이었지…….'

요마대전의 스킬의 위력은 본인의 스테이터스에 들고 있는 무기의 능력과 스킬의 바탕이 되는 검술, 창술 등의 기초 스킬 레벨이 더해져, 혹은 곱해져 책정된다.

그런데 그중 무기와 기초 스킬을 아예 빼 버려야 쓸 수 있는 스킬이 있다니? 스킬을 만든 시점에서 효율은 아예 제쳐 놓은 것이나 다름없었다.

당연히 고속 공략을 목표로 하는 플레이어들에게는 찬밥 신세가 되었고, 일부 고행을 좋아하는 변태 플레이어, 독극물들만이 맨손 스킬들을 탐구해 보겠다며 작은 붐을 일으켰을 뿐이다.

'하지만 맨손 스킬에는 그 모든 사실을 감안하고도 받아들일 수 없는 치명적인 결점이 있었으니…… 바로 애초에 장난질로 만든 스킬이기 때문에 그중 대부분이 스킬 레벨조차 없는 이벤트성 스킬이었다는 거지.'

그중에는 단순한 제스처에 지나지 않는 스킬도 많았고, 저작권에 걸리지 않는 걸까 싶은 위험한 스킬도 많았다.

그 외에도 스킬 레벨이 오를수록 소모 스태미나는 늘어나는 주제에 위력은 반대로 약화되는, 스킬 자체에 저주가 걸린 것이 틀림없는 스킬마저 있었다.

하지만 그중에 딱 하나, 제대로 된 스킬이 있다.

격투술 레벨이 높으면 제대로 그것이 스킬에 반영되어 강해지는, 오직 맨손일 때만 다룰 수 있으며, 스킬 레벨이 오르면 오를수록 위력이 제대로 증가하는…… 그래서 맨손으로 요마대전 3를 클리어하고자 하는 변태 플레이어들은 반드시 습득하는 스킬!

'스킨 블레이드.'

통칭 스블, 이름에 칼날Blade이 들어가는 주제에 정작 검술 스킬은 전혀, 요만큼도 영향을 끼치지 못하는 완전한 맨손 스킬! 분명 동작은 검술 같지만 이상하게 격투술 스킬을 익혀야만 데미지 보정이 들어가는 괴악한 스킬!

에반은 여태까지는 그런 장난질에 불과한 스킬을 익힐 필요는 없다고 생각했지만, 맨손 전용 아티팩트인 하늘의 손이 강화되고 나자 조금 생각이 바뀌었다.

어차피 에반은 지금 자신의 적성도 모르고, 그나마 잘 다루는 건 격투술과 투척…… 이렇게 되면 굳이 맨손 스킬을 피할 필요가 없지 않나, 하는 생각이 드는 것이다.

"……이제 와선 밑져야 본전이지. 스킬 퀘스트, 시작해 볼까."

[이 아이가 또 뭔가 외도 같은 생각을 하고 있는 모양인데.]

[우리도 잊어 먹을 만큼 오래된 전설이라도 하나 깨워 낼 셈인가.]

[생각은 나중에 혼자서 하고 이제 그만 가거라. 아, 아마 30층쯤에서 다시 천중을 강화시켜 줄 수 있을 것 같구나.]

"그러니까 그런 거 미리 예고하지 말라고요. 설레지가 않잖아……."

아니, 사실 모르고 있었다고 해도 천중이 강화된다는 것으로 설렐지는 알 수 없었지만!

❋❋❋

그로부터 이틀이 흘러 에반 일행은 던전에서 나왔다. 에반의 생일을 하루 앞두고 있는 시점이었다.

신들이 장담했던 대로, 에반의 천중 4는 무사히 천중 5로 강화되었다. 과연 이게 어디까지 갈지 에반도 조금 궁금했다.

"최고 도달 계층, 31층 확인 완료했습니다. 에반 공자님, 귀환을 축하드립니다."

"밖이다아아아아아!"

"레이, 시끄러. 우리 지금 조용히 움직여야 한다고 했잖아."

"읏, 권력으로 내 위에 서자마자 의기양양해하며 바로 억눌러 오는 에반 오빠도 조금 좋은 것 같아……!"

"글쎄, 시끄럽다고."

던전에 들어간 지 불과 며칠밖에 되지 않은 에반 일행이 11층에서부터 무려 30층까지 주파했음에도 불구하고 던전 입구에서 그들을 맞이하는 사제의 표정은 담담하기 그지없었는데, 세르피나로부터 미리 사전 교육을 단단히 받은 덕분이었다.

"귀환 축하드립니다."

"고마워요. 우리랑 같이 들어갔던 다른 팀은?"

"두 명을 제외하고는 전원 무사히 복귀했습니다. 모두 21층까지 도달했습니다.”

“알려 줘서 고마워요.”

에반은 준비하고 있었다는 듯 대꾸하는 사제의 말을 들으며 만족스럽게 웃었다. 이로써 던전 기사단 전원에 더해 아나스타샤까지 무사히 21레벨을 찍은 셈…….

“잠깐만. 두 명을 제외하고? 한 명이 아니라?”

“예. 에반 공자님의 집사 샤인 그리고 레오나인 공녀 아나스타샤 L. 레오나인 님이 아직 귀환하지 않았습니다. 먼저 귀환한 이들의 말에 따르면 둘이 함께 던전을 탐사하기로 했다고…….”

“Oh…….”

에반은 탄식을 흘리며 한 손으로 자신의 얼굴을 쓸어내렸다.

사정이 어떨지는 그 말을 듣자마자 대강 파악이 됐다. 던전 20층을 무사히 돌파한 후, 나머지 일행을 돌려보내고 혼자 21층으로 향하려는 샤인을 아나스타샤가 붙든 것이리라.

‘생각해 보면 그것도 당연하지! 나 같아도 좋아하는 사람이 혼자 위험한 짓을 한다고 하면 붙들겠다! 물론 샤인한테는 전혀 위험하지 않은 일이지만!’

하지만 설마 붙드는 수준이 아니라 따라서 내려가 버릴 줄이야. 이전의 심약했던 아나스타샤만을 기억하고 있는 에반에게는 놀라운 일이 아닐 수 없었다.

그녀가 원래 그렇게 대담했던가? 아니면 마녀의 핏줄이 사람을 그렇게 만들기라도 하는 것인가!

"단둘이 던전 데이트네. 부럽다. 나도 에반 오빠랑 둘이서 들어갈래."

"던전에 남녀가 둘 있다고 해서 그걸 데이트라고 말할 수 있는 녀석도 얼마 없을 텐데."

머리가 지끈거렸다. 설마 샤인이 던전에서 곤경을 겪으리라고는 생각하지 않지만, 드루이드 능력을 수련한 지 1년도 채 되지 않은 아나스타샤가 20층 너머의 던전을 감당할 수 있을까?

아니, 공녀라는 양반이 그런 위험한 짓을 어떻게 아무렇지도 않게 하는 거지, 이전엔 메나톤으로 파견되는 것도 무서워 벌벌 떨었던 여자애가!

"너무 걱정하지 마시지요, 도련님."

그때, 아나스타샤의 몸에 무슨 일이 있을까 걱정하던 에반의 옷소매를 벨루아가 지그시 잡아당겼다. 그녀의 눈에 어려 있는 것은 자신감이었다.

“마녀의 힘은 그렇게 녹록지 않습니다. 자신이 마녀라는 사실을 모르고 있던 때에도 그녀의 마녀로서의 힘은 꾸준히 성장하고 있었으니, 그녀는 도련님이 생각하시는 것처럼 단순한 초보 드루이드가 아닙니다.”

“……그런 거야? 난 마녀에 대해선 아예 몰라서.”

요마대전 독극물인 에반도 미지의 분야에 대해선 반박할 수가 없다. 마녀가 그렇다면 그런가 보다, 하고 넘어갈 수밖에 없는 것이다.

에반이 머리를 긁적이며 난감해하자 벨루아는 입가에 희미한 미소를 띠며 말을 이었다.

“마녀의 마력은 드루이드의 능력과 궁합이 잘 맞는 것 같았습니다. 거기에 샤인까지 있으니 괜찮을 겁니다. 어쩌면 그로 인해 던전 공략이 더욱 빨라질지도 모릅니다. ……그녀 또한, 적어도 레벨 업에 필요한 업적은 충분히 달성할 수 있겠죠.”

“루아가 그렇게 말할 정도라면…… 알겠어. 어차피 지금은 믿고 기다리는 수밖에 없으니까.”

여전히 납득할 수는 없었지만, 지금은 얌전히 샤인의 복귀를 기다리기로 했다. 아나스타샤는 몰라도 샤인의 실력만은 믿을 수 있으니까.

"에반 오빠, 나 힘들고 지쳤어. 씻고 싶어."

"그래, 고생 많았어. 목욕하러 가자."

"나 오빠랑 같이 탕에 들어가면 피로가 싹 씻길 것 같아."

"너의 그 지치지 않는 도전 정신은 존경해."

에반은 지치지도 않고 자신에게 달라붙는 세레이나에게 생긋 웃어 주었다. 직후 뒤에서 나타난 아리샤가 세레이나를 구속해 주었으므로 다행히도 에반이 자신의 손을 더럽히지 않고 끝났다.

그는 요즘 아리샤가 자주적으로 세레이나를 단속해 주어 무척 고맙다고 생각했지만, 그와 동시에 살짝 무섭다는 생각도 들었다. 물론 이런 생각은 아리샤에게는 비밀이었다.

"에반, 이제 돌아왔느냐?"

"아, 레오 할아버지."

그런데 목욕을 마치고 본부로 복귀하는 에반 앞에 익숙한 사람이 모습을 드러냈다. 레오였다. 에반은 내심 그가 그동안 멋대로 사라지지 않아 다행이라고 생각했다.

하지만 정작 레오 본인의 표정은 살짝 딱딱하게 굳어 있는 것처럼 보였다.

"네가 말한 대로 30층까지 클리어하고 나온 게냐?"

"네. 31레벨이 됐어요. 그런데 할아버지, 왜 그렇게 완전무장을……."

"마침 잘됐구나. 하루 먼저 생일 선물을 주마."

"생일 선물?"

"오냐."

레오는 에반의 물음에 고개를 끄덕이는가 싶더니, 등에 비스듬히 메여 있던 대검을 끌러 내어 에반을 겨누었다.

"대련이다. 전력 대 전력으로, 죽기 살기로 한번 붙어 보자."

"대련이라고요?"

"그래, 대련이다. 결투라고 바꿔 말해도 좋다."

싫다는 말은 통하지 않을 것 같은 분위기였다. 레오는 언제나 장난기가 넘치는 양반이지만 그래도 진담과 농담은 구분할 줄 알았다.

지금 레오에게선 에반이 그의 말에 고개를 끄덕이지 않으면 그대로 대검을 에반을 향해 휘둘러 올 것 같은, 날카롭게 날이 갈린 살기가 느껴졌다.

"……그게 무슨 선물이에요."

"선물이라면 선물이다."

"정말 할아버지도 참."

에반은 한숨을 푹 내쉬며 레오를 째려보았다. 그는 여전히 에반을 똑바로 바라보고 있었다. 아리아가 항상 '이이는 대체 언제 철이 들려나?' 하고 한숨을 쉬는 것이 이해가 갈 만큼 젊고 뜨거운 시선이었다.

만약 레오가 곧 떠난다는 얘기를 듣지 못했으면 어떻게든 자리를 회피했겠지만…… 그는 재차 크게 한숨을 내쉬며, 가볍게 고개를 끄덕였다.

"좋아요, 붙어요."

"어, 진짜냐?"

"죽은 사람 소원도 들어준다는데 할아버지 소원을 못 들어드리겠어요."

"이놈이……?"

에반이 시원스레 승낙하자 오히려 레오가 당황하고 말았다. 그는 원래 억지로 덤벼들어 에반의 부츠를 벗길 각오까지 하고 있었는데……?

"전력으로 붙는 거다. 부츠 벗고."

"알아요."

"물론 아리아가 대기하고 있겠지만 잘못하다간 크게 다칠

지도 모른다."

"믿고 있을 테니까 즉사만은 피해 줘요, 할아버지."

"어, 어어……?"

상상과는 전혀 다르게 돌아가는 상황에 레오가 엉거주춤하고 있는 사이 에반은 일을 척척 진행시켰다.

우선 부츠를 벗어 인벤토리에 집어넣은 다음 적당한 가죽 부츠를 꺼내 신고, 뒤에서 대기하고 있던 벨루아에게 던전 기사단 전원을 집합시키도록 한 것이다.

"아니, 집합은 왜?"

"기껏 목숨까지 걸고 대련하는 건데 몰래 해치우긴 아깝잖아요. 보는 것만으로 애들한테도 도움이 될 거예요. 특히 할아버지의 움직임은요."

"하하, 샤인이 좋은 구경을 놓쳤군요."

에반과 레오의 대화를 듣고 있던 라이한이 들뜬 목소리를 냈다. 무기를 다루지는 못한다지만 그도 기사다. 자신이 알고 있는 한 가장 강한 두 명이 족쇄 없이 붙는다는데 흥분하지 않을 수가 없었다.

"그럼 할아버지, 애들도 곧 모일 테고 우리도 바로 수련장으로 가죠. 거기라면 충격도 잘 버텨 줄 거예요."

"에반 네 녀석…… 너무 순순해서 오히려 기분이 나쁘구나. 무슨 일 있었던 거냐?"

"이 할아버지는 말을 들어도 뭐라 그래."

던전 기사단 전원이 수련장에 집합하기까지 그리 오랜 시간이 걸리지는 않았다.

샤인은 던전에 들어가 있으니 빠졌지만 의무병 아리아가 대기하고, 거기에 더해 어째선지 버나드와 일로인에 로즈, 정말로 어째선지 한나와 세르피나까지 있었다.

"레오 놈이 짓밟히는 구경은 아무 때나 할 수 있는 게 아니니까."

"저 역시 절대적인 강자끼리의 싸움에 흥미가 있습니다."

[아니, 저 꼬맹이가 강한 것은 알고 있다만 나의 본체를 갈랐던 저 망할 사내와 대등할 정도란 말이야……?]

"영감님, 저거 말려야 되는 거 아녜요?"

"아니, 그래도 공자님이라면……."

아무래도 아리아가 버나드에게 대련 소식을 알렸고, 마침 그 자리에 함께 있던 일행이 전부 몰려온 느낌이었다.

세르피나와 한나가 함께 던전에 들어가는 사이라는 것은 알고 있었지만 저들과 함께 티타임을 가질 정도로 친밀해졌었다니 역시 여자는 알다가도 모르겠다.

하지만 가장 모르겠는 건…….

"……마지막 공정을 위한 한 걸음. 눈에 새기겠습니다."
"오르타는 대체 어떻게 온 거예요!?"
"음? 마지막 공정?"
"아무것도 아네요!"

지금쯤 레오와 아리아의 무구를 제작하느라 바빠야 할 에반의 전속 대장장이 오르타까지 수련장 한편에 정좌하고 있었다!

듣자니 에반이 던전에서 귀환했다는 소식을 듣고 작업 진척 상황에 대한 보고를 하기 위해 왔다는 모양이었다. 에반은 레오를 위해 준비한 선물의 존재가 들키지 않게 하느라 무진 애를 써야 했다.

"이거 뭔가 잔치 같구나."
"부담 백배네, 아주 그냥."

그나마 후작가 식구들이 오지 않은 것이 다행이라고 생각하며 에반이 고개를 절레절레 젓는 바로 그 순간, 수련장 문이 열리고 소라인 후작을 위시한 가족들이 우르르 들어왔다. 메이벨과 기사단장까지 있었다.

“정말로 우리 에반이 레오 경과…….”

“에반, 힘내!”

“아니, 진짜 무슨 축제라도 해!? 그냥 대련하는 건데!”

“천금을 주고도 볼 수 없는 귀한 장면이니까요.”

원흉은 바로 기사단장이었다. 같은 파티였던 연줄로 아리아에게 연락을 받은 기사단장이 에반의 가족들을 모조리 끌고 온 것! 그나마 가신들을 소집하지 않은 것이 다행이었다.

“이거 정말 대충할 수 없게 됐구나.”

“할아버지는 처음부터 대충할 생각도 없었잖아요.”

에반은 부츠의 착용감을 확인해 보려는 듯 바닥을 툭툭 두드려 보았다. 그리곤 만족스럽게 고개를 끄덕이며 레오와 거리를 벌렸다.

저주받은 부츠를 신고 있지 않다는 점을 제외한다면, 사실 에반과 레오의 대련은 평소부터 자주 벌어지는 일이었다. 그런 만큼 익숙했다.

“아리아 님, 결계 쳐 주세요.”

“어머, 그렇게까지.”

“아리아, 부탁해.”

“이미 치고 있어요.”

구경꾼들은 에반과 레오가 자세를 잡는 것을 보곤 알아서 조용히 제자리를 찾아 앉았다.

그사이 아리아는 짧은 영창으로 두 사람을 중심으로 하는 반구형의 결계를 만들어 냈다. 과연 공신의 사제다운 실력이었다.

"그럼 제가 부족하지만 심판을 보도록 하겠습니다."

레오와 에반의 경기에 휩쓸리지 않을 수 있는 유일한 사람, 기사단장 미하일 디 에어로크가 결계 안으로 들어왔다.

본인이 대련을 하는 것도 아니면서 긴장한 안색으로 에반과 레오를 번갈아 보는 미하일. 에반은 쓴웃음을 지으며 말했다.

"신호 부탁해요, 기사단장."
"……알겠습니다. 그럼."

기사단장의 손이 하늘을 향했다가…… 아래로 떨어지는 그 순간.

에반의 주먹과 레오의 대검이 격돌했다.

"크!?"
"……!"

순간, 섬광이 번쩍여 결계 내부를 가득 채웠다. 끔찍하게 압축된 밀도의 마나가 충돌하며 폭발했으니 그도 당연했다.

그러나 다음 순간 빛은 온데간데없이 사라지고…… 다시 새로운 충돌과 함께 섬광이 일었다. 그 충돌의 중심에 있던 두 사람은 몸에 가해지는 부하에 절로 이가 갈렸다.

"너, 30층까지 내려간 것 맞느냐……? 그 정도로 설명할 수 있는 강함이 아니잖아!"

"그동안 존재 레벨도 올렸거든요……! 할아버지야말로 고작 1년 만에 많이 따라잡으셨네요!"

"난 천재거든!"

에반의 주먹과 레오의 대검은 허공에서 부딪쳐 호각 상태를 유지하고 있었다. 유형화될 정도로 압축된 마나가 쉼 없이 충돌하며 파지직, 스파크를 튀겼다.

에반의 것은 그의 눈동자와 닮은 보랏빛, 레오의 것은 그의 용맹한 영혼처럼 번쩍이는 황금빛. 마나의 질은 동일했다.

충돌이 몇 번이고 반복되었으나 둘 중 어느 한쪽이 밀리는 일은 없었다.

'역시 단순한 힘겨루기는 의미가 없군.'

이미 수십 년간 마나를 수련하고, 끝내 던전의 70층까지 정복한 레오와 이제 고작 14살이 되는 소년의 마나의 질이 동등

한 수준이라는 것부터가 기가 막히는 일이었으나…… 레오는 이 정도로 물러설 생각은 없었다!

"하!"

레오의 날카로운 기합이 에반의 귓가를 파고든 순간. 레오의 대검이 환한 빛을 발하는가 싶더니, 밀도 높은 마나가 뭉쳐진 마나의 탄환이 검극으로부터 수백 발 연달아 튀어나왔다!

본디 검을 매개로 마나를 뭉쳐 내던지는 단순한 스킬에 불과하지만, 수십 년 세월 스킬을 수련해 마스터의 경지에 이른 레오는 그것을 동시에 수백 개나 쏟아 낼 수 있었다!

'진짜 죽일 생각이냐!'

이전에도 스킬 마스터의 경지라는 것은 알고 있었지만 던전에 들어가 강화되어 나오는 바람에 그 흉악한 위력이 배가되었다!

에반은 기함하면서도 순식간에 물러나 안전거리를 확보했다. 레오가 바라던 대로였다. 레오는 대검이고 에반은 맨손이니, 그를 수월히 상대하려면 간격을 벌려 둘 필요가 있었던 것이다.

"……흡!"

그러나 에반의 천중은 단순한 격투술이 아니다. 일대를 짓누르는 끔찍한 압력을 생성시키는 것도 모자라 그 힘을 자유로이 조종해 멀리 떨어진 적까지 공격하는 괴악한 능력!

그 압도적인 힘이, 자세를 고치느라 순간적으로 빈틈이 드러난 레오의 왼쪽 어깨를 향해 날아들었다!

"어이쿠!?"

"음, 역시 보완했네요."

다만 레오가 거기에 당하는 일은 없었다. 오히려 그는 그 순간을 기다리고 있던 것처럼 자연스레 앞으로 몸을 숙이며 재차 에반에게 돌진해 왔다.

"네가 친절하게 다 알려 준 것이 아니냐, 내 약점을 보완하도록!"

"음, 물론 그런 목적도 있었지만 그땐 설마 다시 할아버지랑 싸워야 할 줄은 몰랐죠!"

난폭하고 신속한 걸음, 사자활주!

에반에게 끝내 가르쳐 주지 못한 그만의 고유 스킬의 힘이 더해져, 레오의 대검에는 미증유의 힘이 깃들어 있었다.

에반을 짓눌러 오는 난폭한 공격! 기교보다는 힘에 치중한 기술이지만 이것이 절묘하게도 빠져나갈 틈이 없었다.

"크윽!"

"흐아아아압!"

그런데 에반이 그의 대검을 양손으로 받아 내며 반사적으로 힘을 주어 대항하려는 순간 레오의 대검에서 힘이 살짝 빠지며 그가 뒤로 조금 물러났다.

실로 미묘한 힘 조절. 체중을 실어 방어하고 있던 에반의 몸이 그만 앞으로 조금 기울고 말았다.

"……음!?"

"하!"

무심코 앞으로 몸을 내미는 모양새가 된 에반이 그것을 깨달았을 땐 어느덧 대검을 회수한 레오가 섬전 같은 가로 베기를 내지르고 있었다.

더구나 황금의 오러가 집약되어 빛을 발하고 있는 것이, 스킬까지 발휘하고 있는 모양이었다!

"반으로 갈라져 죽어라, 꼬맹아!"

"즉사는 피해 달라고 했잖아요!"

에반은 비명을 내지르며 냅다 주먹을 내밀었다. 그 짧은 순간 천중의 힘이 주먹 끝부분에 몇 번이고 중첩되며 종이 울리는 것처럼 웅웅거리는 소리를 냈다.

소리뿐만이 아니다. 주먹의 존재감에 천지가 진동하기 시작했다.

'음!? 아직 닿기도 전인데 대검이 밀리고 있다고……!'

레오는 그 단순한 대응만으로 에반이 또 천중을 성장시켰다는 사실을 깨달았다. 저놈은 대체 던전에서 몇 번이나 저 스킬을 진화시켜야 속이 풀린단 말인가!

"네놈, 억!?"

그런데 에반의 능력에 경악하면서도 스킬을 바꿔 대응하려던 바로 그 순간 레오의 몸에 끔찍한 충격이 퍼졌다. 에반의 송곳 같은 발차기가 레오의 정강이에 꽂혀 있었다!

천중의 기운이 집약된 주먹에 정신이 팔린 사이, 그에 못지않은 힘을 담은 오른발이 날아든 것이다.

"할아버지, 부주의만은 고쳐지질 않는단 말이죠."

레오의 몸은 역시 단단했다. 자신의 각력 스킬을 깨닫고 그 힘을 모조리 끌어내어 레오를 그대로 벽까지 날려 보낼 생각으로 찼는데 레오는 그 자리에서 꿈쩍도 않고 있었다.

그래도 데미지는 충분히 들어갔으리라. 그렇게 생각한 에반이 발을 거두며 재차 자세를 취하려는데 그것이 마음대로 되지 않았다.

그의 발바닥이 레오의 정강이에 달라붙은 채 떨어지지 않았다.

"……?"

"힛."

레오가 천박한 웃음소리를 내며 자신의 발을 뒤로 뺐다. 그러자 그와 연결된 채인 에반의 몸이 균형을 잃고 그 자리에 무너졌다.

그때 수련장 바닥에 머리를 부딪친 에반이 정신을 차릴 틈도 없이 그의 머리 위로 쏟아지는 대검!

"익, 이익……!"

에반은 당황하며 천중의 기운(이하 천중력)을 머리 위로 집중시켰으나, 자세가 불안정해서 그런가 그 힘이 충분하지 못해 금세 파훼되고 말았다.

그는 바닥에 안면이 비벼지면서도 어떻게든 늦기 전에 양팔을 휘둘러 내리쳐지는 레오의 대검을 막아 냈다. 재차 섬광이 일었다.

"할, 아버지……!"

"칫."

에반의 목덜미 근처에서 아슬아슬하게 대검이 멈추었다. 대검에 실린 끔찍한 힘을 받아 내느라 에반의 양어깨가 삐걱거렸다.

그러나 에반의 오른 발바닥은 이런 상황에도 여전히 레오의 정강이에 달라붙은 채 떨어지지 않았다. 자세가 턱없이 불편해 꽥꽥 고함을 지르고 싶어질 정도로 힘들었다.

그렇다면 부츠를 벗으려 해도…… 장비가 문제가 아니라 그의 몸에 작용하는 힘이라 불가능했다!

"이거 고유 스킬이죠!?"

"오냐, 저번에는 워낙 빨리 틈을 찔려 자멸하느라 못 보여줬던 능력이지. 더러운 복수라고 한다. 멋진 이름이지?"

더러운 복수, 알고 있는 스킬이다. 요마대전 1에서만 얻을 수 있는 무척, 무척 특수한 스킬!

적의 공격을 몸으로 받아 냈을 때 일정 확률로 터지는 패시브 스킬로, 상대에게 일정 시간 동안 행동하지 못하게 하는 스턴을 거는 스킬.

그런데 그게 이런 식으로 발동하는 스킬이었을 줄이야! 아니, 그것보다도…….

'요마대전 1에 나오는 스킬을 할아버지가 왜 갖고 있어!'

❁❁❁

'가뜩이나 사기스러운 능력이 많은 할아버지한테 꿍쳐 둔 스킬까지 있었다니……!?'

에반은 신음했다. 바보 같았다. 말도 안 되는 능력을 지닌 레오가 아니라, 그가 다른 스킬을 숨겨 두었을 가능성을 생각하지 못한 자신이 바보 같았다.

세상이 요마대전 시리즈 그대로 흘러가지 않는다는 것은 이미 에반도 잘 알고 있었을 터! 레오가 상정 외의 스킬을 꺼내 올 가능성도 얼마든지 있었던 것이다.

"칫…… 흐아!"

"어이쿠."

그는 이를 악물며 그 자리에서 대검을 힘껏 밀어냈다. 레오가 과장스럽게 뒤로 주춤거리며 물러나자, 그의 정강이에 딸려 가는 에반의 몸이 자연히 마구 흔들리며 바닥에 부딪쳤다.

이래서야 제대로 된 움직임을 취할 수가 없다.

"끝났다, 에반. 이 능력이 눈을 뜨면, 난 지지 않는다."

"어휴, 저 철부지. 그렇게 제자를 이겨 먹고 싶었을까."

"……으으흡!"

그때였다. 레오가 그의 몸을 잡아끌며 다시 공격을 해 오려는 순간, 에반은 바닥을 주먹으로 힘껏 때리며 그 반동으로 몸을 띄웠다.

쇄도해 오는 레오의 대검을 천중력으로 어떻게든 밀쳐 낸 직후, 아직 자유로운 채인 그의 한쪽 발이 허공에서 날카로운 직선 궤도를 그리며…….

"하!"

"끄어어!?"

레오의 반대쪽 정강이를 있는 힘껏 걷어찼다. 이번에도 문제없이 더러운 복수가 발동했다. 그 결과 에반의 양 발바닥이 레오의 양쪽 정강이에 달라붙은 셈이 되었다.

"이건……."

"도, 도련님."

황망하여 그 자리에 우뚝 서고 마는 레오, 그의 양쪽 정강이에 발끝이 달라붙은 채 제대로 움직이지도 못하고 바닥에 머리를 부딪치는 에반. 고개를 드니 레오의 턱밑에 자라난 수

염이 보였다.

“에반, 너 바보냐?”

“하지만 아까보다 편해졌어요. 적어도 몸이 흔들리지는 않아요!”

그건 사실이다. 한쪽 발만 연결되어 있을 땐 레오가 움직일 때마다 바람 부는 논밭의 허수아비처럼 펄럭였는데, 양쪽 발이 양쪽 다리와 연결되어 있으니 그래도 제법 안정감이 있었다.

뭣보다, 이렇게 되니 에반뿐만 아니라 레오도 움직이는 것이 불편해졌다. 스킬을 해제하면 이 우스운 상황에서는 벗어날 수 있겠지만…….

“그렇다면 이대로 해보자!”

“칫, 그럴 줄 알았어!”

쾅쾅쾅쾅쾅쾅! 레오는 그 자리에서 움직이지 않고 연달아 대검을 내리쳤다. 양 발바닥이 묶여 꼼짝도 못 하는 에반은 레오에게는 허수아비나 다름없는 표적!

반면 에반은 불안정한 자세인 만큼 힘을 내기 더 불리했으나 어떻게든 몇 번 더 레오의 대검을 막아 낼 수는 있었다. 재차 어깨가 삐거덕거렸다.

"역시 바뀌는 게 없구나!"

"아뇨!"

반격은 지금부터다! 에반은 두 주먹으로 정신없이 레오의 공세를 막아 내면서도 순간적으로 양다리에 강한 힘을 주었다. 천중력을 실어 상대를 억누르려는 것이다.

여태까진 불가능했지만, 천중 5의 힘으로는 어떻게든 가능했다!

"크……!?"

레오는 금세 자신의 양쪽 정강이에 전해져 오는 압력을 느꼈다. 불에 타는 듯 화끈한 마나의 폭력. 레오의 강인한 신체로도 미처 다 막아 낼 수 없는 끔찍한 힘!

비록 에반의 자세는 우습지만 그가 발하는 힘은 진짜였다. 레오가 발하려던 대검 스킬이 충격에 의해 캔슬되고 말았다.

"무슨, 직접 닿고 있는 것만으로 이런……!"

터무니없는 무게감이 레오의 양발을 짓누르고 있었다. 이대로라면 반대로 자신의 빈틈이 드러난다……!

"너, 아까보다 명백히 강해졌지 않냐!"

"스킬이 성장한 지 얼마 안 돼서 숙련도가 조금 부족했었거든요. 이젠 익숙해졌어요."

웃기는 일이다. 불과 조금 전에 스킬 진화를 겪고, 지금까지의 짧은 전투를 통해 조정했다니! 하지만 자신의 제자라면 응당 그래야 한다는 생각도 있었다.

레오는 당장 '더러운 복수'를 해제했다. 에반의 몸이 바닥에 털썩 쓰러졌다.

"좋다, 그럼 이제 진짜를 보여 주마."

"진짜? 설마 또 숨겨 둔 고유 스킬이…… 흡!"

레오의 모습이 그 자리에서 사라졌다. 그렇게 생각한 다음 순간 바닥에 뻗어 있는 에반의 머리 위로 대검이 떨어져 내렸다.

에반은 다급히 주먹을 뻗어 내 대검을 막았으나, 타격 직전 대검은 그의 눈앞에서 사라졌다.

"어딜 보는 거냐, 그건 잔상이다!"

"거짓말!"

직후 그의 다리를 노리고 대검이 날아들었다. 에반은 양팔로 바닥을 박차고 허공에 떠올라 대검을 피했지만, 그다음 순간에는 대검이 또 다른 방향에서 날아들어 그의 복부를 노리고 있었다.

“이힉!”

“실은 잔상이 아니라 사자활주다.”

“알아요!”

에반은 차라리 대검을 붙잡으려 했지만 다음 순간 더러운 복수의 존재를 떠올리곤 멈칫했다. 과연, 더러운 복수는 ‘잡기’를 방어하는 역할 또한 해내고 있었던 것인가!

‘이렇게 되면 일일이 쳐 내면서 빈틈을 만드는 수밖에.’

에반은 약이 바짝 올라 기감을 확장시켰다. 분명 사자활주를 전력으로 발동한 레오의 속도는 무척 빨랐지만 그래도 에반이 놓칠 정도는 아니다……!

“하지만 위치를 잡아내는 것과 대응하는 것은 또 다른 문제다!”

“그것도 알고 있거든요!”

치사하게 에반에게 보법이 없는 것을 알고 속도전으로 공략해 오다니!

하지만 그도 속도로 누구에게 밀리지는 않는다. 극한에 가깝게 강화된 그의 육신이, 연금술사로서 단련된 감각과 동조하며 레오의 움직임을 하나하나 잡아내 대응했다.

쾅! 쾅! 쾅!

눈부신 섬광이 1초에도 수십 번씩 터져 나오며 장내를 가득 채웠다. 지나친 마력의 폭주를 못 이겨 결계에 금이 가자, 아리아는 황급히 결계를 덧씌웠다.

"에반, 계속 그 자리에 있을 거냐!"
"그럼 어쩌라고요!"
"한 발짝 내디뎌라!"

그럼 죽는다! 사방에서 연거푸 쏟아지는 레오의 공격을 막아 내는 것만도 벅찬데 이 자리에서 움직이라니!

하지만 이대로 가만히 있으면 레오에게 당하기만 하는 것도 사실. 에반은 어떻게 움직여야 전투의 흐름을 바꿀 수 있을까, 방어하는 동안에도 필사적으로 생각했다.

'한순간 틈이 있었는데.'

기회는 아까 있었다. 더러운 복수에서 해방되는 바로 그 순간 레오를 공격했더라면 그를 무릎 꿇릴 수 있었을 것이다.

그러나 레오의 말에 현혹되어 멈칫하는 바람에 불리한 자세에서 방어를 시작했고, 거기에서 시작된 수세의 흐름을 아직 뒤집지 못하고 있었다.

'전투의 흐름…….'

전투의 흐름은 실로 중요하다. 에반도 늘 그것의 중요성을 배워 왔다.

다만 여태까지는 에반이 누군가를 상대로 수세에 몰릴 일이 별로 없었다. 레오를 상대로 할 때조차 그랬는데…… 이전 레오의 약점을 공략해 승리를 거두는 바람에 그에게 경각심을 안겨 준 것이 문제였다.

'사자의 발톱을 날카롭게 갈아 준 셈이 됐구나. 아니, 내가 바랐던 일이긴 한데.'

빈틈은 사라지고, 장점은 극대화되었다. 지금의 흐름은 레오의 것이었다. 에반은 거기에 휩쓸리고 있을 뿐이다.

레오는 광풍이다. 거칠고 강력하면서도 신출귀몰하다. 더구나 붙잡는 것도 봉인당했다. 강한 힘으로 부수든, 속도에서 앞서든 둘 중 한 가지는 이뤄야만 했다.

"내가 이미 가르쳐 줬잖아!"

"사자활주는 못 배웠다고요!"

쾅! 유독 선명한 충돌음. 레오의 이글거리는 눈동자가 에반을 정면으로 바라보고 있었다.

레오의 검이 황금으로 타오르며 에반을 밀어붙였다. 사자활주는 같은 전투에서 반복하여 사용할수록 공격력을 증가시켜 주는 끔찍한 옵션을 품고 있었다.

"내가 가르쳐 준 건 내 걸음이지!"

요마대전 2에서 보던 레오 아르페타의 모습이 그곳에 있었다.

처음 만났을 때만 해도 에반의 눈에 차지 않았던 다소 부족하고 현실적이었던 영웅은, 에반의 존재로 인해 어느덧 인세의 한계를 넘은 존재…… 전생의 여반민이 알고 있던 신화적인 영웅 '레오 아르페타'로 탈바꿈하고 있었다.

"그걸 배웠으니 이젠 네 걸음을 만들어야 할 것 아니냐!"
"누구나가 다 고유 스킬을 뚝딱 만들어 내는 건 아니거든요!"
"바보 같으니!"

충돌, 다시 충돌. 다시 결계에 금이 갔다. 에반의 마나와 레오의 마나가 섞여 말로 표현하기 힘든 눈부신 빛을 자아냈다.

아리아가 꽥 소리를 내며 다시 결계를 쳤다.

"이미 갖고 있잖아! 그걸 걸음으로 옮기란 말이다!"
"나한테 대체 뭐가……."
"아직 모르겠으면."

순간 에반의 눈앞을 검광이 가득 메웠다. 에반의 낯빛이 창백해졌다.

사자활주 개방, 비스트 퍼레이드! 사자활주를 펼치며 행했던 모든 검격을 일시에 쏟아붓는 말도 안 되는 사기 스킬!

"일단 한 방 맞아야겠구나!"
"한 방이 아니잖아!"

에반은 본능적으로 전신의 마나를 천중력으로 치환해 전방으로 내밀었다. 헤븐 프레스의 힘을 더해 적용 면적을 늘린 그 힘은, 마치 보이지 않는 하나의 거대한 방패와도 같았다!

"뒤에도 있다."
"읏!?"

게임에서는 분명 한 방향으로 쏟아 내는 공격이었는데, 지금은 그렇지 않았다. 무려 앞과 뒤에서 동시에 쏟아붓고 있었던 것이다.

그것만 해도 엄청난데 문제는 스킬을 구사한 레오 본인은 자유의 몸이라는 것. 그는 에반의 머리 위에서 떨어져 내리고 있었다. 수직으로 내리찍어 오는 대검의 날 끝이 유독 예리하게 빛났다.

저것도 알고 있다. 레오 아르페타의 피니쉬 스킬로 유명한 고유 액티브 스킬, '트와일라잇 기요틴'! 아니, 아무리 주인공이라도 그렇지, 레오 아르페타의 고유 스킬이 너무 많은 것 아닐까!?

"이 할아버지가 진짜……!"

이미 에반의 마나는 모두 전방의 헤븐 프레스에 소모했다. 뒤에서 오는 공격과 위에서 내리쳐지는 대검을 막아 낼 길이 없다.

물론 여러 아티팩트의 힘이 더해져 생긴 뛰어난 마나 회복력으로 이 순간에도 조금씩 마나가 솟아나고는 있지만 이것으로 뭘 어쩐단 말인가!

"이이이이익!"

그 순간 에반이 본능적으로 취한 행동은, 바로 움직이는 것이었다.

솟아나는 마나를 모조리 왼발에 집중시켜, 어떻게든 이 검광으로 가득 찬 공간을 벗어나기 위한…… 한 걸음.

'어?'

어째선지 무척 생소하고, 가볍디가벼운, 자기 자신이 빨려 들어가는 듯한 그 한 걸음에…….

세상이 짓눌렸다.

"크억!?"

"……!?"

에반의 눈에는 마치 세상이 멈추는 것으로만 보였다. 그것은 실로 신비로운 일이었다. 걸음을 내디뎠을 뿐인데 모든 것이 멈추다니.

그러나 실은 그저 끔찍한 압력이 전방위로 가해지고 있을 뿐이었다. 천중의 힘을 확장하는 헤븐 프레스의 힘이 에반의 걸음과 동조하여, 일대를 강하게 깔아 누르는 압력으로 화한 것이다.

"하, 크핫……!"

"후우우."

마나조차 이지러지고, 스킬은 파훼되고, 중력조차 무시되는, 그런 초월적인 압력.

에반은 그것을 자신의 몸으로 펼쳐 낸 순간 그 원리를 자연스럽게 이해할 수 있었다. 오히려 어째서 여태까지 해내지 못했는지 스스로 의아해질 정도였다.

'……걸음만으로 일대의 흐름을 가져오다니 이거 완전 천마 군림보 아냐?'

에반은 순간 전생의 기억 속에 남아 있는 무협 소설을 떠올렸으나, 지금 그런 것은 중요하지 않았다.

중요한 것은 그가 지금의 걸음으로 드디어 흐름을 가져오는 데에 성공했다는 것이다.

아니, 존재하는 모든 흐름을 강제로 끊었다는 것이 더욱 적절한 표현일지도 몰랐다.

"흣!"

"컥!"

레오가 에반의 걸음에 짓눌려 무방비해진 시간은 무척 짧았지만, 에반이 상황 판단을 마치고 반격을 시작하기에는 충분히 긴 시간이기도 했다.

그는 곧장 주먹을 쳐올려 허공에 멈춰 있는 레오의 복부를 강하게 가격해 튕겨 냈다. 걸음을 펼쳐 낸 그 순간 천중의 경지가 상승한 것이리라, 적은 힘을 한곳에 집중시켜 보다 강력한 힘을 발휘할 수 있었다.

'상쾌하다.'

에반은 설마 자신이 이런 감각을 느끼게 되리라고는 상상한 적도 없었다. 목숨을 건 전투 중에 성장한다니 소년 만화 주인공도 아니고, 보통 위기가 닥쳐오면 그대로 죽는 것이 에반의 업보인 것이다.

아니, 까딱하면 위기 같지 않은 상황에서도 죽는 것이 에반인데!

'하지만 거짓이 아냐.'

자랑은 아니지만 자신이 이 세상에서 천중이라는 능력을 가장 잘 이해하고 있다는 자신이 있다. 그렇기에 확신할 수 있었다.

그는 방금 천중이란 기술이 나아가야 할 방향을 찾아냈다. 신들이 만들어 낸 스킬을, 자신의 것으로 소화해 내는 데 성공했다.

"크, 그래도 몇 방은 맞아야 깨달을 줄 알았다만. 사람들이 날 보고 천재라며 재수 없어 했던 게 나도 이제 이해가 가는구나."

어느덧 레오가 대지 위에 발을 딛고 서 있었다. 에반에게 한 방 얻어맞고 어떻게든 다시 몸을 추스른 모양이었다. 입가에는 피가 흐르고 있었지만 얼굴에는 뿌듯한 미소가 걸려 있었다.

"그게 네 걸음이다, 에반."

그 말을 들은 에반은 잠시 스턴 상태가 되었다. 하지만 이번엔 레오가 습격해 오지 않았다. 당연한 일이다. 레오도 에반도, 방금 교환으로 체력과 마력이 방전되었으니까. 어느 쪽이든 움직일 기력조차 없는 것이다.

에반은 대련이 완전히 끝났음을 깨달았다. 그렇다는 것은…….

"이게 생일 선물이에요, 할아버지……?"

"겸사겸사다. 그래, 직접 고유 스킬을 만들어 보니 어떠냐?"

"솔직히 안 믿겨요. 제가 어떻게 이런……."

고유 스킬을 타인으로부터 전수받는 것으로도 부족해 이젠 거기서 파생된 다른 고유 스킬을 만들어 내기까지 한다니.

이게 정말 자신의 분수에 가당키나 한 일인가, 아니, 그렇지만 분명 자신이 해낸 일이 맞다. 물론 1년에 걸친 레오의 보법 교육이 없었다면 불가능했겠지만, 그가 가르쳐 준 걸음을 제 방식대로 소화해 낸 것은 에반이다. 머릿속이 혼란스러웠다.

"하지만 믿어라. 그게 네 능력이고 가치다."

"할아버지……."

"억지로 자신의 가치를 깎아내릴 필요는 없다, 에반. 그것은 너를 인정하고 우러러보는 다른 사람들에게 실례되는 일이야.”

레오가 다시 대검을 들어 에반을 겨누었다. 레오가 가지고 다니던 검인 만큼 무척 좋은 품질의 검이었으나, 에반과의 격전 탓에 이곳저곳 금이 가 있었다.

하지만 그 끝은 흔들리지 않았다. 레오는 여전히 강인했다.

“보다시피 나는 원래도 강했지만, 요 1년 동안은 거기서 또 터무니없이 강해졌지. 이런 나를 천재라 부르지 않고 무어라 부를 테냐?”

“왜 갑자기 자랑을 하세요?”

“그런 내가 인정하는 천재가 너다. 격투술의 천재이면서, 동시에 불굴이라 불러 마땅한 독기까지. 너는 나에 못지않은, 어쩌면 나를 뛰어넘는 천재다. 너의 그…… 어디서 왔는지 알 수 없는 지식을 따로 떼어 놓고 생각해도, 충분히 지나칠 만큼 천재란 말이다.”

“윽.”

버나드도 그렇고 레오도 그렇고, 이 할아버지들이야말로 어디서 이상한 점성술 같은 걸 익히고 온 것이 아닐까.

마음속을 읽힌 것 같아 멈칫하는 에반을 보며 레오는 희미한 웃음을 흘렸다.

"그러니 슬슬 스스로를 인정하거라. 보다 당당해져라. 자신에게 칭찬을 좀 해 주란 말이다."

"……."

에반은 침묵했다. 그러나 레오에게는 그것으로 충분히 대답이 된 모양이었다.

그는 대검을 회수하려다 잔뜩 금이 간 것을 보고는 에잉, 소리를 내며 그 자리에서 분질러 버리더니, 대검의 잔해 위에 철퍼덕 주저앉았다.

"아리아, 아주 죽겠어. 치료 좀 해 줘."

"네네. 갑니다, 가요."

"나 오늘은 좀 멋있었나?"

"뭔 소리를 하는 거예요."

결계를 거두고 종종걸음으로 다가온 아리아가 레오의 상처를 회복시키며 웃었다. 소녀 같은 웃음이었다.

"레오는 항상 최고로 멋있는걸."

"으허, 실은 나도 알고 있어!"

"이런 말만 안 하면 참 좋을 텐데 말이죠."

레오의 상처를 찰싹찰싹 두들기면서도 치료를 이어 가는

아리아.

수련장에 모인 모든 사람이 지켜보는 가운데 그런 닭살 행각을 펼치고 있었으니, 버나드와 일로인이 과연 누구에게서 배웠을지 익히 짐작이 가는 광경이었다.

"그럼 대련은 누가 이긴 거냐?"

누군가가 눈치 없는 소리를 했지만 아무도 대답해 주지 않았다. 다들 방금 있었던 초월적인 결투를 뇌리에 새기느라 바빴으니까.

다만 벨루아만은 아리아가 그랬듯 종종걸음으로 에반에게 다가와, 그의 더러워진 이마를 손수건으로 정성껏 닦아 주었다. 에반은 지그시 눈을 감고 벨루아에게 몸을 맡겼다.

귓가로 벨루아의 나긋한 목소리가 들려왔다. 지친 에반을 부드럽게 마사지해 주는 듯한 목소리다.

"정말 멋졌습니다, 도련님."
"응……. 고마워, 루아."

그리고 다음 날, 에반의 생일 파티가 열리기 직전에.

샤인이 무사히 아나스타샤를 데리고 던전에서 귀환했다.

❁❁❁

셰어든 던전 30층의 보스는 클레이 가고일Gargoyle. 진흙으로 빚어진 장난스러운 생김새의 골렘이지만 그 몸에 지닌 마력은 상상을 초월한다.

정신착란 마법과 무서운 대지 마법을 섞어 공격해 오는 놈을 넘어설 수 있느냐, 없느냐로 셰어든 던전의 '심층'이라 불리는 31층 너머의 진입 여부가 갈리게 된다.

더욱이 30층의 히든 보스는 클레이 가고일보다도 압도적으로 강한 스톤 가고일이 등장하는데, 원조답게 마력도 방어력도 클레이 가고일의 몇 배는 되었다.

"그래서 무사히 잡기는 한 거야?"

"혼자였다면 더 고생했을지도 모릅니다만 공녀께서 도와주신 덕에."

아나스타샤를 데리고 기사단 본부로 복귀한 샤인은 무사히 31레벨로 성장해 있었다.

히든 보스의 토벌 여부를 묻는 에반에게 떡하니 25층, 30층 히든 보스가 드롭한 마석을 내놓는 것을 보니 아무래도 정말 성공한 모양이었다.

물론 그라면 해낼 줄 알고는 있었지만, 열네 살 나이에 견습 드루이드 한 명 데리고 30층까지 돌파하다니 새삼스레 샤인이 대단해 보였다. 역시 에반의 육성은 틀리지 않은 것이다!

"25층은 몰라도 30층 히든 보스는 출현 조건부터가 상당히 빡셌을 텐데."

"그래서 제법 시간이 걸렸습니다만 히든 보스의 존재를 알고 있는 이상 못할 일은 아녔습니다."

그것도 맞는 말이다. 비밀리에 숨겨진 공간의 존재를 아예 모르고 있는 다른 탐험가들과 달리 샤인은 에반에게 30층 히든 보스 배틀의 힌트까지 얻고 있는 상황이었으니!

에반은 고개를 음음 끄덕이며 말했다.

"고생했어, 샤인. ……그리고 공녀도요."

"지시를 어기고 샤인을 멋대로 따라가서…… 미안해요. 하지만 도저히 샤인 혼자 가게 놔둘 수 없어서."

아나스타샤는 에반의 시선을 받으며 고개를 푹 숙였다. 물론 에반도 그녀의 마음만은 충분히 이해했지만…… 지금은 그런 말로는 넘어갈 수 없는 상황이다.

"아나스타샤 공녀, 던전은 위험한 곳입니다. 샤인을 21층 너머로 혼자 가게 했던 것은 녀석의 실력을 믿었기 때문이지 죽으라고 등을 떠민 게 아녜요. 하지만 공녀는 다릅니다. 이번엔 괜찮았지만 다음에도 이런 일이 생긴다면 그땐 정말 어떻게 될지 몰라요."

"……미안합니다."

"앞으로는 절대로 이런 일이 없도록 해 주세요. 공녀의 몸에 무슨 일이 생기면 저도 곤란합니다. 소중한 동업자니까요. 이해해 주시겠죠?"

"명심할게요."

분명 나이는 아나스타샤 쪽이 두 살 더 많을 텐데 지금 공녀를 조리 있게 혼내는 에반을 보고 있으면 마치 그가 아나스타샤의 오빠라도 된 것 같았다. 샤인이 머리를 긁적이며 끼어들었다.

"공녀님을 제지하지 못한 제 잘못이 컸습니다, 도련님. 공녀님만 너무 혼내지 말아 주십쇼."

"당연하지. 제대로 지키라고 했는데 호위 대상을 끌고 30층까지 기어 들어가 놓고 뭐 잘났다고. 넌 나중에 추가 벌칙이야."

"……."

샤인은 그대로 입을 다물었다. 괜히 말 한마디 했다가 혹을 붙인 격이었다. 비참한 표정을 짓는 샤인을 개무시하며 에반은 말을 이었다.

"아무튼, 늦지 않게 돌아와 다행입니다. 일단 둘 다 씻어요. 제 생일 파티에 그런 모습으로 참가하고 싶지 않다면."

"예, 옙."

"넵!"

에반은 샤인과 아나스타샤를 형제 목욕탕으로 떠밀었다. 태연한 얼굴로 그들을 전송했지만, 사실 속으로는 제법 놀라고 있었다.

그들이 목욕탕 안으로 완전히 들어가고 나서야 에반은 비로소 그 이유를 입 밖에 냈다.

"공녀도 27레벨이라."

"27층부터는 업적을 제대로 인정받지 못한 모양입니다."

설령 던전 클리어를 하지 못했다 해도, 계단을 발견하기만 하면 던전의 아래층으로 내려가는 것은 가능하다.

아나스타샤는 27층에서 충분한 업적을 세우지 못했음에도 불구하고 샤인이 걱정되는 마음에 무턱대고 그를 따라 30층까지 향한 것이다. 그 결과 27레벨에 머무르고 있는 것.

"그래도 충분히 놀라워. 루아 네 말마따나 확실히 단순한 견습 드루이드는 아니었구나."

"조금만 더 수련한다면 30층에서도 활약할 수 있을 겁니다."

"하지만…… 응, 다음엔 샤인이랑 같이 던전에 내려보내는 건 관두는 게 좋겠어. 아니, 27레벨까지 찍었으니 굳이 더 던전에 들어갈 필요가 없을지도 모르겠네."

"……공녀가 슬퍼하겠네요."

벨루아는 아나스타샤를 동정했다. 그녀의 소녀심을 벨루아는 충분히 이해할 수 있었으니까.

만약 에반이 자신을 떼어 놓고 던전에 들어간다고 하면 벨루아도 아나스타샤와 비슷한 행동을 할 자신이 있었다.

"저러다 진짜 샤인이 공작가 데릴사위로 가는 거 아닌가 모르겠네……. 아무튼 됐어. 루아, 우린 오르타한테 가자."

"네."

아나스타샤에 대해 생각하고 있던 벨루아는 에반의 말에 곧 제정신을 차리고는 그의 뒤에 섰다.

그녀에게는 미안한 일이지만, 샤인과 달리 에반은 자신을 떨쳐 내지 않는다. 그녀의 입가에 슬며시 미소가 떠올랐다.

에반의 생일 파티까지 남은 시간은 앞으로 다섯 시간. 오르타는 자신의 공방에서 거대한 대검의 형상을 갖춘 쇳덩어리

를 두들기고 있었다.

남은 시간이 많지 않았기에 그는 에반의 내방을 알면서도 작업을 멈추지 않고 있었다.

"레오 할아버지 본인의 마나를 불어넣지 않아도 괜찮겠어요?"

깡! 깡! 깡! 오르타가 망치를 두들길 때마다 정신마저 맑아지는 듯한 소리가 공방에 울려 퍼졌다.

에반은 매 순간 변화해 가는 금속을 보며 경이를 느끼면서도, 이 과정에서 정말로 아티팩트가 탄생할 수 있을까, 걱정이 되는 것만은 어쩔 수가 없었다.

"필요한 것은…… 전부 그때 얻었습니다."

입을 열어 에반에게 대꾸하면서도 오르타의 시선은 대검을 향해 있었다. 그의 눈이 이글이글 불타는 것처럼 보였다.

아마도 귀기라는 표현이 가장 잘 어울리리라. 무기에 혼을 담아내려는 것이 아닐까 싶을 만큼 그는 진지하게 쇳덩어리와 마주하고 있었다.

"이비메탈에 대해서는 뭔가 알겠어요?"

"아직 제게 마음을 열어 주지 않습니다. 그러니 지금은 그저……."

치이이익! 달아오른 쇳덩어리를 찬물에 넣어 식힌 후, 깡! 깡! 깡! 다시 규칙적인 망치질 소리가 이어졌다.

"그 당시 에반 공자님과 레오 아르페타 경을 보며 느꼈던 것을 모조리 담아낼 뿐입니다. 그것에 느낀 바가 있다면, 녀석도 제게 호응해 주겠지요."

어느덧 오르타는 두 눈을 지그시 감고 있었다. 연달아 울려 퍼지는 망치질 소리. 지금 오르타는 무엇을 보고 있을까? 에반조차 알 수 없었다.

다만 이전 실패 수련을 하다 아티팩트를 만들었던 그때처럼, 감히 에반이 끼어들기 힘든 장엄한 분위기가 서려 있는 것처럼 보였다.

"……알았어요. 믿고 기다릴게요."

"완성이 되면, 제가 직접 들고 찾아가겠습니다."

오르타는 그 말을 남기고는 다시 작업으로 돌아갔다. 이 이상은 방해하면 안 될 것 같았기에 에반은 조용히 공방에서 물러나기로 했다.

“레오 할아버지한테 단단히 감동한 모양이네.”

“그 자리에는 도련님도 계셨지요. 그리고 대장장이는 도련님과 레오 님을 보며 느낀 바가 있다고 했습니다.”

“응…… 뭐, 그렇긴 하지.”

벨루아의 단호한 말에 에반은 볼을 붉히고 말았다. 문득 레오와의 대련에서 그가 했던 말이 다시 뇌리에 떠올랐다. ‘스스로를 인정하라’니, 잘도 그런 낯간지러운 말을 한다 싶었다.

‘나쁜 기분은, 아니지만.’

영 맞지 않는 옷을 입은 기분이었다. 자신은 과연 레오에게 그런 황송한 평가를 받을 자격이 있는 것인가.

하지만 아마 이런 생각을 하는 것부터가 글러 먹은 것이겠지. 그러니…… ‘주인공’이 그렇게 말해 줄 정도라면, 아주 조금만이라면…….

“나도 조금, 괜찮았나.”

“어제도 말씀드렸지만…….”

그런 말을 입 밖에 내고는 괜히 부끄러워져 발걸음을 빨리하는 에반의 등 뒤로, 종종걸음으로 쫓아온 벨루아가 다가붙으며 작게 속삭였다.

"정말 멋졌습니다, 도련님."

❋❋❋

오르타를 만나고 본부로 복귀한 에반은 가볍게 점심을 먹고, 메이벨과 함께 사업 얘기를 조금 했다. 주로 이비메탈의 공급과 가공에 대한 얘기였다.

"레오나인 공작 각하께서는 채굴된 금속의 원석으로부터 얼마나 되는 양의 합금을 뽑아낼 수 있는지 아직 모르고 계세요."

"들킬 일도 없으니까 부풀려 둬. 공작가를 무장시키는 것도 좋지만 제일 먼저 던전 도시를 강화시켜야 하니까 당장은 너무 많이 제공해서 좋을 것 없어."

"네, 그럼 그렇게 하죠. 채굴 자체는 순조로이 이루어지고 있는 것 같아요. 아직은 보안도 잘 유지되고 있고…… 다만."

메이벨은 살짝 불안한 표정을 지었다.

"그 귀중한 보물을 너무 무신경하게 옮기고 있는 게 아닌가 싶네요. 상로에 몬스터나 도적의 출몰 우려가 있어서요. 언제까지고 용병만 고용해서 다닐 수는 없고, 그렇다고 후작가에서 병력을 빌리는 건 말도 안 되고. 역시 상단 소유의 병력을 키워야 해요."

"병력……."

제법 어려운 문제였다. 아무리 메이벨이 준남작위를 지닌 귀족이라고는 하나, 다시 말하면 고작 준남작인 것이다.

상단 소유의 병력을 만든다는 것은 즉 그녀 휘하의 병력, 사병을 만든다는 것인데, 이것은 굉장히 위험한 일이었다. 다른 귀족들 눈에 좋지 않게 비칠 우려가 있었던 것이다. 까딱 잘못하면 반역죄다.

"그렇다고 내가 사병을 만드는 것도 말도 안 되고."

"던전 기사단은요?"

"그건 원칙적으로 내 사병이 아니라 던전 도시를 지키는 병력이야. 지금이야 소수니까 커버가 되지만 군 규모가 되면 단박에 문제가 생길걸."

병력을 만들고 관리하는 일은 결코 간단한 것이 아니다. 무수한 인간의 이권과 체면이 오가는 일인 것. 인건비 따위는 오히려 사소한 축에 속한다.

에반은 형제 코퍼레이션에 병력이 생기면 당장 태클을 걸 법한 사람들의 얼굴을 머릿속에 떠올리며 에휴, 크게 한숨을 내쉬었다.

"바이에른도 그 탓에 망한 거잖아."

"아, 그러고 보면 바로 얼마 전에 국왕 친위 기사단이 직접 출동한 일이 있었죠. 도련님이 미리 말씀해 주신 덕분에 바이에른 상회에서 떨어져 나온 사업체를 하나둘 확보하고 있는 상황이긴 한데……."

실크라인의 백작가 바이에른은 본래 나라에서 가장 큰 상단을 운영하고 있었다.

그러나 사업 방식이 무척 난폭할뿐더러 뒤가 구리다는 소문이 있는 곳이었고, 에반은 그 사실이 몇 년 가지 않아 들통난다는 사실을 알고 있었기에 소라인 후작에게 그들을 피하라는 조언을 해 준 바 있었다.

그리고 실제로 이번에 백작가에 허용된 것의 몇 배에 달하는 병력을 비밀리에 양성하고 있다는 것이 들통나 가문의 뿌리까지 뽑히고 말았다.

'놈들이 형제 코퍼레이션에 수작을 걸어오려는 게 보여서 역사에서보다 조금 일찍 손을 쓰긴 했지만.'

에반에게는 국왕과 핫라인이 통하는 공주가 있는 것이다. 그녀를 통해 조금 힌트를 흘렸더니 나머지는 국왕이 알아서 움직여 주었다.

그렇게 형제 코퍼레이션은 위기를 넘겼고, 오히려 바이에른 상회가 해체하며 흘린 떡고물을 주워 먹고 더욱 덩치를 불릴 수 있었다.

“그런데 정말 왜 그렇게 많은 병력을 모았던 걸까요.”

“그놈들 뒤에 사이비 교단이 있었어. 나라를 선포하려고 병력을 끌어모으던 거겠지. 도중에 들켜서 망했지만.”

다시 말하지만 놈들을 꼰질러 망하게 한 원흉은 에반이다.

“……그거 제가 들어도 되는 얘긴가요, 도련님?”

“어차피 앞으로 그 비슷한 세력이 조금씩 튀어나올 거야.”

[요마대전 4 - 신인족의 비밀]의 메인 스토리는 신인족과 그들을 이용해 먹으려는 인간들의 갈등. 린과 란을 세뇌했던 사이비 교단과 같은 교단이 몇 개인가 더 있었다.

그리고 바이에른 또한 그중 하나에 속한 집단이었던 것이다.

“그런데 우리가 그놈들하고 같은 건으로 망하면 되게 웃기겠지?”

“그럼 어떻게 해요? 다른 상단들은 어떻게 하나요? 이런 문제는 서로 잘 얘기하지 않는 경우가 많아서…….”

“용병단과 전속 계약을 맺는 경우가 많지. 아니면 유력 귀족에게 수익을 떼어 주고 병사들을 고용하는 경우도 제법 있어. 통행료 대신이지.”

"으윽, 그건 전 싫은데……."

"그 문제는 조금 더 생각해 보자. 뭔가 방법이 있을 거야."

하려면 던전 도시의 탐험가들을 호위로 고용하는 것도 가능하다. 던전에 들어갔다 나와 장기간 휴식을 취하는 탐험가들이 널렸으니 그들에게 정기적으로 의뢰를 내는 것도 가능하겠지.

"이렇게 된 이상 제가 도련님하고 아이를 만들어서 그 아이들을 우리 상단의 호위 병력으로, 아코."

"설마 아담과 이브부터 출발하려 할 줄은 몰랐네. 헛소리 말고 이제 그만 일어나자."

에반은 메이벨의 이마에 꿀밤을 먹이며 시간을 확인했다. 어느덧 생일 파티 시간이 가까워져 있었다.

"메이벨, 이번엔 요란하게 준비 안 했겠지."

"네, 그냥 소박한 장식물로 후작가 정원을 채운 정도예요."

"하……."

참고로 후작가 정원은 200평이 넘었다. 다음 해 생일엔 아예 던전에 들어가 있든지 해야지…… 그는 한숨을 내쉬며 자리에서 일어섰다. 메이벨과 묵묵히 자리를 지키고 있던 벨루아가 그의 뒤로 다가섰다.

"완성되어 있으면 좋을 텐데."
"분명 그럴 겁니다."
"뭐가요? 우리 약혼반지?"

에반은 언제나처럼 메이벨의 헛소리를 무시하고 생일 파티가 열리는 후작가 정원으로 향했다. 레오와의 이별 시간이 다가오고 있었다.

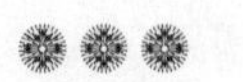

"생일 축하한다, 에반!"
"꼬맹아, 이쪽 와서 빨리 촛불 불어라, 촛불."
"에반 오빠, 생일 축하해!"

에반의 생일날은 언제나처럼 요란했다. 에반은 자신의 생일이 후작가 사람들이 마음껏 놀기 위한 구실에 지나지 않은 것이 아닐까 생각했지만, 우선은 분위기에 휩쓸려 주기로 했다.

"에반 오빠, 선물!"
"리즈가 주는 거야? 고마워."

이제 갓 세 살이 된 에반의 여동생, 엘리자베스는 요즘 한창 '에반 오빠'라는 단어를 연발하는 것에 맛이 들려 있었다.

그것을 부러워하는 에릭은 자신도 에릭 오빠라고 불러 달라며 엘리자베스를 쫓아다녔지만 그녀는 도도한 귀족 아가씨답게 먼저 달라붙어 오는 남성에게는 그리 친절하지 않았다.

"뭐야, 이거…… 슬라임?"
"리즈가 만들었어! 귀엽지!"
"음, 응! 엄청 귀엽네!"

그녀의 선물은 재료가 무엇인지는 모르겠지만 무척 푹신푹신한 감촉을 자랑하는 슬라임 인형이었다. 그 촉감이 슬라임과 비슷해 까딱 잘못하면 본능적으로 짓눌러 터트릴 것 같았기에 필사적으로 자제했다.

"내년엔 더 큰 거 만들어 줄게!"
"응…… 근데 이거 뭘로 만든 거니?"
"비밀!"

과연, 도도한 귀족 아가씨답게 어린 나이부터 비밀을 만드는구나. 이렇게 아이는 어른이 되어 가는 것일까.

하지만 자신의 손이 닿는 곳에 있을 때까지는 녀석을 돌봐주는 것이 오빠의 의무이리라. 에반은 아직 조그맣기만 한 엘리자베스의 손을 꼬옥 잡으며 말했다.

"리즈, 슬라임 잡을래?"

"응!"

"동생만 보면 어떻게든 슬라임을 터트려 주려고."

작년에도 이렇게 리즈를 품에 안고 슬라임을 터트려 주다가 므이라슬의 목걸이가 진화를 했었는데…… 역시나 그런 우연이 2년 연속으로 일어나지는 않았다. 세레이나도 지금은 에반의 옆에 서 있고.

그런데 그 세레이나가 지금, 싱글벙글 웃으며 소라인 후작에게 묻고 있었다.

"침팬지 후작님, 에반 오빠도 슬슬 약혼할 때 안 됐어? 나는 어때?"

"우리 셰어든은 자유연애 결혼을 시키는 주의입니다, 전하."

에반은 생전 처음 듣는 얘기였다. 예전에 에반과 아리샤의 약혼을 추진하려 했던 것은 대체 무어란 말인가! 그러나 세레이나는 그 정도로는 물러나지 않았다.

"그래도 후작님, 한 나라의 공주를 잡을 기회는 별로 없는데 지금 약혼으로 나랑 오빠를 묶어 두는 게 낫지 않아?"

"우리 셰어든은 이미 잡힌 물고기에게는 미끼를 주지 않는 주의입니다, 전하."

"나 아직 안 잡혔을지도 모르는데. 그니까 더 멋진 남자가 나타나기 전에 오빠 옆에 찰싹 붙여 버려!"

"우리 에반보다 멋진 남자는 없으니까 괜찮습니다, 전하."

"칫! 그러면 후작님, 이건 내가 약혼 지참금으로 챙겨 온 건데……."

소라인 후작을 설득하는 것이 마음대로 되지 않자 세레이나는 궁에서 나올 때 꿍쳐 놓았던 은닉 재산을 조심스레 꺼내어 후작에게 로비하려 했지만, 직후 가만히 그 광경을 보고 있던 에반이 그것을 압수했다.

"나중에 조금씩 돌려줄게. 애가 이런 큰돈 가지고 다니는 거 아냐."

"앗, 에반 오빠가 난폭한 손놀림으로 내 소중한 것을 뺏어가……!"

"일부러 이상하게 표현하지 마라. 나중에 돌려준다고 했다."

던전 도시에 올 때까지만 해도 이렇게 심각하지는 않았던 것 같은데 어쩌다 1년 사이에 이렇게 유감스럽게 성장했단 말인가. 국왕의 얼굴을 볼 낯이 없었다.

"에반, 생일 축하해. 이건 선물."

"아리샤…… 고마워."

반면 아리샤는 어떤가. 초반에는 서로 거리감을 재지 못해 충돌하기는 했지만, 요즘은 곁에 있어도 제법 편안한 관계로까지는 발전할 수 있었다.

이젠 아리샤의 '재밌다'는 말도 그럭저럭 들어 넘길 수 있게 되었다. 아마도 그것은 그녀 나름의 긍정적인 감정 표현일 것이다.

그녀는 그녀 나름 에반과의 관계에, 던전 기사단에서의 생활에 만족하고 있는 것처럼 보였다.

에반도 지금 아리샤와의 관계가 퍽 마음에 들었다. 특히 세레이나의 폭주를 언제나 적극적으로 말려 준다는 점에서.

"열어 봐도 돼?"

"응. 몸에 좋다는 것 이것저것 담았어. 제법 비쌌어."

"……응?"

그러나 선물의 포장을 풀고 내용물을 확인한 순간 에반의 표정은 살짝 굳어 버리고 말았다.

일부 몬스터가 죽을 때 희귀한 확률로 드롭하는 신체 부위…… 그중에서도 몸에 좋다는 소문이 자자한 터틀맨의 심장, 리자드맨의 미숙한 꼬리, 허니밀크 패러사이트의 농축액…….

아마도 펠라티에서 보내온 것이리라. 각종 바다 몬스터의 희귀 신체 부위가 한데 섞여 내는 달짝지근하면서도 섬뜩한 향기에 에반의 머리털이 곤두섰다. 이거, 이건…….

“에반은 항상 무리를 하니까…… 잘 챙겨 먹고 회복했으면 해. 먹어 줄래?”

“으…… 응.”

요마대전 3에서 아리샤의 호감도가 4단계를 돌파했을 때 받을 수 있는 선물이잖아!

물론 이것들 모두 정말로 장난 아니게 희귀한 것은 맞다. 돈을 주고도 구할 수 없다는 말은 이 선물을 보고 하는 말이다.

하지만…… 하지만 까놓고 말해 이것 전부 남자의 정력에 좋다는 소문이 난 것뿐이었다!

“참고로 이걸 고른 기준은?”

“아버지가 추천해 줬어.”

“그랬겠지!”

왜냐면 게임에서도 그랬거든!

“둘만 있을 때 건네주라고 들었지만 기왕이면 다 같이 선물을 줄 때 주고 싶었어. 좋은 시약의 재료가 된다던데, 연금술사인 에반에게는 흥미로운 선물이겠지?”

말투는 제법 자신 있어 보였지만 표정에는 불안감이 남아 있었다. 에반은 그런 그녀의 모습을 보며 요마대전 3에 나왔던 선물 이벤트를 떠올리지 않을 수가 없었다.

주인공 입장에서 공략할 땐 그저 아리샤의 모습이 너무 귀여워서 스샷을 찍어야겠다는 생각밖에는 들지 않았지만…… 지금 에반의 입장이 되고 보니 마냥 기뻐할 수만은 없는 것이 사실이었다.

그녀가 언젠가 주인공과 만나게 된다면, 그때에도 그녀는 여전히 에반의 곁에 남아 있어 줄 것인가…….

'……아니, 지금 이런 생각을 해 봐야 소용없겠지.'

에반은 벌써 회장의 음식을 공략하기 시작한 레오의 뒷모습을 힐끗 훔쳐보며 각오를 다졌다. 스스로를 인정하라! 조금은 자신감을 가져라!

아직 나타나지도 않은 주인공에게 자격지심을 갖는 것은 한심하기 짝이 없는 일이다. 하물며 그런 것을 이유로 아리샤가 보여 주는 호감에 어정쩡한 반응을 하는 것은 실례다.

"매력적인 선물이야. 고마워, 아리샤."

"역시 그래? 그래도 다행이야."

아리샤는 도도한 귀족 아가씨답게 쿨하게 미소 지으며 고개를 돌렸다.

그녀의 양쪽 귀가 새빨갛게 달아올라 있는 것이 보였지만, 점잖은 귀족 신사인 에반은 아무 말도 하지 않기로 했다.

❋❋❋

"으으…… 배고파 죽겠네."

파티가 시작되고 제법 시간이 흘렀다. 에반은 파티 회장을 찾은 모든 손님과 인사를 한 번씩은 나누고 나서야 비로소 숨을 돌릴 수 있었다.

던전 기사단장으로 내정되어 있는 그인 만큼 그의 생일날마다 던전 도시의 길드란 길드는 어떻게든 얼굴을 비추려 애를 쓰는 모양이었다. 물론 회장 안에 들어올 수 있는 길드의 숫자는 제한되어 있었지만 말이다.

"꼬맹아, 안 먹고 뭐 하냐?"
"선물 받고 있는 거 안 보이세요?"

에반은 손에 형제 꼬치 하나를 들고 다가오는 버나드에게 퉁명스럽게 대꾸했다. 아리샤 이후로도 손님들이 차례차례 에반에게 다가와 선물을 건네주는 바람에 뭘 먹을 틈이 없었다.

"이제 선물 세례가 좀 끝난 것 같으니 배나 채우려고요. 아, 저기 마침 좋은 게……."
"그래도 술은 아직 안 된다, 꼬맹아."
"왜 내가 술을 마시려고만 하면 다들 독심술을 쓰는 거지?"

에반은 근처의 하인이 들고 있던 쟁반에 놓인 칵테일을 하나 집어 들려다 버나드에게 제재당하고는 투덜거렸다. 버나드가 코웃음을 치며 에반 대신 칵테일을 받아 마셨다.

"아직 4년은 이르다, 이놈아."

"술 나도 잘 마실 수 있는데……."

"그나저나 에반, 아까 펠라티 가문 꼬마 아가씨한테서 받은 선물 있잖냐."

"안 드려요."

"……."

딱 잘라 대꾸하는 에반을 버나드가 원망스러운 눈초리로 째려보았다.

다시 한 번 말하지만 아리샤의 선물들은 대부분 남자의 정력에 좋다고 소문난 보물들이었다. 실제로 요마대전 세계에서는 자양강장제의 끝판을 달리는 초호화 셀렉션이었다.

게임 속에서 확인했으니 그 효과는 확실하다. 심지어 어떤 녀석은 영구적인 효과까지 붙어 있었다.

"그래도 아리샤의 마음이 담긴 선물인데 그걸 다른 사람한테 줄 수는 없잖아요. 아무리 할아버지라도."

"조금이라도 좋으니 잘라 다오."

"안 된다니까요."

"네가 양심이 있다면 그러면 안 된다. 요즘 일로인이 특훈인지 뭔지 때문에 더 체력이 좋아져서……."

"할아버지도 특훈하고 있잖아요."

"연금술사인 내 체력이 늘어나는 것보다 궁수인 일로인의 체력이 늘어나는 속도가 더 빠르단 말이다!"

일리가 있는 말이었다!

"더구나 요즘은 아이가 갖고 싶은지 나보고 장기 휴가를 내라고 또……."

"에이, 할아버지 체력도 많이 늘었을 텐데 며칠 정도야 얼마든지."

"꼬맹아, 인디언 기우제라고 들어 봤느냐……?"

어쩐지 방금 들어선 안 될 말을 들은 것 같았다.

참고로 인디언 기우제란 비가 내릴 때까지 기우제를 지내는 인디언의 풍습을 말하는 것이었다. 따라서 성공률은 백 퍼센트다. 그들은 비가 내리기 전에는 기우제를 멈추지 않으니까.

"일로인의 의지는 확고하다. 휴가의 끝은 아직 정해지지 않았다. 어쩌면 아이가 들어섰다는 것이 확인될 때까지 벗어날 수 없을지도 모른다…… 살려 다오."

"버나드 할아버지……."

"그런 눈으로 나를 보지 말아라, 이놈아. 동정할 바엔 차라리 그 강장제를 내놔라!"

에반은 버나드의 명복을 빌며 그 자리를 뒤로했다. 뒤에서 버나드의 간절한 목소리가 들려왔지만, 그래도 아리샤의 마음을 다른 사람에게 나누어 줄 수는 없었기에 못 들은 것으로 하기로 했다.

"어, 에반 아니냐. 뭐 안 먹냐? 이게 제일 맛있다."

"먹을게요."

레오의 모습은 금방 찾을 수 있었다. 이 회장에서 가장 시끄럽게, 가장 많은 접시를 비우고 있는 남자를 찾으면 그게 레오였다.

에반은 레오에게서 꼬치 하나를 받아 들고는 입에 물었다. 역시 꼬치구이점 주인장이 직접 만든 꼬치답게 식어도 맛있었다.

"레오 할아버지, 선물 고마웠어요."

"배틀 스텝 말하는 거라면 나도 네가 얻을 수 있을지 없을지 반신반의했으니 그리 고마워할 것 없다."

"그래도 고마워요."

"그러냐."

레오는 에반의 말에 묵묵히 고개를 끄덕이며 새로운 꼬치를 입에 물었다. 에반은 그를 빤히 바라보며 말을 이었다.

"그리고 다른 것도 다 고마워요."

"감사를 그리 남발해서는 안 된다. 가치가 떨어진단 말이다."

"저 남발 안 해요, 할아버지."

"그러냐?"

"그래요."

에반은 레오를 따라 하기라도 하듯 그처럼 호쾌하게 꼬치를 뜯어 먹었다.

둘이 함께한 시간은 길지 않지만, 그 밀도는 무척 짙었다. 버나드와 함께 있을 때만은 못해도…… 조손 지간으로 보이지 않는 것도 아니었다.

"여태까지 정말 고마웠어요, 할아버지."

"역시 알고 있었냐."

"……돌아올 거죠?"

"그……."

레오의 움직임이 멈추었다. 에반은 그런 그를 빤히 바라보며 말없이 대답을 재촉했다.

끝내 레오는 푸후, 한숨을 내쉬며 고개를 끄덕였다.

"돌아올 거다. 버나드와 일로인도 여기 있고, 내 제자들도 다 여기 있고, 너도 있고."

"다행이다."

"너는 항상 능글맞은 주제에 이런 때만 어린아이처럼 구는구나."

"어린아이 맞아요. 이제 열네 살인데."

"키는 다 컸구만, 징그럽다, 이 녀석아."

레오는 근처 테이블보에 손을 쓱쓱 문지르더니 그 손을 들어 에반의 머리카락을 마구 휘저었다. 기껏 하녀들이 정성껏 세팅해 준 머리카락이 엉망진창이 되는 순간이었다.

더러운 데다 난폭한 손놀림이었지만 에반은 장유유서 정신으로 그것을 버텨 내기로 했다. 사실 기분이 마냥 나쁘지만도 않았다.

"울지 마라, 에반. 누가 보면 나 죽으러 가는 줄 알겠다."

"저 안 울어요."

"그냥 밀린 숙제 처리하러 가는 것뿐이다. 네 덕에 이 나이에 새로이 많은 걸 깨닫고, 강해지기도 했다. 그러니 이제 난 무적이다. 걱정할 필요가 없어."

"걱정 안 해요."

"에잉, 그래도 이놈이."

레오가 아예 테이블보를 북 뜯어 에반의 얼굴을 닦아 주려던 그때였다. 파티회장…… 즉 정원 안으로 누군가가 들어왔다. 오르타였다. 양손에는 천으로 둘둘 말린 거대한 무언가를 받쳐 들고 있었다.

"에반 공자님, 완성했습니다!"
"……엉? 저놈 저거 너 부른다."
"아."

에반은 눈가를 쓱쓱 닦아 내며 애써 웃었다.

"시간 내에 완성했나 보네."
"뭐가?"
"할아버지 선물이요."
"뭐, 나 말이냐?"
"네."

에반은 자신을 찾아 헤매는 오르타를 손을 흔들어 불렀다. 오르타가 그 무뚝뚝한 얼굴에 어울리지도 않게 환한 미소를 띠고 있는 것이 보였다.

금세 에반과 레오에게로 다가온 대장장이는 천으로 감싼 물건…… 대검을 그들 앞에 내밀며, 실로 뿌듯한 목소리로 외쳤다.

"아티팩트가 되었습니다, 공자님! 그것도 제 생애 최고의 역작입니다!"

"……아티팩트?"

"예, 레오 아르페타 경."

상황을 이해하지 못한 레오가 바보같이 흘린 말에 대꾸한 것은 에반이 아닌 오르타였다. 그는 여전히 천에 둘둘 말린 대검을 레오 쪽으로 내밀었다.

"경의 물건입니다."

"어, 내 거?"

"선물이에요, 할아버지."

에반은 어느덧 완전히 평상시 컨디션으로 돌아와 있었다. 마침 뒤에서 다가온 벨루아가 손수건으로 그의 머리를 닦아 내고는 정돈해 주었다.

그는 스스로도 옷매무새를 다듬으며 크흠, 헛기침을 하고 레오를 향해 돌아섰다.

"물론 할아버지라면 개인적으로도 무기를 많이 갖고 계시겠지만 그래도 여분의 무기를 갖고 있어서 나쁠 건 없으니까요. 어제 저랑 대련할 때도 하나 깨 먹었고."

"대검이냐?"

"네. 이비메탈이라고, 저랑 버나드 할아버지가 개발한 마법 합금으로 만든 무기예요."

"그러냐……."

레오는 대검을 받아 들고도 한참을 그저 가만히 그것을 내려다보다가, 천을 끌러 내어 흑색과 자색이 섞인 대검의 자태를 확인했다.

사실 파티 회장에서 할 일은 아니었다. 딱 보기에도 범상치 않은 아티팩트의 모습이 드러나자 단박에 그들에게로 시선이 쏠렸다.

그러나 레오는 사람들의 시선 따위는 신경 쓰지 않고 검신을 쓸어 보며 그것을 꼼꼼히 살폈다. 아티팩트로서의 성능도 성능이지만, 자세히 살필수록 감탄이 나오는 훌륭한 만듦새였다.

"무겁지만 둔탁하지 않군. 섬세하되 복잡하지도 않고. 나에게 딱 맞춰 만든 것만 같구나."

"할아버지 의외로 자기 평가가 높네요!?"

"지금 그게 무슨 뜻이냐? 응?"

에반은 레오의 말을 무시했다. 그러나 오르타는 레오의 말이 맞다는 듯 고개를 주억이고 있었다.

"그 전투에서 에반 공자님과 레오 아르페타 경의 모든 것을 제 두 눈에 똑똑히 새길 수 있었습니다. 물론 그것을 전부 여기에 담아낼 수 있었는가는 자신이 없습니다만…… 적어도 기성품보다는 잘 맞을 겁니다."

"음."

레오는 무척 만족스러워 보였다. 둘 사이에 에반은 이해할 수 없는 공감대가 형성된 순간이었다.

"자네는 소질이 있어. 오랜만에 좋은 작품을 봤네. 앞으로도 정진하도록."

"영광입니다."

"……."

오르타를 칭찬한 레오는 대검을 그 자리에서 자신의 등에 메었다. 그리곤 감정을 정리하듯 눈을 지그시 감았다 뜨며 에반을 돌아보았다.

"선물 고맙다. 소중히 쓰마."

"아뇨, 막 쓰세요. 그리고 부러지면 찾아오세요, 하나 더 만들어 볼 테니까."

"이건 안 부러트릴 테니 걱정하지 마라. ……그런데 아리아 것은 없냐?"

에반은 대답 없이 오르타를 돌아보았다. 오르타가 애매한 표정을 지으며 고개를 끄덕였다. 그리곤 등에 메고 있던 또 하나의 천에 감싸인 쇠막대기를 내미는데, 거기에선 대검에서 느껴졌던 것과 같은 기세는 느껴지지 않았다.

"실은 이쪽을 먼저 완성했습니다만…… 신성력의 구조를 잘 이해하지 못해, 아티팩트화에는 실패했습니다. 그래도 마법 금속을 정련해 다듬은 만큼 마력을 다루는 분들에게는 도움이 되겠지만."

"그 정도면 충분하지. 쓰다 보면 아티팩트가 될지도 모르고."

"기적적인 확률로 일어나는 일을 아무렇지도 않게 언급하네요."

"그렇게만 된다면 영광이겠습니다."

레오는 망설임 없이 쇠막대기…… 사제 전용 스태프를 받아 들었다. 그의 긍정적인 반응에 흐려졌던 오르타의 표정이 다시 밝아지는 것이 보였다.

과연 레오 할아버지가 영웅은 영웅이구나, 에반은 엉뚱한 데서 실감했다.

"그러면 공자님, 저는 이만 물러가 보겠습니다."

"고마웠어요, 오르타."

"저야말로 영광이었습니다. 공자님 덕분에 인간의 몸으로 아티팩트 창조의 영역에 이른 것을 저는 결코 잊지 않을 겁니다."

"고마운 말이긴 한데 앞으로도 많이 만들게 될 거니까 슬슬 익숙해져요."

"……물론입니다. 그럼."

난데없이 아티팩트를 들고 나타난 오르타는 회장에 모여 있던 많은 이들의 주목을 받았으나, 그가 에반의 전속 대장장이라는 사실을 알고 있는 이들이 있었기에 큰 소동으로는 번지지 않았다.

요 근래 셰어든에서는 에반과 관련이 있는 사람이나 물건에 한해서라면 무슨 일이 일어나도 일단 납득하고, 에반이 허락하지 않는 이상은 거기에 접근하지 않는다는 불문율이 정착해 있었던 것이다!

"어머, 이걸 제게 주신다구요? 에반의 생일인데 뭐 제대로 된 걸 챙겨 주기는커녕 오히려 제가 선물을 받다니."

에반과 레오가 일으킨 소동을 본 아리아도 금세 그들에게 다가왔다. 레오가 기다리고 있었다는 듯 그녀에게 스태프를 건네자, 그녀는 단번에 스태프의 가치를 알아차리고는 무척 놀라워했다.

"작별 선물이에요. 두 분 다 던전 기사단에 큰 도움을 주신

분인데 이대로 작별은 너무 아쉽잖아요."

"어머나……."

에반의 대답에 아리아는 대꾸를 잃고 말았다.

어제의 결투로 에반이 그들의 뜻을 깨달았으리라 짐작은 했지만, 설마 그 이전부터 알고 있었을 줄은 그녀도 몰랐던 것이다.

"어쩜 이런 아이가 있을까."

"버나드 할아버지한테 들었을 뿐이에요."

"그래서 그때부터 우리한테 이걸 주려고 준비했었군요."

"하지만 그것도 오르타가 도와줘서 가능한 일이었는걸요."

"……후후. 에반, 이리 와요."

"……!?"

성큼 가까이 다가온 아리아가 에반을 끌어당겨 다짜고짜 품에 안았다.

공신의 사제의 풍만한 가슴에 파묻힌 에반은 압도적으로 몰려오는 포근한 감촉과 향긋한 살 내음에 소리로 나오지 않는 비명을 질렀으나 그녀는 그를 놓아주지 않았다.

"고마워요, 에반. 당신의 마음은 우리 부부 모두 결코 잊지 않을 거예요. 정말 기특하기도 하지……. 우리도 당신 같은 아이가 있었으면 좋았을 텐데. 에반, 우리 아들 할래요? 그리고 같이 여행하는 거죠. 어떨까?"
"아, 아뇨!"
"그렇구나, 아쉬워라."

돌아올 대답을 알면서도 단순히 놀리기 위해 물어보는 것은 좀 아니지 않을까, 에반은 생각했다.
아리아는 거절당했음에도 실로 흐뭇한 표정을 지으며 에반의 뒤통수를 쓰다듬고 있었다.

"……정말 이 도시에서는 많은 것을 얻고 가네요. 떠나기가 정말로 아쉬워요."
"다시 돌아오면 돼."

그 모습을 흐뭇하게 보고 있던 레오가 짧게 말했다.

"그러려고 떠나는 거니까."
"……응. 당신 말이 맞네요."

그녀는 레오의 말에 후후, 나지막이 웃곤 비로소 에반을 해방해 주었다. 얼굴이 토마토처럼 새빨개진 에반을 벨루아가 다급히 확보하며 아리아를 불만스러운 표정으로 노려보았다.

"도련님은 여성과의 접촉에 서투르십니다. 아무리 아리아

님이라고 해도…….”

“일흔 다 된 노인네한테 질투해 주는 건가요? 어쩜 고맙기도 해라. 하지만 안심해요, 에반은 우리 아들 같은 아이인걸요.”

아리아의 말에 벨루아는 입을 다물고 무척 분한 표정을 지었다. 아리아의 말을 이해는 하지만 납득은 할 수 없다는 표정.

아리아는 벨루아의 그런 모습에 재차 웃음이 터져 나왔다. 그녀는 벨루아도 무척 좋아했다.

“정말이지 이곳엔 귀여운 아이들뿐이라니까요.”

“더 있어 봤자 미련만 줄줄이 늘어날 테지. 아리아, 슬슬 떠날 준비를 하자.”

“그래야겠어요. 짐은 이미 챙겨 두었으니까 이대로 빠져나갈까요.”

“아…… 그 전에 난 수련장에 잠시.”

“음?”

아리아의 반문에 레오는 별말 없이 손가락을 들어 한곳을 가리켰다. 그곳에 조용히 선 채 물끄러미 그들을 바라보고 있던 소년, 샤인의 모습을 발견하고 아리아는 과연, 고개를 끄덕였다.

“다녀와요. 샤인에게도 전해 줄 게 있었죠?”

"그렇지…… 그럼 에반, 난 먼저 간다. 린과 란을 잘 보살펴 다오."

"할아버지……."

그 말에 에반도 제정신을 차렸다. 아마도 레오는 샤인과의 대련을 마치는 대로 이 도시를 빠져나갈 생각인 것이리라.

레오와의 마지막 시간을 샤인에게 빼앗겼다는 생각에 조금 질투가 나긴 했지만 이 이상을 바라는 것도 욕심일 터.

"그…… 할아버지."

"응?"

레오에게는 이미 많이 받았고, 많이 줬다. 이젠 충분할 것이다. 남은 것은 단 하나. 재회의 약속뿐이다.

"잘 다녀오세요."

결국 에반의 마지막 인사는 가벼운 포옹이었다. 레오는 에반의 포옹에 조금 놀란 것처럼 굳어 있었지만, 이내 에반의 머리를 거칠게 쓰다듬으며 씩 웃어 주었다.

"오냐. 내 금방 다녀오마."

❋❋❋

그로부터 몇 시간이 더 흘러 완전히 밤이 깊었을 때에야 비로소 파티가 끝났다.

대형 행사도 아닌데 왕도로부터 먼 길을 달려와 준 초인기 음유시인 그룹 류트걸즈의 화려한 퍼포먼스로 야외 무도회가 죽여주게 달아오른 덕이었다.

"또 불러 주세요, 에반 공자님이 불러 주시면 우리 진짜 어디든 가니까! 제발 불러 주세요!"

"아니, 그냥 옆에 앉혀 주세요. 제가 왕도로 돌아가지 못하게 붙들어 주세요. 저 살림도 잘할 수 있어요!"

"전 에반 공자님이랑 같이 던전에 들어가고 싶은데! 제 버프 한번 받아 보실래요? 에반 공자님만을 위한 세레나데를……."

파티가 끝나고도 그 자리에 남아 에반을 향해 열렬한 어프로치를 하던 류트걸즈는 결국 메이벨의 손에 끌려 나갔다.

쓴웃음과 함께 그녀들을 배웅한 에반이 돌아서니, 그곳에는 언제 돌아온 건지 침착한 표정을 짓고 있는 샤인이 있었다. 다만 여기저기 생채기가 나 있는 데다 옷차림도 엉망이었다.

에반은 짧게 물었다.

"이겼어?"

“제가 도련님도 아니고 어떻게 이깁니까, 그 괴물을. ……
그래도 한 방 먹이는 덴 성공했는데.”
“대단하네.”

순수하게 감탄하는 에반에게 샤인은 쓴웃음과 함께 대꾸했다.

“그렇게 움직이도록 유도된 겁니다. 아슬아슬하게 저를 한계까지 몰아붙여, 그 이상의 움직임을 해낼 수 있도록……. 어떻게 그런 치열한 대련을 통해서 사람을 자신이 원하는 대로 성장시키는 건지, 정말 무시무시한 영감입니다.”
“그야 영웅이니까.”

에반은 몸을 부르르 떠는 샤인에게 피식 웃으며 말했다. 말하는 것을 듣자 하니 아무래도 샤인 역시 자신이 얻은 고유 스킬에 준하는 무언가를 얻은 모양이었다.
레오는 둘 모두에게 마지막까지 멋진 가르침을 전해 주고 간 것이다.

“그래서 얻은 스킬이 뭔데?”
“그건 비밀입니다. 일단 본부로 돌아가면 한판 붙으면서 도련님 몸에 직접 알려 드리죠.”
“오, 제대로 건방지네. 난 네가 고작 한 방밖에 못 먹인 괴물을 이긴 사람인데.”

“제가 요 몇 년간 도련님을 관찰한 결과, 도련님이 이렇게 우쭐해 있을 때에는 굉장히 높은 확률로 덜렁거리십니다. 그 틈을 파고들면 충분히 승산이 있다고 봅니다.”

“샤인, 네가 레오 할아버지한테 덜 맞았나 보구나. 부족한 만큼은 내가 채워 주지.”

“후, 지금 말을 많이 할수록 나중에 쪽팔리실 겁니다. 전 미리 말씀드렸습니다.”

에반과 샤인은 언제나처럼 농담을 하며 정원을 빠져나왔다. 근처에 있던 벨루아와 라이한, 세레이나, 아리샤도 자연스럽게 그들의 뒤를 따랐다.

“에반 오빠, 이제 돌아가? 나도 같이 가!”

“에반, 아직 눈물 자국 남아 있네. 여린 걸까?”

“아, 아니거든.”

“……역시 저도 무기술을 배웠어야 했는데. 오늘은 어딘가 굉장히 소외된 느낌이 드네요.”

“도련님, 돌아가면 다시 머리를 감으셔야 합니다.”

어느덧 던전 기사단 멤버들이 자연스럽게 뭉쳐 떠들고 있었다. 이젠 이들과 함께하는 것이 너무 당연해 새삼스레 의식하는 것도 웃겼다.

'억지로 자신의 가치를 깎아내릴 필요는 없다, 에반. 그것은 너를 인정하고 우러러보는 다른 사람들에게 실례되는 일이야.'

에반은 그 느슨하고 따스한 공기 속에서 재차 레오가 남긴 말을 떠올렸다.

엄격하면서도 자상한 그 말이, 에반의 꼬일 대로 꼬인 자아를 조금이나마 풀어 주는 것만 같았다.

"……도련님?"

"아니, 아무것도 아냐."

걸음이 멈춘 그를 의아하게 여겨 돌아보는 벨루아에게 에반은 애써 아무렇지 않은 척 대꾸했다.

그리곤 모든 상념을 털어 내며 기사단 본부를 향해 씩씩한 발걸음을 내디뎠다.

에반 디 셰어든, 열네 살이 된 봄날의 일이었다.

Chapter 36.
에반 디 셰어든, 퀘스트를 수행하다

영웅, 레오 아르페타와 아리아 아르페타가 던전 도시를 떠났다는 사실은 금세 알려졌다. 워낙 존재감이 컸던 두 사람이었기에 빈자리도 유독 두드러졌던 것이다.

물론 그중에서도 가장 충격을 많이 받은 이들은 던전 기사단 멤버들이었다.

"할아버지 없어……."

"아리아 아줌마도 없어."

에반과 샤인을 제외한 나머지 멤버 중 레오 부부와 가장 가까운 관계를 유지하고 있던 린과 란은 노골적으로 풀이 죽었다. 두 아이가 알게 되면 소란이 날까 걱정한 레오 부부가 이별을 알리지 않은 탓이었다.

물론 쌍둥이 자매가 미리 그것을 알았더라면 떠나지 말라며 울고불고 매달렸을 것이기에 지당한 판단이기는 했지만, 외롭고 쓸쓸해하는 두 아이를 보고 있자면 어딘가 야속하게 느껴지는 것도 사실이었다.

"린, 란, 너무 걱정하지 마. 할아버지, 할머니는 곧 돌아올 거야."

단원들의 정신 건강을 관리하는 것도 단장인 에반의 몫이겠지. 그는 린과 란을 포근하게 끌어안아 주며 달랬다.

대검을 배우며 레오를 유독 따랐던 란이 훌쩍, 콧물을 삼키며 에반에게 물었다.

"레오 할아버지 몇 밤 자면 돌아와?"
"글쎄…… 길면 이천 밤 정도?"
"이천 밤!?"

눈물도 쏙 들어가게 하는 충격적인 선언에 란이 몸을 부들부들 떨었다. 다급히 다가온 샤인이 녀석을 받아 안으며 에반에게 버럭 성질을 냈다.

"그 부분에서 갑자기 냉정하게 기를 죽이면 어떡합니까!"
"하지만 괜히 짧은 기간으로 알려 줬다가 란이 나중에 실망하면 어떻게 해."

"실망은 지금 하고 있습니다, 지금!"

"이천 밤…… 후으에에에에엥."

두 손과 두 발만으로는 도저히 셀 수 없는 숫자 앞에 린과 란은 절망했다. 뜻하지 않게 아이들에게 현실의 냉혹함을 알려 주게 된 에반은 샤인과 함께 아이들을 달래 주느라 무진 애를 써야 했다.

"애들을 울리셨으니 오늘 대난투는 각오하셔야 할 겁니다."

"할아버지가 떠나도 계속하는 거야?"

"어, 이거 영감님하고는 상관없는 우리 기사단 전통 아니었습니까?"

"이거 시작한 지 1년밖에 안 됐는데."

"그 정도면 전통이죠."

기사단 훈련 마지막 코스로 시행되는 기사단 전원의 전원을 향한 투쟁, 통칭 대난투는 단원들의 실전 감각을 끌어올리고 에반의 반사 신경을 단련하는 데에도 탁월한 도움이 되는 코스였다.

전원 vs 전원이라고 해 놓고 대체로 에반 vs 나머지 전원이 되는 것은 영 못마땅한 일이기는 했지만……!

"하지만 오늘은 생략하자. 아니, 당분간은."

"엇, 어째섭니까?"

"잠시 나가야 할 일이 생겼거든. 그동안은 애들을 잘 부탁해."

"도련님이 직접 나가셔야 하는 일입니까?"

"응."

에반은 진지하게 고개를 끄덕였다. 어찌 보면 1년 전, 레오나인 공작령으로 떠났던 때보다도 중요한 일일지도 몰랐다. 그도 그럴 것이…….

"퀘스트가 있거든."

"퀘스트라니, 유니언에 등록하셨었습니까?"

유니언Union, 그것은 던전 도시의 모든 상업, 전투 길드를 하나로 묶는 거대한 연합이었다.

주로 길드 내부 인력만으로는 해결이 안 되는 일을 하거나, 다른 길드에게 부탁하고 싶은 발견, 탐색 의뢰—퀘스트—가 있을 때 이용하곤 했는데, 형제 코퍼레이션도 가끔 유니언을 통해 용병을 고용하는 일이 있었다.

물론 길드에 속하지 않은 개인 탐험가들도 전부 이 유니언에 등록하고 있었다.

혼자서 파티를 구하기 힘든 이들에게 즉석 파티를 알선해 주거나 길드의 임시 파티에 들어가도록 도와주기 때문에 셰어든에 속한 탐험가라면 유니언을 무시하고는 살아갈 수가 없다고 봐도 과언이 아니다.

'요마대전 3의 주인공도 던전 도시에 와서 가장 먼저 한 일이 유니언 등록이었지. 그 도입부는 지금 생각해도 가슴이 두근거린단 말이야.'

갑자기 나온 유니언이라는 말에 새삼스레 에반이 고개를 끄덕이며 회상하고 있자니 샤인이 진지한 표정으로 물어 왔다.

"유니언의 퀘스트라면 어떤 길드가 관련된 일입니까?"
"응? 아니. 아마추어같이 왜 그래. 당연히 내 개인적인 퀘스트지."
"뭐, 그런 거일 줄 알고는 있었는데 혹시나 해서……."

머쓱한 표정을 짓는 샤인을 보며 에반은 피식 웃곤 말했다.

"그리고 내가 유니언에 등록하는 일은 있을 수 없어. 애초에 던전 기사단의 업무 중 하나가 이 유니언이 잘 돌아가고 있는지 관리하고 감시하는 일이거든."
"과연."
"전투 길드들의 동향을 살피기에 가장 좋은 수단이기도 하고. 천둥새 같은 수상한 놈들 말이지."

이번 던전에 들어갔을 땐 놈들과 조우하지 않고 끝났다. 하지만 낙원유랑 같은 길드에서 조심하라는 말이 나왔을 정도면 이미 천둥새 길드는 상당히 뒤가 구린 일을 하고 다니고 있을 가능성이 높았다.

"저도 앞으로는 주의하겠습니다. ……그래서 결국 그 개인적인 퀘스트라는 건 뭡니까?"

"새로운 스킬을 하나 얻으려고."

"스킬……?"

"응."

에반은 씩 웃으며 말했다.

"그리고 겸사겸사 새로운 대장장이 확보도 하고."

"스킬에 대장장이……?"

에반이 대장장이 계열의 스킬을 배우기라도 할 생각이란 말인가? 샤인은 의아해했지만 에반은 그 이상 가르쳐 주지 않았다.

"넌 따라오지 않아도 돼. 아나스타샤 공녀가 던전 도시에 머무르는 동안 에스코트해야지."

"윽……. 알겠습니다."

던전 공략을 무사히 마치고 나온 아나스타샤 L. 레오나인은 영지로 돌아가기 전 던전 도시를 제대로 관광하고 싶다며 며칠 더 머무르기로 했다.

에반은 오전 수련을 던전 기사단과 함께하는 것을 조건으로 그것을 수락했고, 당연히 그 기간 동안 그녀를 보살피는 것은 샤인의 역할이었다.

"그럼 데이트 힘내라."

"데이트 아니거든요!"

"데이트!? 부단장님, 무슨 일인가요!?"

"아, 진짜…… 도련님!"

"그럼 나 간다. 늦어도 사흘 안에는 돌아올게."

데이트라는 말을 듣자마자 화들짝 놀라 다가오는 마리를 보며 샤인이 골머리를 싸맸다. 에반은 손을 팔랑팔랑 흔들어 주며 그 자리를 뒤로했다.

그 얄미운 뒤통수를 보며, 샤인은 보다 열심히 수련해 반드시 에반에게 한 방 먹이겠다고 다짐했다. 결코 현실도피는 아니었다.

스킬, 스킨 블레이드로 이어지는 퀘스트는 요마대전 3의 숨

겨진 종족 중 하나, 땅요정—드워프—에게서 얻을 수 있다.

이 땅요정이란 종족은 던전 내부 깊은 곳에서만 살아가는 희귀 종족으로, 흙과 광물을 좋아하며 특히 무기의 제작에 능한 대장장이 종족이었다.

"뭐, 까놓고 말해 흔한 드워프 설정이지. 세계수를 지키면서 사는 엘프 종족도 그렇고 요마대전은 이상하게 종족 설정에는 공을 안 들인다니까."

"공자님, 찾고 계시는 건 드워프입니까?"

에반과 동행하게 된 라이한이 신기한 표정을 지으며 물었다.

"그들은 찾는다고 찾을 수 있는 종족이 아니라고 들었습니다만."

"보통은 그렇죠. 깊은 던전 속에서만 사는 데다 인간의 기척이 느껴지기라도 하면 금세 자취를 감춰 버리니까."

"그렇습니다. 공방의 흔적을 찾아내는 경우는 있어도 살아있는 드워프와 만나는 경우는 거의 없다고 들었는데, 어떻게……."

"아, 그건 말이죠…… 예지했어요."

"이젠 둘러대는 것도 귀찮아지셨군요, 공자님. 납득했습니다."

에반 일행이 탄 마차는 셰어든 영지에 속하는 도로를 내달리고 있었다. 그래 봤자 요마대전 3에서 얻을 수 있는 퀘스트인지라 그 무대가 되는 곳도 던전 도시 근교에 위치한 던전이었던 것이다.

"어라, 가만…… 던전? 혹시 새로운 던전입니까? 그건 던전 도시가 뒤집어질 소식입니다만!"

"예지했어요."

"그렇군요, 납득했습니다."

라이한은 이전부터 에반의 말이라면 콩으로 팥죽을 쑨다고 해도 납득하고 넘어가는 경향이 있었다!

"공자님, 죄송하지만 저는 전투 능력이 없습니다. 제가 필요하다고 하셨지만 쉬이 이해하기 힘듭니다."

그때 갑자기 에반과 라이한의 대화에 끼어드는 이가 있었으니 바로 에반의 전속 대장장이 오르타 베아누스였다.

그는 한창 새로운 무구를 만들던 찰나 에반에게 불려 오는 바람에 다소 불퉁한 표정을 짓고 있었다.

"오르타는 그냥 가만히 있으면 돼요. 대장장이를 만나러 가는 길이니 같은 대장장이가 있으면 말이 통하지 않을까 싶어 데려온 거거든요."

"……제게 새로운 길을 열어 주신 공자님을 위해 목숨을 내미는 것쯤 아깝지 않습니다만, 그래도 개죽음은 사양하고 싶습니다."

"걱정할 것 없어요. 오르타가 몬스터의 표적이 되는 일은 없을 테니까. 라이한 형이 전부 끌어들여 줄 거거든요."

"물론 저도 강철 방패 라이한 경의 명성은 익히 듣고 있었습니다만……."

"잠깐. 그 통칭은 대체 어떻게 알게 된 겁니까?"

에반과 오르타가 일제히 입을 다물었다. 마차 안에 타고 있던 나머지 한 명, 벨루아만이 옅은 웃음을 흘릴 뿐이었다.

그들은 곧 이름 모를 야산에 도착했다. 셰어든 가문의 중급 가신이 소유하고 있는 소규모 영지에 딸린 산이었는데, 물론 입산 허가는 받아 놓고 있었다.

"딱히 출몰하는 몬스터도 없고 그렇다고 채집할 만한 산물이 있는 것도 아닌지라 잊힌 지 오래된 곳이죠."

"확실히 던전이 숨어 있기에 적합한 환경이기는 하군요."

"아, 이쯤에서 내려야겠어요. 그럼 마차는 넣어 놓을까."

에반은 말도 없이 차체만 덩그러니 놓여 있는 마차를 익숙한 폼으로 인벤토리 포켓에 수거했다. 말은 어디 보낸 것이 아니라 원래 없었다. 이 마차는 말이 없어도 자동으로 움직이는 마차였던 것이다.

“새삼스럽지만 턱없이 훌륭한 아티팩트군요.”

“요마대전 3에서도 후반부로 가면 갈수록 이동 거리가 늘어나는 바람에, 이런 이동용 아티팩트 없이는 못 해 먹었죠. ……아, 그렇게 예지했다고요.”

이번에 에반이 열네 살 생일 선물로 후작으로부터 받은 생일 선물, 통칭 고스트 왜건.

자동으로 굴러가는 네 개의 바퀴를 갖고 있으며 주인의 의사에 따라 움직이는 마차 형태의 아티팩트로, 얼마 전 50층 업적 상자에서 어떤 전투 길드가 얻어 낸 물건을 징수한 것이었다.

군사 용도로 써먹을 수 있는 물건은 대부분 후작가에서 적절한 보상을 내어 주고 징수하는 것이 불문율이었다. 그리고 후작은 그것을 징수하자마자 마침 생일이 가까웠던 에반에게 선물한 것이다.

“이렇게 좋은 아티팩트를 획득해 줘서 고마워요, 천둥새 길드!”

“……그들이 공자님께 악감정이 다소 쌓이는 것도 당연한 일이 아닐까, 하는 생각이 방금 들었습니다.”

“꼬우면 지들이 던전 도시 영주 하라 그래요.”

"공자님, 혹시 이쪽에서 먼저 싸움을 걸려는 것 아닙니까?"

에반은 일행을 이끌고 잠시 돌아다니다가 작은 땅굴을 발견했다. 설마 저것이 목적지인가! 라이한이 눈을 빛내는데, 에반이 갑자기 인벤토리 포켓에서 포대 자루를 꺼내더니 그 내용물을 땅굴에 붓기 시작했다.

"그…… 그건 뭡니까, 도련님?"

"아, 간단한 화학 합성물이에요. 마력으로 굳혀 놓으면 다시 제 마나를 통하게 하지 않고선 어지간해선 부술 수 없을 정도로 단단하게 굳어져서, 단단한 건축물을 지으면서 보안 편의성을 확보하고 싶을 때 많이 쓰죠."

물론 신물질이었다. 플레이어들은 이것을 '매직 시멘트'라고 불렀다.

"그, 그걸 왜 그 구멍에 붓고 계신 겁니까?"

"왜긴요, 도망칠 구멍을 미리 막아 놓는 거죠. 총 여섯 군데 막아야 해요."

"도망칠 구멍이라는 건 혹시……."

"네."

에반은 시원한 미소를 지으며 설명해 주었다.

"드워프가 도망치려고 만들어 놓은 구멍을 우리가 미리 막는 거죠. 이렇게 해 놓으면 던전 안에서 반드시 드워프와 만날 수 있어요."

"……."

"예지했어요."

"그 때문에 침묵했던 것이 아닙니다만!"

라이한은 벌써부터 샤인의 존재가 그리워졌다.

타이밍을 놓치지 않고 제때제때 태클을 걸어 줄 수 있는 것은 샤인뿐인데! 과연 드워프를 데리고 던전 도시에 돌아갈 때까지 자신은 버텨 낼 수 있을 것인가!

……그로부터 5분 후, 모든 땅굴 구멍을 막아 놓은 에반은 보무도 당당하게 일행을 이끌고 숨겨진 던전의 입구를 찾아내 입성했다.

❋❋❋

요마대전 3에서 플레이어는 셰어든 던전 외에도 다양한 던전에 들어갈 기회가 있다.

별 의미는 없는 레벨링 전용 던전도 있고, 서브 퀘스트용 던전도 있고, 메인 시나리오와 관련되는 굵직한 던전도 제법 되지만 그 무엇보다도 중요한 것은 던전의 속성이다.

'던전이 일회성이냐, 혹은 그렇지 않느냐.'

일회성 던전의 경우는 대개 던전 코어가 없거나, 있어도 무척 작은 경우가 많다.

일단 던전 내부의 환경을 관리하는 정도는 가능하지만 탐험가에 의해 몬스터가 사냥당하고 시설이 파괴되면 그것을 수복할 능력은 없을 때, 그것을 일회성 던전이라고 부른다. 즉 던전에서 나오는 자원의 한도가 정해져 있는 것이다.

"물론 튼튼한 던전 코어를 지니고 있어 몬스터의 번식과 함정 생성을 유지할 수 있는 던전이라고 해도 코어가 뜯겨져 나가면 끝장이긴 하지만."

"던전을 클리어한다고 해서 무조건 코어를 발견할 수 있는 것도 아니라고 들었습니다."

"응, 맞아요. 던전 코어는 던전의 생명과 같으니 아무 데나 방치할 수는 없죠. 보스 몬스터를 쓰러트리지 않으면 결코 발견할 수 없는 것이 전제 조건이고, 설령 보스를 쓰러트린다 해도 무조건 찾아낼 수 있는 것도 아니고."

하지만 이 던전의 경우에는 코어가 어디에 있는지 에반이 명확히 알고 있었다. 그도 그럴 것이 코어는 던전의 심부에 숨어 사는 드워프가 관리하고 있었으니까.

"인간에게 발견되지 않기 위해 직접 던전에 간섭을 하고 있는 겁니까?"

"정답."

"……정말 이대로 찾아가도 괜찮은 겁니까, 공자님?"

"도련님, 드워프를 무력으로 제압해야 한다면 지금 말씀해 주세요. 마법을 준비해 놓겠습니다."

불안해하는 라이한과 달리 벨루아는 단단히 각오한 표정으로 에반을 바라보며 말했다. 마법을 준비하겠다는 말은 아마도 최근 들어 벨루아가 익힌 마녀의 마도 중 하나, '마녀의 메아리'를 말하는 것이리라.

그것은 바로 마녀의 문자로 구성된 마법을 미리 영창하여 복잡한 마력을 품은 주문을 저장해 두었다가 필요한 때 즉각 발동할 수 있도록 하는 스펠, 즉 메모라이즈였다.

물론 마녀가 아닌 다른 마도사들도 숙련 단계가 깊어지면 메모라이즈 계열 스펠을 익힐 수 있었지만 마녀의 메아리는 저장 효율이 압도적으로 뛰어나다는 장점이 있었다.

"아니, 안 싸워. 어디까지고 대화로 해결할 거야."

"대화 말씀입니까……."

참고로 에반은 던전에 들어온 직후부터 쉴 새 없이 사방으로 비드를 날려 대고 있었는데, 비드 하나가 날아갈 때마다 하나의 함정, 혹은 하나의 몬스터가 죽어 나가는 것은 셰어든 던전을 탐험할 때에 겪었던 것과 비슷했다.

"이 던전이 제법 깊은 데다 난이도가 제법 돼서 말이죠. 라이한 형이 곁에 있어 주면 든든하겠다 싶었거든요."

"그렇군요."

자신을 의지해 준다니 제법 고마운 말이기는 했지만 라이한은 이 시점에서 이미 짐작하고 있었다.

아마 이 던전이 끝날 때까지 자신이 필요한 상황은 닥치지 않을 것이라고!

[쿠에에에엑!]

"어라, 죽은 거야?"

그리고 익히 예상했던 대로 되었다.

"오우거…… 이건 오우거가 아닙니까, 에반 공자님!"

오우거. 셰어든 던전에서는 50층 보스로 첫 등장 하는 괴물로, 끔찍하리만치 강한 힘과 스피드, 방어력에 고도의 지능까지 겸비하고 있어 요마대전 고인물들도 가끔 손이 미끄러지면 놈을 상대하다 죽는 일도 있었다.

과연 심층의 몬스터다운 위용을 자랑하는 진짜배기 괴물로, 그 울음소리만으로 생물들을 벌벌 떨게 하는…… 그런 몬스터인데.

"그쵸, 오르타가 보기에도 오우거죠? 얘가 셰어든 던전에 나오는 오우거보다 체력이 좀 낮나?"

"그럴 리가 없다고 봅니다……."

파죽지세로 던전을 돌파하며 고작 일곱 시간 만에 다섯 개 층을 깨부수고 내려온 에반은 그대로 보스 배틀 룸으로 직행, 오랜 세월 방문자가 없었던 탓에 배틀 룸 안에서 코를 골며 자고 있던 오우거를 배틀 비드를 투척해 기습했다.

그리고 놈이 그것에 얻어맞고 죽어 지금에 이른 것이다.

"살아 있는 오우거를 본 건 오늘이 처음입니다. 지금은 이미 죽었지만!"

"레오 아르페타 경과의 대련을 보고 능력이 뛰어나시다는 것은 잘 알고 있었지만 설마 구슬 하나를 던져 오우거를 격살하는 분이셨을 줄은 몰랐습니다."

평소부터 에반의 말도 안 되는 활약에 익숙해져 있던 라이한은 오우거의 사체를 살피며 작게 감탄할 뿐이었지만 오르타의 감동은 격이 달랐다.

강대한 지상 몬스터의 상징, 오우거라는 단어는 이 시대를 살아가는 인간들에게 있어 하나의 살아 있는 전설과도 같은 것이다. 오죽하면 오우거를 1대1로 쓰러트린 사람들에게는 '오우거 슬레이어'라고 특별한 호칭을 붙여 줄 정도였다.

"에반 공자님도 이제 오우거 슬레이어로군요."
"부탁이니까 그런 초보자 타이틀로 부르지 말아 주세요."

셰어든 던전 50층의 일반 보스로 오우거가 존재하는 이상, 당연하지만 요마대전 3 플레이어라면 누구나가 오우거를 한 번씩은 잡게 된다. 설령 게임을 클리어하지 못하고 접는 게임 초보라도 최소한 오우거는 잡아 보게 마련.

따라서 요마대전 3 게시판에서는 오우거 슬레이어라고 하면 그것 외에는 내세울 업적도 없는 허접으로 통했다. 즉 오우거 슬레이어(웃음)인 것이다.

"공자님이 바라보시는 곳은 우리 따윈 상상할 수 없을 정도로 높습니다, 오르타. 유념해 두도록 해요."
"……과연. 저는 아직 공자님을 잘 모르고 있는 것이군요."
"루아, 저 둘이 같이 있으니까 살짝 위험한 것 같은데."
"가끔은 바보 샤인도 필요한 법이네요."

에반을 무한 긍정하는 라이한과 오르타가 함께 있으니 중간에 누군가 태클을 걸어 줄 일도 없이 마냥 에반의 평가가 수직 상승하고 있었다.

에반은 조만간 에반을 향해 신이라고 부를 것 같은 둘을 뜯어말리며 오우거의 사체를 수습했다. 사체가 완전히 마나로 화하기 전, 오우거에서 가장 맛있는 갈빗살 부위와 함께 갈비뼈 한 대를 뜯어낸 것이다.

몬스터의 사체를 너무 많이 뜯어내려고 하면 통째로 마나화하기 때문에, 날아가지 않는 한도 내에서 적절히 발라내는 것이 몬스터 루팅의 가장 중요한 포인트였다. 그리고 에반은 이쪽 영역의 마스터였다.

"오우거 뼈는 잘 가공하면 좋은 무기가 되니까. 오르타, 혹시나 해서 묻는데 뼈를 연마해서 무기를 만들어 본 경험은……?"

"전 아직 없습니다. 여태껏 금속 말고는 다뤄 온 재료가 없어서……."

"그럼 이걸로 한번 도전해 보는 건 어때요. 오우거의 갈비는 몬스터 뼈 중에서는 재료로서의 품질이 굉장히 좋은 편이에요."

[기다려!]

에반이 오르타에게 오우거의 갈비뼈를 건네주려는 바로 그 순간이었다.

배틀 룸의 왼쪽 구석에 작게 숨겨져 있던 문이 열리더니, 그

너머에서 140센티미터는 될까 싶은 작은 아이가 두다다다 튀어나왔다. 무척 귀여운 여자아이였다.

[그건 나한테 줘!]
"앗, 이런 곳에 어린아이가!"
"오르타, 사실 저건……."
"저게 드워프겠군요."

라이한이 무심코 말했다가 에반의 눈총을 받았다. 반면 오르타는 라이한의 말을 듣고 경악하고 말았다.

"그냥 작은 여아가 아닙니까!"
"땅요정이 맞아요. 잘 살펴봐요."
[이봐, 내 말 듣고 있어? 그 뼈를 나한테 넘기라고!]

드워프는 아까부터 뭐라 지껄이고 있었지만 드워프어를 알아듣지 못하는 오르타는 이루 말할 수 없는 신기한 표정으로 드워프를 살폈다.

그러자 과연, 에반의 말이 무슨 뜻이었는지 곧 이해할 수 있었다. 스쳐 지나가듯 본다면 평범한 여아로 착각할 수도 있겠지만, 눈에 띄게 발달한 골반이나 가슴은 분명 성인 여성의 그것이었던 것이다.

"얼굴은 완전히 어린아이인데."
"땅요정들은 순수하거든요. 매력적이죠?"
"크흠…… 그, 그렇군요."

요마대전 시리즈가 종족 설정에는 공을 들이지 않는다는 얘기는 했지만, 그런 주제에 엘프와 드워프의 디자인에는 세심하게 신경을 쓴 흔적이 남아 있었다.
명백히 인간과 다른 신체적 특징을 지니고 있으면서도 매력적인 디자인. 엘프가 인간에게 있을 수 없는 궁극적인 아름다움을 추구한다면, 드워프는 어린아이와 어른을 한데 뒤섞어 놓은 듯한 이질적인 아름다움을 품고 있었다.

"그래서 본래 드워프는 일부 사람들에게 합법 로×, 합법 쇼×라는 별명으로 칭송을 받기도 하던……."
[뼈! 달라니까!]

그러던 그때였다. 인간 네 명이 자신을 빤히 바라보고 있는 상황을 견디지 못한 드워프 여성이 기어이 화를 내며 에반에게 덤벼들었다. 그러나 에반은 기다리고 있던 것처럼 그녀를 가볍게 붙들었다.

[미안, 일부러 무시한 건 아니고.]
[드워프어를 할 수 있었으면서 여태 무시한 거였단 말이

야!]

[통역 아티팩트를 챙겨 왔거든.]

[역시 나를 무시하고 있는데!]

이종족과 대화를 나눌 수 있게 해 주는 아티팩트는 물론 희소하지만 셰어든 후작가의 창고에는 그래도 몇 개인가 확보되어 있었다.

사실 에반은 게임 시절 이종족어를 ―참고로 엘프어와 드워프어는 같은 요정족 언어였다― 공부한 적도 있었기에 회화 정도라면 할 수도 있었지만 혹시 몰라 아티팩트를 챙겨 왔다.

그런데 지금 드워프어를 듣고 있자니 역시 아티팩트가 없었어도 괜찮았을 것 같았다.

[그런데 너 왜 안 숨어 있고 나왔어? 드워프들은 원래 꽁꽁 숨어 있는 게 정상 아니었어?]

[네놈이 내가 파 놓은 땅굴 구멍이란 구멍마다 다 이상한 마법 모래를 붓는 바람에 공기 막혀 죽을 뻔했다! 오우거가 죽지 않았으면 난 그 안에 갇혀서 질식사했을 거야!]

[아하!]

[아하 같은 소리 하네!]

게임에서는 그런 문제는 없었는데! 수수께끼가 풀려 상쾌한 표정을 짓고 있는 에반의 정강이를 드워프가 퍽퍽 걷어찼지만 부츠의 저주로 보호받고 있는 에반을 공격해 봤자 드워프의 발이 아플 뿐이었다.

[난 에반이야. 이쪽은 벨루아, 여긴 라이한, 그리고 여긴 오르타 베아누스. 너와 같은 대장장이지.]

[흥미 없어, 자연스럽게 일행을 소개하지 마라! 내게 무례를 사과하고 저 이상한 마법 모래를 걷어서 떠나! 그리고 뼈도 내놔!]

[실은 네게 제안할 게 있어서 찾아왔어, 엘라.]

[이봐! 아티팩트 제대로 작동하고 있는 것이 맞나!?]

드워프는 끝내 에반의 셔츠 자락을 붙들고 흔들었다. 멱살을 잡고 싶었지만 신장 차이 탓에 그게 한계였다.

[아니…… 그런데 잠깐, 내 이름은 어떻게 알았지!?]

[네가 살고 있는 곳을 안 것과 같은 방법으로.]

[그렇다면 도, 동족이…… 동족이 날 팔아넘긴 건가? 이 비겁한 배반자들 같으니!]

드워프 여성 엘라가 썩 좋지 않은 망상을 시작했다. 그게 아니라고, 에반은 고개를 저으며 간단히 설명했다.

[예지했어.]

[인간족에 예언자가 있었단 말인가!]

역시 다른 인간들에게 둘러대던 방법을 그대로 채용하는 것은 안이한 판단이었다.

[이봐, 엘라.]

에반은 인간의 폭넓은 취향을 존중하지만 본인은 드워프에게 관심이 없었기 때문에, 이 이상 그녀를 놀려 먹는 것은 관두고 바로 본론에 돌입하기로 했다.

[나는 네 꿈에 대해 알고 있어. 널 찾아온 건 그것 때문이야.]
[……설마.]

엘라는 에반의 말에 깜짝 놀라 그의 셔츠를 놓았다. 그는 진지한 표정으로 그녀를 바라보며 물었다.

[세상에서 가장 날카로운 칼을 만드는 게 꿈이지? 네 꿈에 나도 흥미가 있어. 그걸 도와주러 왔다.]
[그걸 정말로 알고 있다니!]

사실 구라였다. 에반은 엘라가 결국 제 뜻을 이루지 못한다는 것을 잘 알고 있었다.

그가 관심을 갖고 있는 것은 어디까지나 세상에서 가장 날카로운 칼을 만드는 과정에서 떨어져 나오는 '부산물'이었다.

[내게 퀘스트를 줘. 세상에서 가장 날카로운 칼을 같이 만들어 보자.]

[퀘스트…….]

엘라의 눈빛이 흔들렸다. 사실 그녀는 지금 워낙 많은 일이 한꺼번에 일어나 상황을 제대로 받아들이지 못하고 있었다.

그러나 에반의 말에 마음이 요동치고 있는 것도 분명한 사실이었고…….

[조, 좋아. 그럼 우선 네가 나와 함께 위대한 작업을 치를 자격이 있나 자격시험을 해 보겠어. 저 머나먼 곳, 대륙의 사막에는 곱고 날카로운 모래로 이루어진 샌드 골렘이라는 존재가 있지. 그 골렘의 핵을 가져와. 적어도 그 정도 끈기와 능력은 보여 줘야…….]

[자.]

에반은 그 말을 듣는 순간 인벤토리 포켓을 열어 그 안에서 샌드 골렘의 핵을 꺼냈다. 엘라가 입을 쩍 하고 벌렸다. 에반은 여유로운 미소를 지으며 말했다.

[그다음은 뭐지? 혹시 클레이 골렘의 핵이라면 그것도 준비되어 있어.]

[……!?]

[아니면 스톤 골렘 쪽이었나? 가고일?]

[이, 인간족의 예언자는 정말 굉장하구나!]

요마대전 고인물은 수많은 퀘스트 중 아이템 수집형 퀘스트를 가장 좋아한다.

왜냐고?

퀘스트를 받자마자 끝낼 수 있기 때문이다.

그로부터 몇 분간, 오우거가 죽고 없는 보스 배틀 룸에서는 드워프 엘라가 희귀한 제작 재료를 말할 때마다 에반이 인벤토리 포켓에서 그것을 척척 꺼내어 놓는 진풍경이 벌어졌다.

이것이야말로 고인물의 퀘스트의 표본이라고 할 만한 광경. 에반과 함께 온 일행마저 기가 막힌다는 눈으로 에반을 그저 멍하니 바라보고 있을 뿐이었다.

[그, 그다음은 오우거의 갈비뼈!]

[그건 원래 네가 구상하던 목록에 없었지?]

[큭…… 필요할 것 같아서 추가했다, 왜!]

[그래? 그럼 주지, 뭐.]

[큭, 그 여유로운 태도가 다른 뭣보다도 열받아……!]

에반은 엘라를 찾아오기 전 이미 형제 코퍼레이션을 통해 구할 수 있는 모든 희귀 재료를 구입해 놓고 있었다. 엘라가 무엇을 상상하든 그 이상의 재료를 내어놓을 수 있었다.

[여태껏 실행에 옮기지도 못하고 있었던 우리 가문 비전의 재료들이 이곳에 전부…… 혹시 너는 인간의 왕이라도 되는 거야?]

끝내 엘라의 주문에도 한계가 찾아왔다. 기쁨 절반, 분함 절반이 담긴 눈으로 자신을 바라보는 엘라에게 에반은 우쭐하여 대꾸했다.

[왕은 아니고 귀족이지. 제법 잘나가는 귀족.]
[왕도 아닌 부하에 불과한 이가 이렇게 귀한 재료들을 구해 올 수 있었다고? 인간족의 위세가 이 정도였다니!]
"공자님, 그런데 이것들이 전부 무기의 재료입니까?"

엘라가 감탄하는 옆에서 은근슬쩍 그녀가 주문했던 재료들을 살피며 오르타가 고개를 갸웃거렸다. 에반은 피식 웃으며 해설해 주었다.

"엘라의 가문에 전해지는 '최강의 칼날'을 만드는 레시피에 필요한 것들이에요. 사실 평범한 무기의 재료는 아니죠."

"과연, 그렇군요. 땅요정의 비전을 일부나마 엿보게 되다니, 이 자리에 함께하게 되어 영광입니다."

실은 이것들은 땅요정의 비전도 아니고 무기의 재료도 아니다. 어디까지나 스킬의 재료인 것이다! 그러나 지금 단계에서 벌써 그것을 말해 산통을 깰 생각은 없었다.

[우리 가문의 비전이 이렇게 드디어……! 지금 당장 만들어 보고 싶어! 만들게 해 줘!]

[다 가져가. 대신 네가 작업하는 걸 구경하고 싶은데.]

[으으으으으음……!]

기어이 에반에게서 원하던 재료를 모두 얻어 낸 엘라는 재료들을 품에 끌어안으며 잠시 고민했다. 그러나 이내 마음을 굳게 먹은 듯 고개를 끄덕여 보였다.

[좋아. 인간족의 예언자이며 내가 원하는 모든 것을 갖추어 오기까지 한 네게 제작 공정을 감추는 것도 예의가 아니겠지. 들어와라. 내가 최강의 칼날을 만드는 순간을 보여 주지!]

[대장장이인 오르타에게도 보여 주고 싶은데, 괜찮을까?]

그 제안에 별 의미는 없었다. 앞으로 동료가 될 사람이니 —에반의 희망 사항이었다— 서로 실력을 확인할 기회가 있으면 좋겠다는 생각을 했을 뿐이다.

에반에게 받은 충격이 너무 커 여태껏 다른 이의 존재를 잊고 있던 엘라가 그의 말에 고개를 갸웃했다.

[대장장이?]

[여기.]

"으, 으음?"

엘라는 아까 오르타가 자신을 보며 그렇게 했듯 오르타를 위아래로 살폈다. 오르타는 괜히 긴장하여 몸이 뻣뻣하게 굳었다.

그러던 중 엘라가 음, 하고 고개를 끄덕였다. 오르타에게서 무엇을 발견했는지는 몰라도 뭔가가 만족스러웠던 모양이다.

[좋아, 너도 들어와. 하지만 나머지 둘은 안 돼.]

"오르타만 나를 따라와요. 벨루아와 라이한 형은 미안하지만 이 자리를 지켜 줄 수 있을까?"

"……알겠습니다, 도련님."

"내부의 안전만 확인할 수 있다면, 외부는 저희가 지키고 있겠습니다."

벨루아는 못내 불만스러운 기색이었으나 상대가 이종족이니만큼 다행히 조심스러운 태도를 유지하고 있었다. 그리고 라이한은 땅요정에 대한 경계심보다는 호기심이 더 큰 모양이었다.

[이 안이야, 들어와.]

[오, 그래도 생각보다는 넓…… 케헥.]

"쿨럭, 쿨럭!"

아까 엘라가 튀어나왔던 비밀의 문을 열고 좁은 통로를 반쯤 기다시피 해서 들어가면 그곳에 바로 공방이 있었는데, 뜻밖에도 공기가 무척이나 무겁고 탁했다. 아니, 거의 질식할 정도였다.

[아차, 숨 구멍 다 막혀 있었지! 이러다 불까지 꺼지겠다!]

[괜찮아. 내가 다 수거할 수 있어.]

[하나도 안 고마우니까 우쭐거리지 마! 애초에 네가 막았던 거잖아!]

[아니, 이게 들키네.]

자연스럽게 넘어갈 생각이었는데 역시 뜻대로는 되지 않았다. 에반은 엘라의 투정을 받아 주며 사전에 설치했던 매직 시멘트를 회수했다.

지상으로부터 내려온 공기가 무척 달콤했다. 거의 꺼질 것만 같았던 화로의 불꽃에도 간신히 생기가 돌아왔다.

"이게 드워프의 화로입니까."

[풀무질해 볼래?]

드워프의 신장에 맞추어져 있어 그리 크다고는 할 수 없는 공방의 벽면에 설치된 고풍스러운 화로를 보며 오르타가 감탄하고 있자니 그것을 기껍게 여긴 엘라가 놀랍게도 먼저 제안을 했다.

그러나 여전히 오르타는 그녀의 말을 알아듣지 못했기에 에반이 자신이 갖고 있던 통역 아티팩트를 그에게 건네주었다. 어차피 그는 아티팩트가 없어도 의사소통이 가능했으니까.

[이 화로를? 영광이다.]

[넌 주인과 달리 그래도 예의를 차릴 줄 아네. 대장장이라 그런가.]

[최강의 칼날 만들지 말까?]

[이젠 협박까지 하다니!]

오르타가 조수로 붙게 되자 작업이 순조로이 시작되었다.

에반은 두 크고 작은 대장장이가 합심하여 풀무질을 하고, 각종 재료를 녹이는 모습을 보며 흐뭇하게 웃었다. 둘이 던전 도시에서 함께 야금을 하는 모습을 상상한 것이다.

그러나 그것도 그리 오래 지속되지는 않았다. 에반이 구해온 재료 중 몇 가지를 불꽃에 던져 넣어 불꽃을 신비로운 검보랏빛을 띄는 마법의 불꽃으로 바꾼 직후 엘라가 선언한 것이다.

[지금부턴 내 차례야. 넌 가만히 보고 있어.]

[도움이 필요하다면 말해라. 도울 수 있어.]

[헹, 나도 아직 시험해 보지 못한 비전인데 인간인 네가 어떻게 도울 수 있겠어. 마음만 받을 테니 지켜보고 있어.]

드디어 '최강의 칼날'을 만들기 위한 야금 작업이 시작되었다!

게임으로 플레이했을 땐 텍스트 몇 줄이 출력되고 끝이었지만 지금은 물론 그렇지 않았다.

엘라는 정성스레 금속을 뽑아내고 굳히고, 마력으로 융합되어 흐물흐물해진 각종 희귀 재료들을 발라 다시 불에 집어넣었다가 뺀 다음 담금질을 했다. 여기까지만도 족히 1시간이 걸렸다.

"……이게 야금이라고? 분명 움직임은 극에 이른 장인의 그것이지만, 도무지 이해할 수 없는 과정이 섞여 있는 것 같은데."

"아까 엘라가 스스로도 말했잖아요. 여태껏 재료가 없어 시험도 해 보지 못한 비전이라고."

"그렇다는 것은 그녀도 지금 처음 도전하고 있다는 말씀이십니까?"

"정답."

오르타는 에반의 말에 기가 막혔다. 그러나 눈은 여전히 엘라에게서 떼어 내지 않고 있었다. 야금술의 이치에서 어긋난 작업이라고는 하나 그것이 묘하게 그의 시선을 잡아끌고 있었던 탓이다.

"오르타, 뭔가 알겠어요?"
"모르겠습니다. 파악하려 노력 중입니다."
[그렇게 뚫어져라 봐도 소용없어. 나도 제대로 이해하지 못하고 있으니까.]
[허어…….]

땅요정 엘라가 내 주는 퀘스트, '최강의 칼날'은 그녀의 가문에 대대로 전해져 내려오던 고문서에 적힌 '세상에서 가장 예리한 칼날'을 만들어 보고자 하는 엘라의 욕망에서 출발한다.
던전에 숨어 살아가는 땅요정들이 도전하기에 그 고문서에 적힌 재료들은 지나치게 희귀했고, 엘라는 언젠가 재료가 모두 모이는 그날을 기다리며 고문서를 철저히 분석해 최강의 칼날의 제작법만을 철저히 탐독했다.
땅요정의 집념은 실로 대단했다. 그들은 야금에 미쳐 살아가는 종족이었으며 엘라는 특히 더했다.

[이건 결코 인세의 이치는 아냐. 너희 인간도, 우리 요정들도 미처 이해할 수 없어. 당연하지, 이 문서는 필시 신이 만들었을 테니까.]

엘라는 특수 제작된 장갑을 끼고 이번엔 작업용 망치를 검은 불꽃에 담갔다 빼며 담담히 말을 이었다. 망치 위로 검은 불꽃이 옮겨붙어 타오르는 모습이 인상적이었다.

[하지만 이 제작법대로만 만들면 반드시 결과물을 낼 수 있어. 그것을 분석하다 보면 언젠가 이치를 알 수 있게 되겠지.]

[순서가 역이군. ……하지만 확실히, 아티팩트도 만들어지기 전까진 그 여부를 알 수 없으니 비슷한가.]

[아티팩트? 넌 아티팩트를 만든 적이 있나?]

작업을 하던 엘라가 화들짝 놀라 돌아보았다. 대장장이 종족이라 일컬어지는 땅요정에게 있어서도 역시 아티팩트를 직접 만들어 낸다는 것은 그리 쉬운 일이 아닌 모양이었다.

[부끄럽지만 몇 번 있다.]

[몇 번!?]

[그것도 전부 에반 공자님께서 도와주셨기 때문이지. 내게 아티팩트로 가는 길을 열어 주신 분이다. 난 그래서 이분을 따르는 것이고.]

[이 살인미수범이……?]

살인미수범이라니, 말이 너무 심하다고 생각했지만 부정할 수가 없었다. 에반은 큼큼, 헛기침을 하며 가만히 화로 안에서 타는 불꽃이나 지켜보기로 했다.

[정말이다. 공자님은 모든 이의 재능을 알아보시고, 그 재능이 나아가야 할 길을 일러 주시는 분이지.]

[그것이 예언자의 힘인가! 그렇다면 이 남자가 내게 이 재료들을 가져온 것도 전부 내가 최강의 칼날을 만들어 낼 수 있다는 확신이 있었기 때문인가!]

그 말을 듣는 에반의 양심이 쿡쿡 찔렸다. 그러나 환히 빛나는 엘라의 눈을 보고 있자니 차마 일이 어떻게 되든 네가 원하던 결과물을 얻게 될 일은 없을 거라고 말할 수가 없었다.

[작업에나 집중해.]

[좋아, 기운이 났다!]

그래 보였다. 당장 엘라가 쥔 망치에 들어가는 힘이 달라진 것이다. 엘라는 금속과 비금속이 섞여 이젠 무어라 형용하기 어려운 색을 띤 재료를 사정없이 두들기며 작업에 매진했다.

그로부터는 실로 지루한 기다림의 시간이 이어졌다. 에반은 게임의 시나리오 스킵 기능이 오늘만큼 절실히 그리웠던 적이 없었다.

"도련님, 차 드실 시간입니다."

"응, 들어와."

찻주전자와 잔을 들고 조용히 공방으로 들어온 벨루아는 정체를 알 수 없는 덩어리와 사투 중인 엘라를 일별하고는 에반에게 차를 따라 주었다.

엘라는 작업에 집중하고 있어 외부인이 들어오는 것도 모르고 있었다.

"다 드시면 새로 따라 드리러 오겠습니다."

"고마워, 루아."

"피곤해지면 말씀해 주세요."

"응."

에반은 아예 인벤토리 포켓 안에 넣어 놓았던 접이식 의자를 꺼내어 앉더니 여유롭게 차를 마시며 작업을 지켜보았다.

오르타는 그 모습을 기가 막힌다는 표정으로 바라보고 있었지만 에반이 마시고 있는 게 무엇인지 알게 되면 그런 표정은 짓지 못할 것이다.

[크……!]

엘라가 작업물에서 고개를 든 것은 에반이 벨루아에게서 세 잔째의 독차를 받아 들었을 때였다.

[알 수 없어. 이것이 완성되었을 때의 모습을 예측조차 할 수 없어! 무구의 모습을 빚어내지 못하고 있어!]
[처음부터 그럴 줄 알고 있었잖아.]
[하지만 부족해! 부족하단 말이야, 뭔가가 더 필요해. 재료의 양이 부족했던가? 고문서의 해독이 잘못된 건가!?]

게임에서는 이런 텍스트가 출력되지 않았던 것 같은데, 엘라의 반응은 제법 의외였다.
하지만 게임에서는 이런 텍스트가 출력되지 않았기 때문에, 에반이 그녀에게 해 줄 수 있는 것은 아무것도 없었다.

[……조금은 알 것 같다.]

그때 에반을 대신해 입을 연 사람이 있었으니 바로 오르타였다. 에반의 얼굴 위로 물음표가 수십 개 떠올랐다. 엘라도 그 비슷한 표정으로 그를 돌아보며 소리쳤다.

[뭐? 네가 그걸 어떻게 알아?]

[결국은 그것도 무기이기 때문이다. 재료와 대장장이의 기술 외에 무기의 제작에 필요한 것이 더 있을 텐데?]

[……!]

엘라와 오르타가 에반은 도저히 알아들을 수 없는 회화를 개시했다. 에반은 과연 이 퀘스트가 이대로도 괜찮을 것인지 불안해지기 시작했다.

[그런가, 그것은 바로…….]

[바로 그 무기를 들게 될 사람에 대한 마음이다.]

[이럴 수가…… 나 정도 되는 대장장이가 무기 그 자체에 대해서만 생각하고 정작 그 무기를 사용할 사람에 대한 생각을 하지 않다니!]

에반은 그 시점에서 둘의 얘기를 알아듣는 것을 포기했다.

"루아, 차 한 잔 더 줄래?"

"알겠습니다, 도련님."

덤으로 벨루아가 무척 자연스럽게 방 안에 머무르고 있었지만 이미 그것을 신경 쓰고 있는 이는 아무도 없었다.

[미처 생각하지 못하고 있었어……! 고맙다, 오르타. 아까 거

절해 놓고 미안하지만, 지금부터 다시 나를 도와줄 수 있을까?]

[기다리고 있었다. 위대한 작업에 동참하게 되어 영광이야.]

[역시 넌 좋은 대장장이구나!]

에반이 상황 파악을 포기하는 가운데 기어이 의기투합을 하는 두 대장장이! 오르타는 다시 거세게 풀무질을 하며 마법 불꽃을 크게 피워 올렸다. 그것을 보는 엘라의 눈이 반짝였다.

[그래, 네 뜻을 알겠어.]

[고맙다.]

[어차피 나는 딱히 이걸 줄 대상도 없으니까 네게 맞추겠어. 그럼 시작해 볼까!]

[좋아, 시작하자.]

"음……."

이젠 심지어 말도 아니고 풀무질로 대화를 나눈단 말인가! 여태까진 오르타에 대해 자신이 제법 잘 안다고 생각하고 있었는데 지금은 어째 자신이 없었다!

에반은 어딘가 먼 산을 바라보는 듯한 눈으로 둘의 작업을 지켜보다가, 이내 그의 바로 뒤에서 대기하고 있던 벨루아의 품에 뒤통수를 묻었다.

"나 잠깐 잘게."

"예, 작업에 진척이 보이면 깨워 드리겠습니다."

벨루아가 부드럽게 에반의 머리를 감싸 주었다. 작업을 지켜보다 지친 에반이 잠들기까지 그리 긴 시간이 필요하지는 않았다.

그리고 에반이 잠에서 깨어났을 땐, 다행히도 퀘스트를 했을 때 출력됐던 텍스트와 똑같은 말을 엘라가 내뱉고 있었다.

[이건 칼날이 아니잖아아아아아아아아!]

엘라는 완성된 '무언가'를 눈앞에 놓고는 한탄하듯 중얼거렸다.

[모든 재료를 완벽한 비율로 합성했어.]

[그랬겠지.]

[재료들이 품고 있는 마법 작용이 기가 막히게 맞물리며 거의 모든 독성을 없애는 데에 성공했지.]

[다행이네.]

에반의 태연한 반응에 화가 난 것인지 엘라의 앙증맞은 입술이 파르르 떨렸다.

[거기에 마지막으로, 이것을 필요로 할 사람을 생각하며 그

사람에게 맞추어 다듬고 빚었는데.]

"물론 에반 공자님께 맞추었습니다."

"고마워요, 오르타."

[그 결과가…….]

엘라는 모루 위에 올라가 있던 그 작은 덩어리, 겉으로 보기엔 한의원에서 처방해 주는 환약처럼 생긴 작은 구형의 물건을 집어 들며 외쳤다.

[그 결과가 이거야! 간신히 '네게' 맞는 뭔가를 만들 수 있겠다는 확신이 든 바로 그 순간부터 이 망할 놈이 불꽃과 우리 마나를 쪽쪽 빨아먹으며 자동으로 이런 형태로 굳어졌다고!]

[조건을 만족시켜서 아티팩트가 스스로 완성되었나 보네.]

[하지만 이건 칼날이 아니잖아! 칼날은커녕 애초에 무기도 아니잖아!]

[아니지.]

[너…… 너!]

엘라가 버럭 화를 내며 그것을 에반에게 있는 힘껏 집어던졌다. 에반은 실로 얄밉게도 검지와 엄지를 내밀어 그것을 정확히 캐치했다.

한입에 들어갈 만한 크기의 구체…… 거기에서는 신비롭게도 무척 향긋한 냄새가 났는데, 아마 마법적인 공정으로 독기를 모두 제거했기 때문일 것이다.

에반의 입가에 미소가 걸렸다. 그가 원하던 것을 얻었으니 퀘스트는 성공이었다.

도중에 번외 시나리오가 시작되는 바람엔 한때는 어떻게 될까 걱정도 했지만 결과적으로는 보다 좋은 물건이 튀어나왔다. 오르타를 데려오길 정말 잘한 것이다.

[처음부터 이게 튀어나올 줄 알고 있었겠다!? 그래 놓고 나한테 이걸 만들도록 부추겼겠다!]

[빙고!]

[이, 이 나쁜 놈! 나쁜 놈이! 간악한 인간이 날 이용했구나!]

[진정해 봐, 엘라.]

에반은 우선 환약을 소중히 품에 갈무리하고는 엘라를 진정시켰다.

[만약 네가 이걸 만들기 전에 내가 결과물에 대해 얘기해 줬더라면 너는 나를 믿었겠어?]

[아니!]

[내가 여길 찾아오지 않았으면 넌 이걸 만드는 걸 포기했을까?]

[아니!]

[그럼 대체 뭐가 문제지? 난 네가 그렇게나 만들고 싶어 하

던 것을 만들 수 있도록 도와줬을 뿐인데. 오히려 넌 내게 고마워해야 하는 것 아냐?]

[이익, 그건……!]

엘라가 화를 낼 대상은 에반이 아니다. 그 정돈 물론 엘라도 잘 알고 있었다.

단지 그녀는 그녀의 가문에서 대대로 전해져 내려온 최강의 칼날의 레시피가 거짓이었다는 사실에 허탈해졌을 뿐이었다.

무수한 세월을 배반당한 데에 대한 울분을 풀 곳이 필요했다. 그리고 마침 눈앞에 에반이 있었다. 아무것도 모르고 있던 그녀에게 강제로 현실을 들이민 인간의 예언자가.

화를 내기엔 딱 좋은 대상이었다. 하지만 그 본인에게 냉정하게 사실을 지적당하니 더는 화를 낼 기력조차 남지 않았다.

[우우으, 젠장……! 젠장! 우리 가문의 숙원이, 땅요정의 의지가……! 모두 엉망진창이 되어 버렸어, 고작 이따위 것을 위해 무수한 세월 시간 낭비를 했다니.]

[한 가지 정정해 줄 것이 있는데, 이건 이따위 것이 아냐.]

[그럼 그게 뭐야, 실은 최강의 칼날이 그 안에 감추어져 있기라도 한 거야?]

[음, 뭐 비슷한 거야. 설명해 주지. 길지 않아.]

땅요정들은 고문서를 해석하는 데 있어 자그마한 실수를

했다. 입수한 고문서에 적힌 최강의 칼날의 레시피는 사실 야금술의 레시피가 아니었던 것이다.

물론 그 제작 과정에서 높은 수준의 야금술이 요구되는 것도 맞다. 다만 그 과정이 야금술의 형태를 띠고 있을 뿐, 이것은 야금술보다는 연금술에 가까운 작업이었다.

[연금술……?]

[응. 원래 고대 기술 중에는 연금을 통해 야금을 하거나, 반대로 야금을 통해 연금을 하는 것이 많았어. 보다 정확히 말하자면 연금과 야금이 구분되지 않는 시대가 있었지.]

사람들은 그 시대를 이렇게 부른다.

[고대古代]이며 [신대神代]라고.

[핵심은 틀리지 않았어. 이건 최강의 칼날을 만드는 레시피가 맞아. 단 신대의 존재들은 단순한 물건에서 비롯된 칼날의 날카로움에 한도가 있다고 생각했고…….]

[그래서?]

[물건의 날카로움을 무한히 진화시키고 싶었기에 이런 발상을 한 거야. 레벨 업을 하는…… 즉 무한히 성장하는 생물을 통해 칼날을 만들어 낸다면 그것이 즉 최강의 칼날이 되지 않을까, 하고 말이지. 그렇게 탄생한 게 이 레시피, '최강의 칼날'이야.]

[이해할 수 없는데.]

"저도 이해하기 어렵군요."

그렇겠지, 여기서부터는 연금술사의 영역이니까 말이다. 만들기는 야금술로 만들어야 하는데 이해하려면 연금술이 필요하다니 실로 귀축 같은 퀘스트가 아닐 수 없었다.

[물건의 능력과 생물의 가능성을 한데 뭉쳤다고 보면 돼. 실제로 이런 예는 이전부터 많았잖아? 단순한 자연현상을 인간의 몸으로 구현하고자 탐구한 결과 발달한 것이 마법이고, 그것이 발달한 결과 자연현상을 뛰어넘는 재앙마저 인간의 몸으로 만들어 낼 수 있게 되었지. 똑같은 거야.]

[그건 마법이고 이건……!]

[마법이야. 아니, 보다 정확히 말하자면…….]

에반은 엘라가 어느 정도 진정된 것처럼 보이자 품에서 다시 환약을 꺼냈다.

정말이지 무수한 재료가 한데 섞여 영롱한 검은색으로 빛나는 환약은 묘하게 좋은 향기가 나고 있어 오히려 더 꺼려지게 하는 무언가가 있었지만…… 그는 과감하게 그것을 삼켰다.

[헉!?]

"그, 그건 독이 있습니다, 공자님! 최대한 정화했지만 미처 해소되지 않은 독이 있습니다!"

"괜찮아요, 저 독 내성 있으니까."

변화는 그리 극적이지 않았다. 에반의 입안으로 들어간 환약은 순식간에 녹아 마나화하여 그의 전신으로 퍼졌고, 다음 순간 그의 전신이 일순 희미하게 반짝였다.

에반은 몸 안에서 용솟음치는 뜨거운 기운을 느끼며 푸후, 깊은 한숨을 토해 냈다. 새로운 스킬을 익혔을 때 특유의 고양감이 전신에서 느껴졌다. 아마 스테이터스도 상승했을 것이다.

[스킬이야.]

[스킬!?]

[그래. 너는 최강의 칼날을 스킬의 형태로 만들어 내는 데 성공한 거야.]

스킬을 익힌 이상 그것을 시연하는 것은 어렵지 않다.

에반은 조용히 한 손을 내밀며 스킬을 발동했다. 이윽고 검보랏빛의 부정형의 기운이 손끝에서 일어나더니 에반의 손 전체를 덮는 칼날을 형성했다.

그는 그것으로 근처 벽을 가볍게 그었다. 두부 썰듯 가볍게 내저었을 뿐인데도 벽에 깊은 자상을 새길 수 있었다.

[어, 어어어…….]

"얻었다…… 스킨 블레이드."

통칭 스블, 지금 보다시피 몸으로 칼날을 구현하는 스킬이다.

칼날인 주제에 검술 보정은 일절 받지 않고, 격투술 레벨이 높아야만 효용을 발휘하는 개떡 같은 스킬.

맨몸으로 요마대전 3을 클리어하고자 하는 변태 플레이어들이 필수적으로 얻고 넘어가는 변태 전용 스킬!

스킬을 막 얻은 것치고는 지나치게 강하지 않나 싶긴 하지만, 아마 거기엔 에반의 수준 높은 격투술과 높은 존재 레벨, 마력이 영향을 끼쳤으리라.

"이걸로 맨손을 비롯한 둔기 타격에 저항을 갖는 적도 참격 속성을 더해 쉽게 잡을 수 있게 되었다는 말씀. 참격 속성 스킬인 주제에 격투술로 데미지 보정을 받는다는 점이 정말이지 이해할 수가 없지만."

"즉 저희는 최강의 칼날을 에반 공자님의 몸에 구현한 겁니까?"

언제나와 같은 에반의 헛소리를 무시하며 오르타가 물어왔다. 에반은 씩 웃으며 대꾸했다.

"아직 최강은 아니겠지만요. 제가 계속 성장한다면 언젠가는 그렇게 되겠죠."

레오의 말에 따르면 아무래도 에반의 격투술은 에반 본인이 생각하는 것보다도 훨씬 뛰어나다는 모양이니, 어쩌면 언젠가는 정말로 최강의 칼날을 만들어 낼 수 있을지도 모르는 일이다.

물론 에반이 그 전에 사망 신호에 삼켜져 죽지 않는 한은 말이다!

[최강의 칼날…….]

엘라는 못내 납득할 수 없다는 듯한 표정으로 에반의 손 위로 생겨난 검보랏빛의 마력 칼날을 바라보고 있었다.

그러나 이제 와서 그녀가 할 수 있는 일은 없었다. 냉혹한 현실과 타협하는 수밖에 없었다.

[에휴…… 결국 신외지물에 의지하고자 했던 내가 어리석었던 거야. 내게 좋은 깨달음을 줬어, 예언자. 나는 앞으로 내 힘만으로 최강의 칼날을 만들어 볼 테야. 다른 생물의 힘을 빌리는 일 없이, 어디까지나 내가 다루는 재료의 능력만으로 최강의 칼날을 빚어 보겠어!]

[응원할게.]

[네 응원은 그리 받기 싫어.]

[엘라, 던전 도시로 와.]

[…….]

엘라가 샐쭉한 표정을 지었다. 익히 예상했던 말이 나왔다는 반응이었다. 그야 그럴 것이다. 타고난 대장장이 종족, 땅요정은 인간에게 있어선 지극히 탐이 나는 존재였으니까.

과거로부터 땅요정은 그런 인간의 욕심을 피해 숨어 살았던 것이다. 그렇기에 본디 땅요정과 인간의 관계는 숲요정과 인간의 관계보다도 나빴다.

[네가 정말 인간 예언자라면 내가 어떻게 반응할지 알고 있을 텐데. 싫어. 난 절대 가지 않을 거야. 그것도 던전 도시!? 좋은 무기를 욕망하는 인간들이 바글거리는 곳이잖아, 절대 싫어!]

[사실 난 던전 도시 영주의 둘째 아들이야. 풀 네임은 에반 디 셰어든이라고 해. 나와 함께 가면 다른 인간들이 너를 괴롭힐 수는 없어. 결코 말이지.]

[아하, 이제야 본색을 드러내셨군. 도시의 지배자로서 당당하게 나를 착취하시겠다!]

땅요정 엘라는 이미 도망칠 준비를 하고 있었다. 에반은 여전히 여유로운 표정을 짓고 있었으며, 오르타는 중간에 끼어 어쩔 줄 몰라 하고 있었다.

[모든 인간이 똑같지. 너희는 좀 다른 줄 알았는데 결국 그런 얘기를 하는구나.]

[네가 만약 아직도 최강의 칼날을 만들고 싶은 욕심을 품고

있다면, 넌 나와 함께 던전 도시로 가는 게 제일 좋을 거야.]

[헛소리.]

[네가 뭘 만들든 일단 이걸 넘지 못하면 최강의 꿈은 버려야 할 텐데?]

에반은 자신의 말을 일축하는 엘라의 눈앞에 다시 스킨 블레이드를 일으켜 씌운 손날을 흔들어 보이며 말했다.

그건 제법 효과가 있는 모양이었는지 엘라의 표정에 잠시 고민이 어렸지만, 이내 그녀는 재차 고개를 흔들었다.

[난 그것을 칼날로 인정하지 않겠어. 인간의 능력에 의해 그 성능을 바꾸는 칼날이라니, 그건 무기가 아냐. 내가 만들고자 하는 무기는 그게 아냐.]

[정말로 좋은 무기를 만들고 싶다면 더더욱 넌 나와 함께 가야 해. 던전 도시에는 세상의 온갖 것이 모이거든. 던전 도시에는 최고로 좋은 금속도, 가장 단단하고 날카로운 몬스터의 뼈도, 너의 지식을 보충해 줄 무수한 정보도, 그리고 인간이면서 벌써 몇 개씩이나 되는 아티팩트를 탄생시킨 훌륭한 대장장이 파트너도 있지.]

[…….]

진심이었다. 에반은 엘라에게 최고의 환경을 제공해 줄 준비가 되어 있었다. 그게 안 되었다면 애초에 오르타조차 거두질 않았을 것이다.

에반은 아까 꺼내 놓았던 의자에 철퍼덕 주저앉으며 인벤토리 포켓에서 꺼낸 쇳덩어리 하나를 엘라에게 건넸다. 물론 그것은 얼마 전부터 던전 도시로 들여오기 시작한 마법 금속 이비메탈이었다.

[이, 이런 건 처음 봤어. 마법 금속? 합금!? 단단해, 순수한 마력을 품고 있는 데다 이 경도는……!]

[내가 만든 합금이야. 물론 도와준 사람이 있지만.]

[……!?]

[사실이야. 아까 말했지만, 에반 공자께서는 내가 아티팩트를 만들어 내기 위해 필요한 모든 것을 준비해 주셨지. 이것도 그중 하나다.]

[이, 인간답게 물건으로 나를 꼬시려 하는구나……!]

말은 그렇게 하면서도 몸은 솔직한지 엘라는 본능적으로 이비메탈을 자신의 품에 감추고 있었다. 에반의 입가에 짙은 미소가 어렸다. 악마의 미소였다.

[엘라, 너처럼 훌륭한 대장장이에게는 보다 좋은 환경이 필요해. 나는 그걸 마련해 줄 수 있어. 딱히 널 착취하겠다는 건 아냐. 네가 두드리고 싶은 날에만 두드리는 것으로 충분해. 네가 원하는 것도 만들 수 있도록 해 주지. 숙식도 최고급으로

제공해 주겠어.]

[그, 그만. 그만 말해.]

[네가 최고의 땅요정 대장장이가 될 수 있게 지원을 아끼지 않을 생각이야. 단지 나와, 내가 지휘하는 던전 기사단원들에게 도움이 되는 것을 만들어 주기만 한다면. 그걸 인간들에게 널리 퍼트릴 생각도 없어. 난 땅요정제 무구를 마구 퍼트릴 만큼 바보는 아니거든. 네가 해를 입는 일은 결코 없어. 영혼에 걸고 맹세하지.]

[그만……!]

[셰어든 던전의 97층에는 아직 살아 있는 드래곤이 숨어 있다는 얘기가 있어. ……드래곤 본, 다뤄 보고 싶지 않아?]

[……아, 아아아.]

엘라가 바닥에 무너졌다. 하지만 품에는 여전히 이비메탈을 꼭 끌어안고 있었다. 에반은 거기에 굳이 마무리 일격을 가했다.

[최강의 칼날…… 만들어야지?]

여태껏 수천억 마리 이상의 슬라임을 잡아 온 에반답게 그의 마무리 일격은 더없이 강력했다.

그로부터 2시간 후, 던전 도시로 돌아가는 길.

마차에는 다섯 사람이 함께 타고 있었다.

Chapter 37.
에반 디 셰어든, 내실을 다지다

에반이 던전 도시로 귀환하자마자 한 일은 바로 기사단 본부 건물 내에 제대로 된 공방을 만드는 일이었다.

어차피 본부 내부에 빈 공간은 차고 넘치도록 많다. 그중에서 오르타와 엘라를 위한 방을 빼고, 지하 공간을 개수해 야금술을 위한 공방을 제작하기로 했다. 자신의 터전을 가꾸기 위해 엘라가 전면적으로 협력했기에 그리 오래 걸리진 않을 터였다.

"와아, 특이하게 생긴 언니다!"

[꼬맹이 인간들, 이 안에 들어오지 마라!]

다만 그녀가 온전히 공방 건설 작업에 집중할 수 있었는가 하면 그건 아니었다. 새로운 멤버를 가만히 지켜보지 못하는 아이들이 있었기 때문이다. 린과 란이 대표 주자였지만 다른 아이들도 만만치 않았다.

"우리랑 키가 비슷한데 얼굴은 아리아 아줌마처럼 예쁘다!"
"되게 이상하다! 그런데 되게 예뻐!"
"언니야? 이 사람 우리 언니야?"
[에에잇, 저리 가라, 이 꼬맹이들아!]
"또, 또 단장님 근처에 여자애가 늘었어. 우으으……."

에반이 제시한 조건에 넋이 팔려 무심코 계약서에 도장을 찍어 버린 엘라였으나 다른 인간을 대하는 태도는 여전히 썩 좋지 않았다.

어차피 그녀가 다른 인간들과 많이 어울릴 일은 없을 테니 괜찮겠지만 말이다. 애초에 말이 통하질 않는다. 에반도 던전 기사단 사람들을 제외하고는 엘라의 존재를 알리지 않고 있었다.

"정말로 드워프야……."

그 외에도 딱 한 명, 엘라의 존재를 알게 된 이가 있었으니 요 며칠간 기사단 본부에 머무르고 있다가 오늘 이 도시를 떠나게 될 아나스타샤 L. 레오나인이었다.

하루만 더 늦게 왔으면 그녀에게도 엘라의 존재를 감출 수 있었겠지만, 어차피 아나스타샤와는 많은 비밀을 공유하는 사이인 만큼 이제 와 하나 더 늘어난다고 큰일 날 것도 없었다.

[아까부터 계속 날 바라보고 있는 저 여자는 뭐야, 이상하게 자연의 기운이 느껴지는데.]

[역시 요정이라 잘 아는구나. 그녀는 드루이드야.]

[또 희귀한 것과 알고 지내는구나. 아니, 예언자이니 당연한 건가?]

엘라도 드루이드라는 희귀한 적성의 소유자와 만나는 것은 처음이었는지, 자신을 물끄러미 바라보는 아나스타샤를 그리 귀찮아하지 않고 마주 보았다.

아나스타샤는 그것에 더더욱 감동했는지 양손을 꼭 마주 잡고 에반을 돌아보았다.

"설마 드워프를 데려오실 줄은 몰랐어요. 역시 에반 공자는 굉장하군요……."

"당연하지만 그녀의 존재는 비밀입니다. 이건 우리 도시 사람들에게도 비밀이거든요."

"네, 알고 있어요."

에반은 감동과 놀라움이 절반씩 섞인 표정으로 엘라를 바라보고 있는 아나스타샤에게 옅은 미소와 함께 당부했다.

에반이 없는 기간 동안 샤인과의 데이트를 마음껏 즐긴 아나스타샤는 현재 기분이 매우 좋았기에, 그의 말에 시원스레 고개를 끄덕여 주었다.

"저흰 마법 금속으로 만든 무기를 공급받을 수 있는 것만으로도 감사하고 있습니다."

"하하, 다음에 오셨을 땐 1차 생산이 끝나 있을 겁니다."

"기다리고 있겠습니다. ……샤인의 다음 파견도 기다리고 있겠어요."

아나스타샤는 가능하기만 하다면 평생 던전 도시에서 머무르고 싶은 마음이었으나 지금 그녀는 미숙하나마 한 영지를 다스리고 있는 영주였다.

메나톤을 제대로 관리하고 발전시켜야 마법 금속을 안정적으로 채굴할 수 있는 만큼, 그녀의 소임은 막중하다 할 수 있었다.

"그렇지, 매튜 쪽은 어떻죠?"

"아버님은 약속을 지켜 주고 계세요. 오라버니는 광산에 대해 모르고 있습니다."

마법 금속 채굴은 전면적으로 형제 코퍼레이션의 계열사, 형제 크리스탈이 독점하는 사업이었다.

따라서 애초에 소문이 퍼질 일이 잘 없고, 형제 코퍼레이션이 메나톤 영지의 열악한 환경을 긍정적으로 개선시키기도 한 만큼 메나톤 영지의 주민들은 기본적으로 형제 코퍼레이션의 편이었다.

“언제까지고 비밀이 유지되지는 않을 겁니다. 힘을 길러야 해요.”

“명심하겠습니다. 형제 코퍼레이션과의 계약 덕에 병사 모집도 수월할 거예요.”

자신의 영지를 갖는 영주는 모병 혹은 징병을 통해 병사를 뽑고 훈련할 권리를 지닌다. 형제 코퍼레이션의 자금력 덕분에 아나스타샤는 이미 메나톤의 척박한 환경에 힘들어하는 영지민들의 마음을 순조로이 사로잡고 있었다.

병사들에게 윤택한 생활을 보장하는 만큼 모병도 훈련도 그리 힘들지는 않을 터다. ……무엇보다도 아나스타샤 본인이 강력한 힘을 지니고 있으니, 병력을 통솔하는 것도 쉬운 일일 테고.

‘특히 드루이드는 많은 병력을 일시적으로 강화시키는 데에 최적화된 직업이나 마찬가지니까. 메나톤과 같은 특수한 환경에서 영주 노릇을 하기에는 그만큼 좋은 능력도 없겠지.’

더구나 그녀와 함께 던전에 다녀온 샤인의 보고를 듣자면 개인 전투에서의 센스도 결코 나쁘지 않다고 하니, 27레벨을 달성하기까지 한 그녀를 더 이상 걱정하는 것도 그녀에게 실례이리라.

"마법 금속 거래가 안정화되고, 병력이 확보되면…… 그때 다시 연락을 주세요. 제가 건너가겠습니다."

"……그것도 기다리고 있겠습니다. 다른 마녀들과 만나고 싶은 것은 저도 마찬가지니까요."

공작령에 바라는 것은 비단 마법 금속뿐만이 아니다. 이전에 끝내 찾지 못한 마녀의 흔적 그리고 데빌 룬의 흔적. 그 모두가 공작령에 잠들어 있을 터.

에반은 메나톤의 안정화가 끝나는 대로 직접 던전 기사단을 이끌고 공작령으로 향할 생각이었다. 아직 정식으로 던전 기사단이 출범하지 않은 지금이야말로 가능한 일이었다.

"공녀님, 이제 출발하실 시간입니다."

"아, 샤인…… 고마워. 곧 나가."

둘이 작별 인사를 나누고 있던 중 건물 밖에서 샤인의 목소리가 들려왔다. 그래도 이제 자연스럽게 배웅을 해 줄 정도의 관계는 마련된 것이다. 아나스타샤는 그것만으로도 충분히 행복했다.

"에반 공자, 그러면 저는 이만 돌아가겠습니다."

"즐거운 시간이었습니다, 아나스타샤 공녀."

"저도요. ……제가 던전 기사단의 명예 단원임을 결코 잊지 않겠습니다."

형제 코퍼레이션에 소속된 용병들이 보호하는 짐마차가 바깥에 몇 대고 늘어서 있었다. 마법 금속 거래의 대가로 얻은 생필품을 비롯한 재화들이었다.

모르긴 몰라도 메나톤은 앞으로 모든 면에서 변화하리라. 아나스타샤는 그 변화를 주도하게 될 것이다.

"공녀님, 부디 몸 건강하시길."

"샤인…… 너무 멀어."

마차에 오른 아나스타샤에게 샤인이 두어 걸음 떨어진 채 정중하게 인사하자, 아나스타샤가 양 볼을 부풀리며 마차의 창밖으로 손을 뻗었다.

"어엇?"

"후."

신기하게도 그녀의 팔소매에서 가느다란 나뭇가지가 줄기처럼 튀어나와 샤인의 몸을 붙들었다.

자연의 힘을 다루는 드루이드의 적성에, 마녀의 마도를 더해 보다 단순하고 빠르게 발동할 수 있도록 한 것이다.

"고, 공녀님?"
"샤인은 항상 나랑 멀리 떨어지려고만 해."

그녀가 주먹을 쥐자 샤인의 몸을 붙든 줄기가 그를 마차 쪽으로 이끌었다. 뿌리치려면 뿌리칠 수 없는 것도 아니었지만, 샤인은 쓸쓸한 아나스타샤의 목소리가 마음에 걸려 크게 저항하지 못했다.

끝내 두 사람은 마차 창 너머로 마주 보는 상태가 되었다. 본래 샤인이 아나스타샤보다 훨씬 키가 크지만, 마차 좌석의 위치가 높아 지금은 아나스타샤와 샤인의 눈이 맞았다.

"이건 전부 샤인이 내게 준 힘이야. 고마워."
"고맙다고 하시면서 왜 저를 붙들고 계십니까. 그리고 제가 아니라 도련님과 벨루아가 마련해 준 힘이 아닐까 싶은데요."
"씨앗을 심은 건 둘이지만, 싹을 피울 수 있었던 건 샤인이 물을 주었기 때문이니까."
"……."

조금 부끄러운 표현이었던지라 말하는 아나스타샤나 말을 듣는 샤인이나 둘 다 볼을 붉히고 있었다. 그러나 서로 떨어지려 하지 않는 것이 지금 둘의 관계를 증명하고 있었다.

에반은 참 좋을 때라고 생각하면서도, 이 이상 지켜보는 건 실례라는 생각이 들어 먼저 자리를 뜨기로 했다.

"샤인, 지금은……."

"……공녀님……."

에반이 건물 안으로 들어설 때까지 둘의 목소리가 자그맣게 들려왔다. 이내 샤인이 볼을 시뻘겋게 물들이며 안으로 뛰어 들어오는 것으로 보아 대충 무슨 일이 있었는지는 알 것 같았다.

"좋을 때다."

"도련님이 먼저 도망치시니까! 같이 있었으면 안 당했을 텐데!"

"샤인 네가 정말 싫다고 하면 내가 막아 줬을 텐데."

"그…… 그건, 그건 말입니다, 도련님."

샤인은 볼을 붉게 물들이며 더듬거렸다. 아무래도 방금 공녀와의 사이에 있었던 충격적인 일 탓에 평상시처럼 냉정한 말을 내뱉지 못하게 된 모양이었다.

에반은 샤인의 어깨를 두들겨 주며 피식 웃었다.

"잘해 봐. 그래도 벌써부터 관계를 진전시키지는 말고. 감당 못 할 일 벌여 놨다가 나중에 제대로 후회한다."

"글세, 도련님은 여성 관계도 없는 분이 왜 그렇게 생생한 경험담을 말하듯이 말씀하시는 겁니까?"

"예지했어."

"요즘 도련님 그 단어를 되게 편리하게 써먹고 있다는 거 자각하고 계십니까?"

에반은 거기에 대답하지 않고 손가락을 들어 어딘가를 가리켰다. 기사단 본부의 1층 로비 구석, 기둥 뒤에 숨어 샤인을 빤히 바라보고 있는 아이가 있었다.

"부단장님……."

그녀는 다름 아닌 마리였다. 이미 사건은 시작되어 있었다.

샤인이 본능적으로 몸을 부르르 떨었다. 에반은 자기 일 아니라고 히죽 미소를 짓고 있었다.

"튼튼하고 질긴 복대 하나 빌려줄까? 언제든 필요하면 말해."

"그, 그런 거 필요 없습니다!"

[아냐, 필요할 것 같아.]

아나스타샤가 사라지자마자 오랜만에 유령 아가씨가 모습

을 드러냈다. 그런데 기분 탓인지 그녀의 얼굴이 수척해져 있는 것 같았다.

[여차하면 내가 샤인을 찌를지도 모르거든.]

"아…… 하긴 유령 아가씨가 피해가 제일 컸겠구나."

근 며칠간 샤인과 아나스타샤가 찰싹 달라붙어 다니는 것을 보며 가장 큰 데미지를 입은 것은 그 누구보다도 그들과 가까이에 있었던 유령 아가씨일 터.

더구나 그녀는 살아생전 제대로 된 연애 한 번 못 해 보고 죽은 한이 있는 것이다. 그대로 악령이 되어 버린다고 해도 에반은 이해해 줄 자신이 있었다.

[그래서 말인데 도련님, 나도 샤인이랑 하루 놀고 와도 될까? 나도 데이트 하고 싶어.]

"여태까지 아샤 님한테 끌려다니느라 제대로 된 수련은 하지도 못했는데, 이제 너까지 방해하겠다고?"

"호오, 아샤 님이라."

"읔!?"

아무래도 그동안 에반의 상상 이상으로 진도가 빠진 모양이었다.

하긴 그도 당연하지, 둘이서 같이 만으로 하루를 넘는 시간

동안 던전을 탐험했을뿐더러 에반의 허가를 받고 만 이틀 넘게 붙어 다녔으니!

"유령 아가씨, 이 자식 그냥 찔러 버리자."

[역시 그럴까?]

"저주할 겁니다, 도련님. 반드시 저보다 많은 여성과 연관되어 힘든 일을 겪게 되실 겁니다."

"하."

에반은 샤인의 말에 코웃음을 쳤다. 그리고 굉장히 인상 깊은 말을 던졌다.

"이미 그러고 있어. 이제 와 그 정도 저주가 더해져 봤자 아프지도 가렵지도 않아."

"……."

에반은 샤인에게 손을 흔들어 주며 먼저 본부 안으로 들어갔다.

뒤에서 대기하고 있던 벨루아가 그의 옆에 나란히 서고, 소파에 엎드려 쉬고 있던 세레이나도 어느덧 그에게 달라붙어 있었다. 때마침 지하 수련장에서 올라오던 아리샤가 에반을 보며 살포시 미소 짓는 것이 보였다.

……그러나 그 세 여자는 에반에게 눈치 채이지 않게 서로

날카로운 시선을 주고받고 있었으니, 실로 수라장이라 하지 않을 수 없다.

[도련님, 조금 멋있을지도 몰라.]
"어, 그럼 나 대신 도련님한테 달라붙어 주라……."

그 광경을 뒤에서 지켜보던 유령의 중얼거림에 샤인은 기운이 빠진 목소리로 대꾸했다. 그러나 유령은 그 말에 피식 웃곤 그의 등에 달라붙었다.

[아냐, 난 역시 샤인이 제일이야.]
"……그래, 고마워. 그럼 우리 잠깐 놀러 갈까."
[와아, 샤인 최고다!]

실은 저 기둥 뒤에서 자신을 빤히 훔쳐보고 있는 마리를 피하기 위해 꺼낸 말이었지만, 어쩌면 그것은 최고의 선택이었는지도 모르겠다고 샤인은 생각했다.
……적어도 이로써 유령 아가씨에게 찔릴 일은 없어질 테니까.

❋❋❋

요 몇 년간 던전 도시뿐만 아니라 실크라인 수도 그리고 마나로드의 던전 도시인 펠라티에까지 그 명성을 넓혀 가고 있는 몬스터 요리 브랜드 형제 꼬치의 주인장, 베인.

그는 몬스터 고기의 무궁무진한 가능성을 발견해 젊은 시절부터 몬스터 요리 외길을 걸어온 거장이었는데, 그중에서도 특히 던전에서 자생하는 과일과 야채로 만든 소스를 활용한 구이류 요리에 강했다.

"내가 이걸 드디어 다루게 되다니……."

그 베인은 지금, 그의 요리 인생에서 첫손에 꼽을 수도 있을 만큼 맹렬한 감동을 느끼고 있었다. 바로 그의 눈앞에 놓여 있는 서른네 근…… 약 20킬로그램에 달하는 오우거 갈빗살 때문이었다.

"오우거 갈비를 다듬어 보게 되다니 인생 헛살지는 않았구만. 헛살지는 않았어!"

"난 오히려 여태까지 왜 이런 의뢰가 없었는지 궁금한데. 여태껏 오우거 잡고 주인장한테 요리해 달라고 했던 길드 없어?"

주인장이 호들갑을 떠는 모습을 보며 정작 그에게 오우거 갈빗살을 가져온 에반이 당혹스러워했다.

오우거 갈빗살은 요마대전 3 세계관에서도 가장 인기가 많은 미식의 재료였고, 던전 도시에서 오우거가 제대로 잡히기 시작한 지도 제법 시간이 흘렀으니까.

설마 여태까지 셰어든 던전 50층을 클리어한 던전 도시의 유력 길드들이 그것을 모르고 있으리라고는 생각되지 않았다.

"뭘 모르시는 말씀이우, 도련님. 몬스터 한 마리에서 루팅할 수 있는 범위는 한정되어 있는 법이고, 지상 최강의 몬스터 오우거쯤 되면 뼈부터 근육, 이빨에 발톱에 안구까지 버릴 구석이 없수. 그러면 생애 처음으로 오우거를 공략한 길드들이 오우거 고기를 루팅하겠수, 아님 중요 부위를 루팅하겠수?"

"주인장, 그거 지금 돌려서 날 까고 있는 거 아니야? 나도 제일 단단한 갈비뼈 한 대랑 같이 루팅했거든?"

"크흠, 그래도 몬스터 요리사 입장에선 도련님 같은 사람이 최고지!"

"그래도? 그래도오?"

"크흠, 게다가……."

주인장은 낭비 한 점 없이 깔끔하게 발린 갈비를 확인하며 말을 이었다.

"똑같이 몬스터 고기를 발라 와도, 도축 기술에 따라서 고기의 기본적인 질이 달라지는 법이지 않수. 그런데 대부분 정예 길드라는 것들은 그게 아주 부족해. 뼈나 근육을 떼어 오는 김에 살점도 같이 발라 오는 느낌인데,. 고기를 제대로 먹으려면 그러면 안 된다 이 말이우."

"뭐, 그렇지."

"그런 면에서 보면 도련님의 도축은 거의 완벽에 가깝다고 할 수 있지. 마치 내가 직접 던전에 내려가서 도축을 해 온 것 같단 말이우."

말할 것도 없지만 에반은 요마대전 시리즈에 존재하는 모든 방식의 루팅 미니 게임을 퍼펙트 클리어한 전적을 갖고 있는 루팅의 고수였다!

거기에 더해 연금술로 단련된 궁극의 손놀림을 지니고 있는 에반에게 몬스터 루팅은 눈 감고도 할 수 있는 잡기에 불과했다.

"아무튼 이걸 다뤄 보게 해 줘서 정말 고맙수. 모르긴 몰라도 이 고기를 다루는 것만으로 요리의 경지가 상승할 것 같다는 느낌이 드는구만."

모르긴 몰라도가 아니라, 확실하다. 본래 요마대전 시리즈의 요리 스킬은 보다 레벨이 높은 몬스터의 고기를 성공적으로 조리할 경우 큰 경험치를 얻을 수 있는 것으로 유명했다.

에반은 피식 웃으며 말했다.

"그중 3분의 2…… 아니, 그보다는 조금이구나. 20근가량 따로 조리해서 우리 후작가에 납품해 줘. 우리 가족들이랑 기사들 특식으로 대접할 생각이거든. 이미 말해 뒀으니까 그냥 가기만 하면 안내해 줄 거야."

"그럴 거라 예상은 했었수. 이 귀한 고기를 일반 탐험가들한테 팔려면 대체 얼마를 받아야 할지 짐작조차 할 수 없으니까 그쪽이 낫수."

"그리고 나머지는 나를 위해 요리해 줘. 우리 기사단 회식을 할까 해."

얼마 전 에반의 생일 파티가 있기는 했지만 아무래도 여러 단체에 소속된 사람들이 총집합한 자리였다 보니 던전 기사단에 속한 어린 신인족 아이들이 마음껏 떠들고 놀기에는 부적절한 자리였다.

그래서 에반은 단장으로서 단원들과 단합할 겸, 쉬이 구할 수 없는 귀한 요리를 먹여 줄 겸…… 그리고 그들의 능력을 키워 주기 위해 이런 자리를 마련한 것이다.

'요마대전의 일부 고위 몬스터의 고기는, 최초 취식 순간에 한해서 특정한 스테이터스를 상승시켜 주니까.'

그렇다. 이전 에반이 아리샤에게서 받은 자양강장제…… 해양 몬스터의 희귀 드롭 부위도 그랬지만, 몬스터가 남기는 고기를 비롯한 신체 부위 중에는 인간의 능력을 영구히 상승시켜 주는 효과가 붙는 경우가 있는 것이다!

'오우거의 고기는…… 힘이 3 올라가던가. 심지어 요리 스킬이 높은 이가 조리하면 랜덤하게 조금 더 추가되기도 했었고.'

레벨로 환산하면 1에도 미치지 못하는 수치지만, 레벨이 높아지면 높아질수록 추가 스테이터스가 내는 효과는 치명적이다. 사람들이 괜히 능력을 더해 주는 아티팩트에 환장하는 게 아니었다.

따라서 요마대전의 플레이어들은 요마대전 세계관 내에 존재하는 몬스터들 중 섭취할 경우 영구적인 스테이터스 증가 효과를 얻을 수 있는 몬스터들을 체계적으로 정리한 자료를 갖고 있었다. 에반도 물론 자신의 노트에 적어 두고 있었다.

"그리고 주인장도 와서 같이 먹고."

"난 던전 기사단도 아닌데 괜찮겠수?"

"우리 전속 요리사 같은 거니까 괜찮잖아? 앞으로도 이런 일 자주 있을 텐데."

"지금 자연스럽게 날 전속으로 삼았구만? ……알겠수, 내가 도련님 말에 속아 드리리다."

"좋았어."

주인장은 에반의 말에 실소를 흘렸지만, 이내 고개를 끄덕여 주었다. 에반이 가져오는 고급 재료들을 다루는 것은 그에게 있어서도 무척 좋은 기회였으니까!

그렇게 해서 그날 밤 던전 기사단 최초의 회식이 개시되었다. 던전 기사단 멤버들에 더해 오우거 갈빗살을 조리한 형제 꼬치 주인장 베인, 거기에 버나드와 일로인까지 포함한 자리였다.

"자, 다들 한 잔씩 받으시고!"

던전 기사단장이며 회식 자리의 주최자이기도 한 에반이 직접 돌아다니며 사람들의 잔에 오렌지 주스를 따랐다. 버나드는 에반에게 잔을 받으면서도 자신의 눈을 의심했다.

"……엥? 혹시 이 좋은 고기를 먹는데 술이 없는 거냐?"

"제가 못 마시면 다 못 마시는 거예요. 그렇게 술이 드시고 싶으시면 나가셔서 닭 꼬치 같은 거 안주로 드시든가요."

"이 비겁하고 치사한 놈이!?"

안주를 인질로 붙잡고 협박을 하다니! 버나드는 순간 '그냥 마셔라, 마셔! 같이 마시자!' 하고 외칠 뻔한 것을 꾹 눌러 참았다. 자신은 레오가 아니기 때문이다.

아직 미성년인 에반에게 이런 이유로 술을 먹였다는 것이 들키면 그 침팬지 놈에게 한 소리 듣게 되리라. 버나드는 이를 빠득빠득 갈며 말했다.

"오냐, 어디 오늘은 오렌지 주스만 마시고 취해 보자."

"에반, 이런 자리에 초대해 줘서 고마워요. 오우거 고기가 몸에 그렇게 좋다던데. 우리 여행할 땐 아무리 오우거를 많이 잡아도 제대로 요리할 수 있는 사람이 없어서 태워 먹기만 했던 기억이 나네요."

"고위 몬스터는 굽는 것만도 큰일이니까. 온도 조절이 안 됐었지."

"드셔 보슈."

오렌지 주스를 술 대신 들이켜며 추억을 더듬는 버나드 부부에게 주인장이 자신 있게 오우거 갈빗살 꼬치를 내밀었다. 버나드와 일로인은 부끄럽게도 요리사의 패기에 압도되고 말았다.

"그럼 어디…… 오오오오오오!?"

"어머나……."

버나드는 꼬치를 한 입 베어 무는 순간 고기가 부드럽게 씹히는 느낌과 동시에 입안에 넘쳐흐르는 육즙, 풍부한 향을 뿜어내며 그것과 조화를 이루는 소스의 감미를 느끼며 경악했다.

반면 일로인은 짧은 감탄사를 흘릴 뿐이었지만 기다랗고

뾰족한 그녀의 양쪽 귀가 동시에 바짝 서는 것만 보아도 얼마나 많은 충격을 받았는지 알 수 있었다.

"이거 엄청 맛있어!"
"하나 더 주세요!"
"다들 사이좋게 나눠 먹으렴."

에반은 여기저기서 호들갑을 떨며 기뻐하는 아이들을 흐뭇한 눈으로 바라보며 자신도 꼬치를 한 입 깨물었다.

게임의 텍스트로만 확인했던 요리의 맛을 실제로 확인하는 순간이란 언제든 설레는 법이었다.

"으으음, 역시……!"

이로 고기를 물어 끊는 순간, 에반의 두 눈이 크게 확장되었다. 워낙 복합적인 맛이 동시에 덮쳐 와 이것을 뭐라 표현해야 할지 알 수가 없었다.

돼지고기도 소고기도, 그가 알고 있는 그 어떤 고기와도 다른 이 독특한 씹히는 느낌, 풍부한 향을 지닌 달짝지근한 소스와 어울려 입안에 퍼지는 기름기!

얼핏 탱탱한 듯 느껴지지만 씹는 순간 혀에 녹진하게 달라붙어 녹는 지방 가득한 갈빗살의 느낌이 정말 참을 수가 없었다.

씹는 그 순간 황홀하고, 다음 순간은 덧없이 사라져 금세 또 먹고 싶어지는 환상의 감칠맛. 정신을 차리고 보면 꼬치 하나를 깔끔히 해치우고 다음 것을 집어 들고 있었다. 혀끝에 남는 이 농후한 맛이란!

생전 처음 다뤄 보는 재료일 텐데도 거기에 적절한 소스를 맞춰 완벽하게 구워 낸 주인장의 센스는 또 어떠한가!

"주인장은 천재야, 천재."

"나도 요즘 좀 그런 것 같다는 생각이 드우."

주인장 역시 자신 몫의 꼬치를 먹으며 감동한 목소리로 말했다.

"앞으로도 몬스터 고기는 전부 나한테 가져오기만 하슈. 도련님 전속 요리사로서 소매 걷어붙이고 나설 테니까."

"그래. 언젠가 내가 반드시 드래곤 고기를 가져오고 말 거야. 드래곤 스테이크 해 먹자."

"하지만 이 맛있는 걸 술이랑 같이 먹을 수가 없다니."

"그건 내가 열여덟 살이 될 때까지 참아."

에반의 엄격한 규제 아래 알코올의 이응도 찾아 볼 수 없는 자리였지만 분위기는 나쁘지 않았다. 특히 이번에 새로 던전 기사단에 합류한 —단원은 아니지만— 엘라는 무척 만족한 듯 보였다.

[갈비뼈를 더 뜯는 대신 갈빗살을 챙기는 걸 봤을 땐 이 인간은 바보가 아닌가 싶었지만 그럴 만한 이유가 있었네!]

[넌 에반 공자님을 너무 얕보는군. 그분이 하시는 일에는 어긋남이 없다. 이 꼬치처럼.]

혼자서 신나서는 요정어로 떠들고 있는 엘라에게 맞춰 주는 이가 있었으니 바로 이번에 엘라와 함께 기사단 본부에서 숙식하게 된 에반의 전속 대장장이 오르타였다.

앞으로 그녀와 함께 가장 많은 시간을 보내게 될 이가 그인 만큼, 에반이 그에게 통역 아티팩트를 완전히 줘 버린 것이다.

[하지만 술도 마시고 싶은데…… 이봐, 오르타, 이거 몰래 조금 챙겨 들어가서 한잔하자고.]

[알겠다. 그래도 몰래 가져가는 건 좋지 않아. 공자님한테 허가를 구해 보지.]

[그 자리, 혹시 우리도 끼워 줄 수 있습니까?]

[음…….]

오르타와 엘라가 얘기를 나누던 중 요정어로 그들의 대화에 끼어드는 이가 있었으니, 다름 아닌 엘프 일로인이었다.

안 그래도 그녀의 존재를 신경 쓰고 있던 엘라는 그녀에게 복잡한 의미가 담긴 시선을 보냈다.

[넌 아까 그 젊은 인간과 딱 달라붙어 있던 숲요정…… 숲요정이 인간과 결혼하는 건 처음 봤어. 너 제정신인가?]

[물론. 요정이 자신의 짝을 얼마나 신중히 고르는지는 당신도 알고 있을 테지요. 저도 마찬가지입니다. 버나드만큼 완벽한 짝을 찾을 수 없었기에 그에게 청혼한 겁니다.]

일로인은 훗, 미약한 웃음소리를 흘리며 대꾸했다. 여유가 묻어나는 대응이었다. 그녀로서는 딱히 어린아이 취급할 생각은 아니었지만 엘라는 그 반응에 살짝 열받았다.

[심지어 네 쪽에서 먼저!? 그러니까 더더욱 바보라는 거지!]

[후우. 나의 소중한 친구 에반을 바보라고 하던 것도 그렇고, 처음 보는 사람을 일단 바보 취급 하는 게 땅요정의 관습입니까?]

[실제로 다 이상한 것들뿐이니까 그렇지. 인간 예언자보다도 특히 너. 인간과 결혼하다니 믿을 수가 없어.]

[어째서?]

[그야…… 근본적으로 우리와 다른 종족인 그들은 우리와 사고방식도, 시야도, 행동도 모두 다르니까. 그리고…….]

자신을 똑바로 바라보는 일로인의 시선을 견디지 못한 엘라가 휙, 고개를 돌리며 조금 작아진 목소리로 말했다.

[그들은 금방 죽어 버린다고. 그들과 맺어지는 것은, 상대인 인간에게나 네게나 잔혹한 일이야.]

[당신…….]

그 부분에서 확신했다. 일로인은 오르타를 비롯한 다른 사람이 듣지 못하도록 그녀의 귓가에 다가가 속삭였다.

[혼혈이죠?]

[큭!?]

[일반적인 땅요정보다도 인간에 가까운 모습을 하고 있지 않습니까. 인간들은 모를 수도 있겠지만 같은 요정인 저를 속일 수는 없습니다. 제게 민감하게 반응하는 것도 그 때문이겠고요. 맞습니까?]

[……맞아. 어머니가 인간이었어.]

엘라는 못내 씁쓰름한 표정을 지으며 턱을 당겨 긍정했다. 인간 어머니를 둔 엘라라면 인간과 요정의 결합에 대해 부정적인 반응을 보이는 것도 충분히 이해할 수 있었다.

하지만 엘라는 그 동기는 어찌 되었든 인간의 세계에 나오는 것을 선택한 요정. 일로인은 그녀와 보다 깊은 이야기를 나눠 볼 필요성을 느꼈다.

[역시 같이 한잔하지 않겠습니까?]

[후우. 숲요정은 고고하다고 들었는데.]

[사랑을 차지하려니 고고해선 안 되더군요. 흠…… 그렇죠, 나머지는 술안주 삼아서 들려줄 수도 있습니다.]

[……정말 어쩔 수가 없네.]

끝내 엘라는 일로인의 제안을 받아들였다. 그래도 당초 예상했던 것보다는 쉽게 넘어온 것을 보면, 어쩌면 엘라는 처음부터 일로인과 얘기를 하고 싶어 했던 것일지도 모른다.

일로인은 입가에 흐뭇한 미소를 띠며 말했다.

[청을 들어주어 고마워요. 그럼 서로 남자는 빼놓고 얘기하죠.]

[……!? 오르타는 단순한 동료다! 대장장이로서 지닌 바 능력이나 태도가 훌륭해 기꺼이 내 동료로 인정했을 뿐이다!]

[네, 물론 알고 있었습니다. 자, 그럼 갑시다.]

일로인은 그들 쪽을 바라보고 있던 버나드에게 고개만 끄덕여 보이고는 엘라를 이끌고 먼저 자리를 비웠다.

상황을 전혀 파악하지 못한 오르타가 눈만 끔벅이고 있자니 버나드가 그에게 다가왔다.

"요정끼리 통하는 게 있었던 모양이구먼."

"그런…… 모양입니다. 언제 돌아올지는 말해 주었으면 했습니다만."

"에반에게 들었는데 이 건물 안에 공방을 만든다고?"

"공자님께서 많이 도와주고 계십니다."

"그거 오늘 안에 끝내지. 내가 도와주겠네."

"정말이십니까?"

전설의 연금술사가 도와준다면 대장장이의 공방을 만드는 것 정도는 몇 시간이면 끝나리라. 오르타가 화색이 되어 반문하자 버나드는 다 먹은 꼬치를 흔들며 흥, 코웃음을 쳤다.

"그게 이걸 얻어먹는 대가였으니까."

"공자님은 정말 계산이 빠르시군요."

"약삭빠른 거지, 그 망할 놈. 고작 이 정도로 스승을 부려먹으니 말이야. 쿵…… 그래, 여기 있는 것 전부 다 해치워 버리고 바로 시작하자고."

"알겠습니다!"

그날, 늦은 밤. 엘라가 일로인과의 얘기를 끝내고 돌아왔을 즈음엔, 버나드가 장담했던 대로 이미 두 대장장이들이 사용할 공방이 완성되어 있었다.

술에 잔뜩 취한 엘라는 공방을 보고 무척 놀랐으나 오르타의 설명을 듣고 납득한 것처럼 고개를 끄덕였다. 버나드의 능력에 대해 일로인에게 들은 모양이었다.

그녀가 그 외에 일로인으로부터 무엇을 듣고 왔는지 묻고 싶은 마음도 아예 없는 것은 아니었으나, 오르타는 감히 묻지 않기로 했다.

두 대장장이가 마법 합금 이비메탈로 본격적인 무기 생산에 들어가게 된 것은 그다음 날부터였다.

기사단 본부 지하에 공방을 건설하면서, 에반은 하는 김에 지하 수련장도 하나 더 늘렸다.

수련장을 넓힐지 하나 더 만들지 고민하기는 했지만, 앞으로의 일을 생각해 본다면 역시 수련장의 개수를 늘리는 쪽이 낫겠다는 생각을 한 것이다.

"후우, 넓어서 좋네."

"건축공학이란 실로 위대하군요. 지하에 이렇게 넓은 공간을 확보할 수 있다니 말입니다."

에반이 신설 수련장을 둘러보며 만족스럽게 중얼거리는데 옆에서 맞장구를 치는 이가 있었다. 바로 갑옷—인비저블 실드—과 방패—에코 실드—를 갖춰 풀 무장을 한 라이한이었다.

"진짜 괜찮겠어요, 형?"

"예. 기껏 신설된 수련장이 첫날부터 무너지는 것은 누구도 원치 않을 테니까 말입니다."

에반이 지금부터 이곳에서 하려는 일은 바로 이번에 그가 얻은 스킬, '스킨 블레이드'를 수련하는 것이었다.

아직 제대로 써 본 적이 없는 스킬이기에, 다른 아이들과 같은 수련장에서 하면 위험할까 싶어 이곳으로 빠져나왔다. 그러자 라이한이 자신의 방패술을 수련할 겸 에반에게 맞춰 주겠다고 그를 따라온 것이다.

"지금 형은 제가 수련을 하는 것만으로 수련장이 부서질 거라 생각하는 거죠, 그러니까?"

"지금은 아리아 님도 안 계시니 말입니다. 아, 부츠는 제대로 신고 계십니까?"

"신고 있거든요!"

처음엔 에반의 저주 내성 수련과 전신 보호를 겸해 신고 있었던 부츠가 지금은 에반의 끔찍한 힘으로부터 주위 환경을 보호하는 수단이 되어 있었다.

더구나 에반의 저주 내성 수련에도 갈수록 박차가 가해져, 분명 던전 30층까지 내려가며 마주친 마신상을 모두 부수어 부츠의 저주를 강화했음에도 불구하고 오히려 이전보다 억제력이 약해진 것이 아닌가 하는 느낌마저 주었다.

"조만간 또 던전에 들어가시죠, 공자님. 한 50층까지만 가면 일단 괜찮을 것 같습니다만."

"제 부츠가 아니라 저를 보면서 말해 줬으면 하는데요, 형."

에반은 자신의 힘을 경계하는 라이한의 모습에 한 차례 한숨을 쉬곤, 그대로 자세를 잡았다. 고위 격투술, 천중의 기본 자세였다.

"칼날을 다루는 기술이라고 하지 않으셨습니까?"

"스킨 블레이드는 특유의 형태를 지니는 무술이 아니라, 어디까지나 격투술의 보조가 되는 스킬이에요. 따라서 자세는 천중과 같습니다."

공격 형태도 격투술과 완전히 동일하다. 다만 피부 위로 마나의 칼날이 돋아나 공격에 강한 참격 속성을 더해 줄 뿐!

스킨 블레이드를 보다 깊이 수련하게 되면 마나가 없어도 칼날을 구현할 수 있다는 얘기가 있지만 그 정보는 실제로 확인해 본 적이 없으니 알 수 없었다.

"그럼 어디 시작해 볼까. 우선 혼자 좀 만지작거려 볼게요."

"저도 흥미가 있으니…… 지켜보고 있겠습니다."

"고마워요."

에반은 우선 주먹을 쥔 상태에서 왼 주먹에 스킨 블레이드를 발동해 보았다. 그러자 검보랏빛 기운이 일어나 주먹 전체를 뒤덮더니, 이내 주먹 끝부분으로 뭉치며 굵고 날카로운 송곳 같은 날을 만들어 냈다.

"오."
"그대로 찌르기 공격을 가할 수 있겠군요."
"혹시 내 의사에 따라서 날의 형태가 변하는 건가?"

그 날을 여러 개로 나눈다는 생각을 해 보았더니 그 즉시 송곳이 분해되었다. 몽실몽실 손을 뒤덮은 기운은 이내 에반이 머릿속에 떠올린 날의 구조를 취했다.

손등으로부터 손가락으로 이어지는 관절 부위, 즉 너클Knuckle로부터 시작되는 길고 날카로운 칼날이 네 개. 그렇다. 울버×의 클로를 빼닮은 형태였다.

"오, 오오오오……!"
"……공자님?"
"게임 속에서는 저작권 문제로 감히 구현할 수 없었던 칼날 형태가 이렇게!"
"아, 제정신이신 모양이군요."

에반이 게임이니 저작권이니 하는 헛소리를 하고 있으면 제정신이라는 얘기다.

라이한이 그 모습에 안심하며 고개를 끄덕이는데, 너클 칼날을 만들어 낸 채 허공에 휙휙 휘둘러 보던 에반이 이내 고개를 갸웃했다.

"근데 이거 실제로 격투술에는 좀 안 맞네. 송곳 형태가 낫다."

"……."

칼날을 송곳 형태로 되돌린 에반은 이어서 찌르기 외의 다른 모션을 시험해 보았는데, 베기 동작을 취할 때는 역시 손을 손날 형태로 할 때가 가장 칼날이 길고 날카롭게 뽑혔다.

아마 스킬 레벨이 오르게 되면 만들어 낼 수 있는 칼날의 길이도 더 늘어날 것이다.

"주먹을 쥐거나 손날을 펴거나 하는 행동에 따라서 칼날의 모습도 바뀐다. 좋았어."

"주먹을 넘어 형성되는 칼날과 같은 기운…… 마치 오러를 보는 것만 같군요."

오러란, 칼을 비롯한 무기에 담긴 마나가 무기를 벗어나 외부로 표출되며 특정한 형태를 갖추는 것을 이르는 말이었다. 무협 소설에서 말하는 검강이랑 비슷한 느낌이다.

무식하게 많은 마나를 잡아먹지만 위력 하나는 절륜한데, 그런 만큼 다루기가 어려워 에반이 아는 한으로는 기사단장 정도 되는 인재가 아니면 쉬이 구사하지 못했다.

물론 레오는 아주 능숙하게 써먹었지만 그는 현 인류의 정점이니 예외로 놓고 봐야 한다.

"이건 오러는 아녜요. 정면에서 맞부딪치면 단숨에 깨질걸요."

"하지만 천중의 기운을 함께 구사한다면 어떻겠습니까?"

"천중력으로 스킨 블레이드를?"

"그렇습니다."

"으으음…… 그게 가능하면 그야 물론 무척 강해지긴 하겠지만."

물론 에반도 그 생각을 해 보지 않은 것은 아니었으나 다른 두 가지의 스킬을 섞는다는 게 그리 쉬운 일은 아니었다. 헤븐 프레스나 헤븐 스로우는 모두 신들이 마련해 주었기에 쓸 수 있었던 것이다.

'걸음만은…… 그건 내가 직접 해낸 게 맞지만.'

레오와의 대련 중 사자활주와 천중의 조합으로 탄생시킨 에반만의 '걸음'. 그건 탄생했던 것이 기적이었다. 언제나 그런 요행을 바랄 수는 없을 것이다.

"그래도 가능성이 있다면 도전해서 나쁠 건 없겠죠. 확실히 그렇게만 된다면 어지간한 오러는 압도할 수 있게 될 테니까."

"바로 그 자세입니다. 보기 좋습니다, 공자님."

"으음."

라이한의 미소가 어째 조금 간지럽게 느껴졌다. 에반은 부끄러움을 무마할 겸 이번엔 다른 자세를 취했다. 바로 발차기 동작이었다.

"혹시 발로도 칼날을 모방할 수 있는 겁니까?"

"으음, 사실 잘 모르겠어요. 지금은 느낌이 잘 안 오는데."

격투술을 익혀 스킨 블레이드를 강화한다는 것까지는 알고 있었는데, 스킨 블레이드가 발차기에도 적용이 되는가 하고 묻는다면 좀 가물가물했다.

에반은 어디까지나 지금 자신의 특성에 맞춰 스킨 블레이드를 익혔을 뿐 전생의 게임 플레이를 할 때는 스킨 블레이드를 익히지 않았었으니까! ……아니, 사실 한두 번 익혀 보기는 했는데 써먹은 적은 없었다.

"그래도 원리는 같으니까 되지 않을까 싶기도 하고…… 보다 집중해서 해 봐야겠어요."

그는 말을 마치고 전방의 라이한을 바라보며 재차 자세를 잡았다. 라이한은 자신의 차례가 왔음을 깨닫고 방패를 앞으로 내밀며 방어 자세를 취했다.

"저는 준비가 되었습니다."

"그럼 갈게요."

"레오 경과의 대련에서 사용했던 그 스킬은 사용하시면 안 됩니다. 제가 죽을지도 모릅니다."

"또 안 어울리게 약한 소리를."

에반은 말을 마치는 그 순간 바닥을 박차고 라이한에게로 달려들었다.

라이한이 눈을 부릅뜨는 그 순간, 에반이 재차 바닥을 걷어차 몸을 띄우며 허공에서 깔끔하게 몸을 회전시켜, 라이한의 안면을 노리고 돌아 차기를 갈겼다.

'평소 기사단원들과 대련하던 때보다 월등히 빠르다! 그땐 방어에만 치중하셨던 건가……!'

허공에 내던져지는 팽이처럼 화려한 회전과 섬전 같은 속도, 날카로운 궤도. 공격과 마주하기도 전부터 닥쳐오는 끔찍한 압력!

라이한은 그 압력을 이겨 내려 이를 악물며 방패를 내밀었다. 드레인 실드에 인내하는 방패까지, 방패술을 보조해 주는 스킬을 모조리 발동하며!

—콰아아아앙!

도저히 인간의 발과 방패가 맞부딪쳤다고는 믿을 수 없을 만큼 큰 소리가 났다.

라이한은 몸이 무너지지 않게끔 버티느라 이를 악물었다. 무릎이 부들부들 떨리며 주인의 나약함을 비웃는 듯했다.

"아, 역시 아직 안 되네요."

"그, 그런 겁니까……? 이게 안 된 겁니까……?"

반면 가볍게 사람을 죽일 수 있는 일격을 날린 에반은 사뿐히 착지하며 혀를 찼다.

원래 안 되는 것인지, 아직 스킬 레벨이 부족한 것인지 알 수 없지만…… 기왕 스킬을 익힌 것 어정쩡한 수준으로 만족할 수는 없다.

"그럼 지금부터 제대로 대련 시작하죠. 스킨 블레이드는 딱히 왕도 수련법이 없어서 사람하고 붙는 게 제일이거든요."

"방금 일격은 제대로가 아니었던 모양이군요. 음……."

라이한이 에반의 말에 허허, 웃으며 고개를 끄덕이곤 지극히 자연스럽게 자신의 몸에만 강화 주문을 걸었다. 신성력으로 펼치는 보조 마법 중 가장 효율이 높은 방어력 강화 마법이었다.

"부디 무리는 하지 마시길, 공자님. ……제가 죽을지도 모르니까 말입니다."

"전 형의 방패술을 믿어요. 그럼 갑니다!"

"아니, 조금 더 마음의 준비를…… 으어어엇!"

그렇게 해서 스킨 블레이드를 수련하려는 에반과 라이한의 1대1 대련이 시작되었다.

에반은 이미 레오와 비슷한 수준의 절대 강자인 만큼, 사실 라이한의 방패술을 수련하는 데에 에반만큼 적절한 상대도 없었다. 에반의 공격을 한 번 성공적으로 막아 낼 때마다 방패술이 성장할 정도!

"흣! 하앗!"

"크으으으으으……!"

'부츠를 착용하고 계신 덕에 공격의 무게는 조금 덜하지만…… 그래도 그 경지가 어디로 가는 것은 아니다. 이래서야 정말 레오 경을 상대하는 것과 다를 바가 없지 않은가!'

에반의 스킨 블레이드는 부츠를 끼고 있는 상황에서도 무지막지하게 강했으나 라이한은 여태껏 단련한 방패술로 어떻게든 그것을 막아 내고 버틸 수 있었다.

—쾅! 콰과광! 콰아아아앙!

에반과 라이한이 격돌할 때마다 지하 수련장 전체에 끔찍한 굉음과 진동이 울려 퍼졌다. 수련장과 공방을 건설할 때와는 비교도 안 되는 충격이었음에도 불구하고 건물이 무너지지 않은 것이 건축 수준의 우수성을 증명했다.

"아, 단장님하고 라이한 오빠 싸운다!"
"비겁하게 둘이서만…… 헉!?"

방음 설비는 완벽했지만 같은 지하로까지 그 소리가 퍼져나가는 것은 막을 수가 없었는데, 옆 수련장에서 수련하고 있던 아이들은 그것을 보러 왔다가도 이내 얌전히 뒤로 물러서곤 했다.

라이한이 아니라 자신들이 에반을 상대했더라면 제대로 받아 내지도 못하고 진즉 죽었으리라 쉬이 예측할 수 있었던 것이다.

"하, 안 그래도 강하셨는데 거기에 새로운 능력까지 더해지다니.”

“……근데 지금 저거 격투술이긴 해? 몸을 움직이는 요령만 격투술이지 그 결과는 사방을 억누르는 압력에 칼날 공격이잖아.”

“음…….”

근본적인 영역에 의문을 품는 아리샤에게, 그녀와 함께 에반을 보러 왔던 샤인은 잠시 생각해 보곤 대꾸했다.

“제가 단검을 휘두르고 있는데 그 결과 태풍이 발생했다고 하면, 그것을 아리샤 아가씨는 단검술이라고 부르시겠습니까?”

“아니, 마법이라고 부를 건데.”

“그럼 저것도 격투술이 아니라 마법이나 기적, 그 언저리에 있는 기술이겠지요.”

“샤인 너 제법 똑똑해졌구나.”

검보랏빛의 검광과 방패에서 뿜어져 나오는 찬란한 마력의 충돌, 지하가 무너져 내릴 것만 같은 굉음과 진동이 난무하는 격돌이 그 후로도 끊이지 않고 대략 3시간 정도 이어졌다.

에반은 워낙 존재 레벨이 높은 탓에 본인의 스태미나 자체가 월등히 높았고, 라이한은 지니고 있는 신성력을 모조리 스태미나 보충으로 돌린 덕에 간신히 버틸 수 있었다.

"그만! 이 이상은 무리입니다, 정말 죽습니다."
"씁, 한창 좋았는데요."

끝내 에반이 멈춘 것은 라이한이 체력과 마나가 바닥났음을 선언했을 때가 되어서였다. 참고로 그때까지도 에반의 Hp와 Mp는 50% 이상에 머무르고 있었다. 라이한이 드레인 실드로 에반의 마력을 뽑아내고 있었음에도 불구하고!

"아, 검은 구름이 강화된 게 생각보다 효과가 컸나 봐요. 이게 이제 Hp, Mp에 스태미나까지 실시간으로 회복시켜 주거든요."
"그렇습니까……."
"그나저나 다른 급소를 때리려고 해도 전부 방패로 집중되어 버리네. 역시 대단하네요, 형."

단순히 자신에게 공격을 집중시키는 것뿐만 아니라, 그 공격을 자신이 원하는 부위…… 즉 방패로 집중시켜 버린다. 그것이 라이한이 지니고 있는 가호의 무시무시한 점이었다.
그러나 순수하게 감탄하는 에반을 앞에 두고 라이한은 쓴웃음을 짓고 있었다. 근 세 시간을 넘는 에반과의 대련 시간 동안 라이한이 느낀 것은 결코 넘어설 수 없는 장벽 그 자체였다.

"하하…… 그것도 공자님이 집중하시면 금세 해제되어 버립니다. 제 도발을 풀어내시는 건 레오 경과 공자님뿐입니다."

"그런가?"

"그렇습니다."

라이한은 고개를 갸웃하는 에반에게 진지하게 대꾸했다. 그도 그럴 것이 자신의 도발이 풀려 에반의 송곳 같은 주먹—비유가 아니라 정말 송곳이 나 있었으니—이 자신의 얼굴에 꽂히려는 순간, 라이한은 죽음을 각오하고 있었으니까!

방패를 치켜드는 것이 조금만 더 늦었으면 확실하게 죽었으리라!

"아, 슬슬 에코 실드의 내구력도 위험하군요. 공자님께 참격 능력이 더해지니, 다른 건 몰라도 장비의 내구도를 깎아 내는 능력은 월등해졌습니다."

"……형, 그 방패 말고 다른 방패를 드는 게 낫지 않아요?"

반면 에반은 에반대로 놀라고 있었다. 에반과의 대련 내내 라이한이 사용했던 방패가 에코 실드였기 때문이다.

공격을 한 번 받아도 그것에 두 번 타격을 입는, 방패술 수련 이외에는 하등 쓸모가 없는 쓰레기 아티팩트! 라이한은 수련하는 내내 엄살을 부리면서도 끝끝내 그 방패를 들고 에반의 공격을 받아 낸 것이다.

"인비저블 실드가 적용되고 있으니 방어력만 놓고 보면 실상 그리 다를 것도 없습니다."

"형도 저 못지않다는 것만 알아 둬요."

"저는 그저 방패술의 효율을 중시할 뿐입니다. 공자님 같은 괴물과는 다릅니다."

"……."

에반은 뭔가 말로 맞받아치고 싶었지만, 여기서 맞받아쳐 봤자 다른 사람들이 보기에 우스울 뿐이라는 생각이 들어 그만두고 말았다.

"그럼 10분 후에 대련 재개하죠. 에코 실드 빨리 내구도 회복시켜요."

"말 대신 몸으로 말하는 거 조금 무서우니까 안 하셨으면 좋겠습니다만. 그리고 10분으로는 무리입니다."

"그럼 15분 후."

"절 놓아주실 생각이 없으시군요, 공자님?"

그렇다. 레오를 떠나보낸 후 에반은 자신의 스파링 상대로 라이한을 지정해 놓고 있었으니, 섣불리 그를 따라나선 순간부터 글러 있었던 것이다!

에반과 1대1 대련을 하게 된 순간부터 라이한의 방패술이 다시 폭발적으로 성장하게 되었으나, 그와 더불어 에반의 격투술과 스킨 블레이드도 성장하고 있었기에…… 둘이 자신들의 성장을 체감하게 되는 것은 그보다 한참은 시간이 흐른 후의 일이었다.

❋❋❋

에반이 라이한과의 스파링을 시작하고 며칠이 흘렀다.

마음 같아선 스킨 블레이드를 적어도 2미터 정도 크기로 뽑아낼 수 있게 될 때까지는 천중과 스킨 블레이드에만 매진하고 싶었지만 스킨 블레이드는 딱히 고속으로 성장시킬 수 있는 방법이 없었다.

그나마 깨지지 않는 방패인 라이한을 데리고 몇 시간씩 스파링을 할 수 있었기에 제법 빠르게 성장시킬 수 있었을 뿐!

'격투술도 그렇고 연금술도 그렇고 내가 익힌 스킬들은 전부 이 꼴이라니까…… 적성이 없는 스킬들이니까 어쩔 수 없지만.'

더구나 현실적인 문제도 있었으니, 바로 라이한과 그의 방패가 에반을 상대로 오래 버티지 못한다는 것이다.

에반이 가져오는 포션이며 본인의 신성 마법이며 후작가 창고에 보관되어 있던 스테이터스 증가, 장비 내구도 보호 기능을 갖는 아티팩트들을 빌려 가면서까지 대련 시간을 늘렸지만 그래도 하루에 다섯 시간이 한계였다.

라이한에게 있어서는 그 다섯 시간이 자신의 죽음을 뛰어넘는 극기 수련이었지만 에반은 수련 시간을 더 늘릴 수 없다는 것이 아쉬울 뿐!

"도련님, 시간이 되었습니다."

"아, 루아. 그래, 알겠어. 그럼 이제 갈까. 형, 오늘도 고마웠어요."

"별, 말씀, 을…… 꾸엑."

"형!?"

완전히 녹다운 되어 쓰러진 라이한을 휴게실로 친절히 옮겨 놓은 후, 에반은 버나드의 연금술 수업…… 아니, 이젠 버나드와의 공동 연구가 진행되는 형제 약국으로 발걸음을 옮겼다.

에반은 후작가를 나와 던전 기사단 본부에서 생활하게 되면서 하루 거의 대부분의 시간을 본부 건물 내에서 보냈는데, 그가 외부로 나오는 일이 딱 두 가지 있었으니 바로 형제 코퍼레이션 관련 업무로 메이벨과 만날 때와 버나드를 만날 때였다.

"얼마 전 메나톤 영지가 완전히 정상화되었다는 얘기를 들었어요. 올해 중으로 직접 가 볼 수 있을 것 같아요. 아나스타샤 공녀로부터 원정을 지원하겠다는 확답도 받아 냈고요."

"흐음…… 정말로 서부에서 사악한 기원과 순결의 풀을 얻어 올 수 있다면 절반은 온 셈이다. 그렇게 되면 남는 건 빙하의 눈물, 헬 루비, 거기에 만신의 성수뿐이구나."

버나드와 만나면 우선은 엘릭시르의 연구에 돌입한다. 엘릭시르의 연구에 있어 무엇보다도 우선시하는 것은 레시피의 확정이었는데, 몇 년간의 공동 연구와 시행착오 끝에 얼마 전 이 작업이 완전히 끝났다.

부수적인 재료들은 형제 코퍼레이션을 통해 대다수 구할 수 있었고, 방금 버나드가 언급한 핵심 재료들을 구하는 것이 현재 제일 큰 목표였다.

"빙하의 눈물은 아마 영원 빙하에 있을 테니 마지막으로 미뤄 두고, 만신의 성수는 세 개의 던전 모두를 고층까지 정복해야만 확률적으로 신의 축복을 받아 얻을 수 있다고 했으니 이것도 일단 미뤄 두면, 남는 건 헬 루비네요."

"다른 물건들은 그나마 고서적들을 뒤져 보면 목격 정보라도 있었는데 헬 루비, 이 망할 물건은 엘릭시르의 레시피 외에는 언급조차 없지. 사실상 엘릭시르의 존재가 거짓으로 여겨졌던 가장 큰 이유가 이 헬 루비와……."

"우리가 처음으로 얻은 재료, 불사조의 깃털이었죠."

"우리가 아니라 네놈이 혼자 얻어 온 것이지. 쓸데없이 내지분을 주장할 생각은 없다."

"왜 또 그런 말씀을 하세요."

버나드가 퉁명스레 하는 말에 에반은 쓴웃음을 짓고 말았다. 재료의 수급 문제는 완성된 엘릭시르의 배분에 있어서도 중요하게 작용하는 문제인데…… 버나드는 한사코 '연구만으로 충분하다'며 물러서고 있는 실정이었다.

"사이좋게 반반씩 나눠 마시기로 했잖아요, 할아버지."

"난 로즈 탓에 이미 인간이라고 볼 수 없는 몸이 되었다. 내가 엘릭시르를 섭취해도 어떤 효과를 볼지 미지수이니 네놈이 혼자 먹어라."

"엘릭시르가 인간만을 위한 것이라는 보장은 없잖아요. 만들어 보기 전까진 몰라요."

"아무튼 난 엘릭시르를 연금하는 기회를 얻게 된 것만으로도 충분하다."

그것은 연금술사의 근본적인 목표와도 일맥상통하는 말이었다.

연금술은 금을 만들어 내는 것을 목표로 하지만, 그것은 단순히 금 자체가 목표인 것이 아니라 완전한 금속이라 불리는 금을 만들어 내는 과정에서 스스로의 영혼 또한 완전해진다고 믿었기 때문이다.

"그러니 결과물은 오롯이 네가 취해라. 이 얘기는 그걸로 끝이다."

"……그럼 일단 엘릭시르를 만드는 데 집중해요. 배분 문제는 나중에 다시 얘기하는 걸로."

"글세, 네놈이 마시라고 하지 않았느냐."

버나드는 에반이 흐지부지 넘기려던 문제를 기어이 단호히 끊어 냈다. 에반이 쓴웃음을 짓고 있자니 그가 주제를 원래대로 되돌렸다.

"헬 루비, 결국 이것을 얻어야 한다. 레오 놈에게도 단서를 찾아내면 편지라도 하나 보내라고 말은 했다만 그 무식한 놈에게는 별 기대도 할 수 없고."

"지옥의 기운이 압축되어 탄생한 보석…… 그걸 얻으려면 마계라도 가야 하는 걸까요."

"지옥의 기운을 마기라고 해석해야 할지는 또 다른 문제다. 설령 정말 마계에 있다고 해도, 마계로 넘어갔다가 생환했다는 사람의 얘기도 들은 적이 없구나."

"아직 갈 길이 머네요."

"그럼 엘릭시르가 연구만 한다고 뚝딱 만들어 낼 수 있는 물건인 줄 알았느냐?"

버나드의 핀잔에 에반은 그저 뒷머리만 벅벅 긁을 뿐이었다. 처음 불사조의 깃털을 얻었을 때만 해도 '미친, 엘릭시르 연금 대박!' 같은 생각만 하며 마냥 기뻐할 뿐이었는데…… 지금 생각해 보면 김칫국을 장독대째로 들이켠 셈이었다.

"어디, 환몽초 건조 작업은 끝났느냐."

"네, 할아버지. 이제 이걸 으깨야 하는데…… 이 안에 담긴 기운을 온존하려면 '아기 손 절굿공이'가 있어야 할 것 같아요."

"아, 그것 말이냐? 아공간 창고에 하나 있었지. 찾아 놓으마. 당장 찾기는 힘드니 오늘 연구는 이쯤 하자꾸나."

"네, 그럼 다음으로……."

엘릭시르 연구가 끝나도 아직 사제의 공동 연구는 끝나지 않는다. 엘릭시르만큼이나 중요한 위업, 데빌 룬의 탐구가 남아 있었기 때문이다.

다만 오늘은 탐구를 시작하기 전 버나드에게 보고해야 할 사항이 한 가지 있었으니, 바로 외부 정보 수집 결과였다.

"마녀는 룬의 힘을 다른 마법사보다 효과적으로 운용할 수 있지만 그것도 어디까지나 신들이 허락해 준 룬에 한해서라고 하네요. 심지어 그조차 마녀마다 다 다르다는 것 같아서, 어머니는 제라의 룬이나 데빌 룬을 탐구하는 데에는 도움을 주기가 어렵대요."

"개인마다 주어진 룬의 힘이 다르다는 얘기를 하는 거냐,

지금!"

어머니 레디네가 룬의 힘을 다룰 줄 안다는 벨루아의 얘기만 듣고 검은 구름을 들고 찾아갔던 에반이었으나 그녀로부터 돌아온 대답은 신통치 않았던 것.

"어…… 네, 그렇네요."
"이런 빌어먹을, 그것참 골치 아파지는 얘기를 듣고 왔구나!"

역시나 에반의 말에 버나드는 마음껏 절규하고 말았다. 연금술의 영역을 벗어난 얘기가 되어 버렸기 때문이다!

"룬은 신대의 영역의 힘이니까요. 단순한 마도도, 연금술도 아니고."
"연구를 시작할 때부터 무모하다 생각은 하고 있었다만 그래도 이건 너무 심하다. 지독해!"

룬은 신의 힘. 인간의 마도로는 따라잡을 수 없는 영역에 있는 신비였다.
그것을 연구하는 데 어떤 지식이 전제되어야 하는지조차 알 수가 없으니 이것이야말로 사막에서 모래알 찾기나 다름이 없는 셈이다.

"개인의 영역에서 성취될 수 없으며, 오직 신으로부터 인간에게로 이어지는 힘이라고 한다면…… 그렇다면 룬은 던전에서 인간에게 주어지는 신의 축복이나 다를 바가 없다는 뜻이 된다. 레벨이나 스킬과 같은 것 말이다."

"그러고 보니 그런 해석도 가능하네요. 검은 구름에 룬이 새겨진 것도 던전 클리어 때였고."

개인의 영역에서 성취될 수 없다. 에둘러 말하는 것 같지만 결론은 간단하다.

룬의 힘은 일방통행, 즉 지금 에반과 버나드가 데빌 룬을 연구하는 것 따위 하등 의미가 없다는 얘기다.

당연히 몬스터에게서 데빌 룬의 힘을 앗는 것도, 그것을 이용하는 것도 불가능하다.

"하지만 그게 성립되려면 모든 룬 아티팩트가 개인에게 종속되어야만 하는데…… 검은 구름을 내놔 보거라."

"여기요."

에반이 장갑을 벗어 주자 버나드가 직접 그것을 착용했다.

실은 이전에도 몇 번 시험해 본 적이 있는데…… 버나드는 장갑의 룬이 희미한 빛을 발하는 것을 느끼며 중얼거렸다.

"제대로 발동하지 않느냐."

"물건을 매개로 하면 타인에게도 전해 줄 수 있다든가."

"그렇게 결론을 내 버리는 것은 간단하다만 마음에 들지는 않는 답변이구나. 신과 룬, 인간 그리고 아티팩트. 이 사이에 있는 인과를 해결하기 전까지 데빌 룬의 탐구는 진전이 없을 것이다."

에반과 버나드는 그 이후로도 몇 번씩 장갑을 바꿔 껴 가며 실험했다. 그러나 결과는 바뀌지 않았다.

결과를 얻지 못한 버나드가 썩 탐탁지 않은 표정으로 휴식 시간을 선언하려 할 때, 뒤에서 가만히 대기하고 있던 벨루아가 문득 입을 열어 말했다.

"버나드 님, 저는 마님으로부터 '룬은 신으로부터 인간에게 이어지는 의지'라고 배웠습니다."

"허, 그러고 보면 레벨이 오르는 것 또한 그 비슷하다는 얘기를 들은 적이 있구나. 신이 자신의 의지를 인간에게 맡긴다는 것이지."

"그렇다면 그 장갑에 도련님의 의지가 개입되지 않았을 때에도 여전히 장갑이 힘을 발휘하는지를 알아보면 되지 않겠습니까."

"의지라……."

사실 연금술사는 의지라는 단어를 썩 좋아하지 않았다. 더

없이 추상적인 표현이기 때문이다.

그러나 룬의 힘을 다루는 마녀의 지식을 마냥 무시할 수도 없는 법. 결국 버나드는 제 손에 장갑 [검은 구름]을 착용한 채, 에반을 향해 돌아서며 떨떠름하게 말했다.

"내게서 이 장갑이 부여하는 힘을 끊어 낸다는 상상을 해 보거라."

"종속 아티팩트도 아닌 것 같은데 그게 될까요, 할아버지?"

"잔말 말고 해 봐라."

"으으음……."

친인과도 같이 여기는 버나드에게 일부러 매정하게 대한다는 것도 힘들었지만, 에반은 애써 집중하여 잡념을 떨쳐 내고는 버나드의 손에 착용된 채인 장갑을 바라보며 집중했다.

'장갑의 힘…… 그래, 제라의 힘은 신이 내게 떠넘긴 의지. 그것을 타인에게 인계할 수는 없다. 할아버지는 제라의 힘을 다루지 못한다……. 저건 내 거다…….'

그로부터 몇 번이나 더 '마이 프레셔스' 비슷한 말을 중얼거렸을까. 문득 버나드가 '으음?' 하고 기묘한 감탄사를 발했다.

"몸에서 힘이 조금 빠지는데."

"할아버지, 룬에서 빛이 사라졌어요!"

아니, 그게 문제가 아니라 아예 장갑에서 룬이 지워지는 것처럼도 보였다. 혹시 룬이 완전히 소멸한 것인가!?

그러나 에반이 기겁하여 버나드로부터 장갑을 회수하자, 신비하게도 다시 룬이 빛을 발하기 시작했다.

"이건……."

"정말인가."

버나드가 신음을 발했다. 인간의 의지에 따라 힘을 잃고, 활성화되는 문자라니. 이런 건 마법도 뭣도 아니었다. 아까 말했던 대로 이것은 그냥 신의 축복이었다!

실로 일방적인 권능. 당연하지만 이래서야 연구를 해 봤자 얻을 수 있는 것도 없으리라.

"선대의 인간들도 이것을 알고 있었기에 룬을 탐구하지 못한 건가. 신의 문자라는 말이 과히 틀리지 않다. 단언컨대 룬에는 가능성이 없어."

"제라의 룬을 얻었을 땐 데빌 룬의 연구로 이어지지 않을까 기대도 했는데 말이죠."

"이어지기는 했다. 연구는 불가능하다는 결론으로 말이지."

버나드는 썩은 표정으로 데빌 룬의 흔적을 흡수한 시미터를 두들기며 말했다.

"신의 의지조차 알지 못하는데 마신의 의지는 어찌 알겠느냐."

"으음."

"인간에게 룬이 내려진 것과 같다. 마신 그놈도 요마왕이 신통치 않으니 몬스터 몇몇을 골라 데빌 룬의 축복을 내렸음이 분명해."

가장 재미없는 결론이었다. 여태까지 데빌 룬의 비밀을 풀어내기 위해 노력했던 모든 것이 수포로 돌아가게 하는 결론.

에반은 버나드 못지않게 뾰로통한 표정으로 반문했다.

"하지만 그렇다면 그 흔적이 어떻게 시미터로 옮겨 올 수 있었을까요? 마신의 의지가 어린 힘이라면 인간의 물건으로 옮겨 오는 일은 없어야 하는 것 아녜요?"

"글쎄다, 데빌 룬이 피를 매개로 발현되는 힘이라면 시미터에 이끌렸을 수도 있지. 물론 마신의 의지가 깃들어 있으니 인간이 그것을 다룰 수 있을 리는 없다. 또한 우리가 이것을 연구해 놈들에게 대비한다는 것도 불가능하지. 이건 마신의 의지니까."

"마신의 의지……."

"마신의 의지를 받아 움직일 수 있는 건 마물뿐이다. 설령 인간이 그것을 수용할 수 있다 해도, 놈들과 같은 마물이 될 뿐이겠지. 즉 이 시미터는 이제 버려야 할 물건이 되었다는 얘기다."

버나드는 후, 짧은 한숨을 토해 내며 선언했다.

"연구는 여기서 중단이다. 신이든 마신이든, 그들에게 너무 가까이 다가가고자 하는 것은 위험해. 그걸 알아낼 수 있었던 것만 해도 이 연구는 성공적이었다."

에반은 버나드의 말을 들으며 가만히 시미터를 바라보았다. 아마도 그의 말이 맞을 것이다. 데빌 룬의 흔적이 시미터에 조금 옮겨 온 것 정도로 지나치게 흥분했다.

룬이든 데빌 룬이든 애초에 인간의 힘으로 해석할 수도 없는 것이며, 해석한다 해도 그 힘을 다룰 수 있을 리가 없는데.

가만.

"……마신의 의지."

"왜 그러느냐."

"요는 그것을 다룰 적절한 매체가 있으면 되는 것 아니에요?"

"무슨 헛소리를…… 에반?"

버나드는 코웃음을 치려다 말고 경직되었다. 에반의 시선이 향하는 곳을 깨달은 것이다.

그는 자신의 발밑…… 보다 정확히는, 자신이 신고 있는 부츠를 바라보고 있었다.

❋❋❋

진은 태어나는 순간부터 고독했다. 다른 인간과 한데 섞여 살아가기에는, 그가 타고난 모든 것이 너무나 이질적이었다.

파충류처럼 노랗고 세로로 찢어진 동공은 아이를 낳은 부모조차 기함케 했으며, 거기에 더해 아이는 신인족의 운명까지 떠안고 태어났다.

사람들은 그들이 악마를 낳았다고 수군거렸으며, 이내 그것은 눈에 보이는 차별과 따돌림이 되어 가족을 괴롭혔다.

"네 탓이다."

"낳지 말았어야 했어."

"멀쩡한 아이가 태어났으면 좋았을 텐데, 어째서 네가……!"

사람들이 사는 마을에서 떨어져 나와 숨어 살아가는 신세가 된 부모는 습관처럼 아이를 탓했다.

아이를 버리지 않은 것만으로도 그들은 자신들이 부모의 책임을 다했다고 여겼으며, 그것이 면죄부라도 되는 것처럼 더더욱 아이를 탓하고, 때리고, 벌을 주고 괴롭혔다.

'모두 나 때문이야. 난 태어나지 말았어야 했어.'

세상이 아이를 미워했으니, 아이가 스스로를 미워하게 되는 것도 당연했다.

아이는 자신의 눈을 저주했고, 약한 자신의 몸을 저주했다.

그러나 아이가 모든 것을 끝내 버리고 싶다고 생각하게 되었을 때, 아이를 찾아온 이가 있었다. 중년의 상인이었다.

"널 원하는 분이 계신다."

"난 아무도 원하지 않는데."

"가 보면 알게 될 것이다. 그분의 눈은 결코 틀리지 않으니."

8년간 아이를 버리지 않고 키운 대가로 아이의 부모는 상인으로부터 많은 돈을 받았다. 그들은 그것이 고통을 인내한 포상이라고 생각했고, 그것으로 간단히 아이와의 연을 끊었다.

자신을 거들떠보지도 않고 돌아서는 부모의 뒷모습을 눈에 새기며 아이는 모르는 마차에 올라, 모르는 도시로 향했다.

그곳에서 만났다.

"드래곤의 눈 같아서 참 멋진걸."

"……드래곤?"

아무것도 없던 자신에게 처음으로 의미를 부여해 준 사람과.

❁❁❁

진이 눈을 뜨니 그곳은 숲속 외딴곳의 허름한 통나무집이 아닌, 던전 도시에서도 가장 화려하게 지어진 던전 기사단 본부 건물 내부의 침실이었다.

창 너머로부터 쏟아져 들어오는 햇살. 아침이었다. 진은 자신이 오늘도 이곳에서 무사히 눈을 떴다는 사실에 감사했다.

"진, 일어나! 어서 일어나!"

"밥 먹으러 가자!"

프라이버시라는 단어를 아직 이해하지 못하는 8살 꼬맹이들이 진의 방 안에 멋대로 들어와 깍깍거리며 떠들고 있었다. 기사단 동기라고 할 수 있는 쌍둥이 자매 린과 란이다.

"진, 빨리 일어나라니까!"

"이 늦잠꾸러기!"

"……너희가 지나치게 일찍 일어나는 거야, 꼬맹이들아."

두 녀석은 이내 떠드는 것만으로는 만족하지 못하겠는지 진의 침대 위로 뛰어 올라와 그를 괴롭히기 시작했다. 더 이상 누워 있지 못하게 된 진은 후우, 한숨을 내쉬며 몸을 일으켰다.

"꼬맹이라고 부르지 마!"
"오늘은 우리랑 놀 거야?"
"아니."

진은 시끄럽게 떠들어 대는 쌍둥이에게 냉정하게 대꾸하며 침대에서 내려왔다. 이 꼬맹이들은 죄우지간 노는 것을 좋아한다. 어울리기 시작했다간 한도 끝도 없는 것이다.

"오늘도 안 놀아 줘? 진 나빠!"
"바보!"
"아침 수련을 해야 하니까."
"수련 바보!"

진이라고 쌍둥이 자매가 싫은 것은 아니다. 이들은 언제나 자신을 괴롭히지만, 그것이 악의에서 나오는 것인지 호의에서 나오는 것인지 정도는 구분할 수 있었다.

그렇기에 진은 더더욱 이 아이들을 상대하는 것이 거북했다. 보다 정확히는, 어떻게 대해야 할지 알 수가 없었다.

"……다음에 시간이 나면 그때 놀자."

"맨날 다음에 놀재, 진 바보!"

"바보, 바보! 부단장 오빠야한테 이를 거다!"

더욱이 그들과 언제까지고 어울리고 있다간 수련 시간이 줄어든다. 그리고 수련 시간이 줄어들면 강해질 수 없다. 드래곤이 될 수 없다.

그렇기에 진은 오늘도 마찬가지로 쌍둥이를 퉁명스레 밀쳐내며 방 밖으로 나올 뿐이었다.

"진? 오늘도 일찍 일어났구나."

"단장님."

그때 마침 계단을 타고 내려오던 에반과 눈이 맞았다. 검은 면바지에 하얀 실크 셔츠라는 간단한 구성으로 이렇듯 우아하고 품격 있는 분위기를 자아내는 소년도 또한 드물 것이다.

"잘 잤어? 어제도 늦게까지 수련한 것 같던데."

"아, 그게…… 많이 잤습니다. 적어도 수면량은 부족하지 않았습니다."

자신을 구원해 새로운 세상에 데려와 주었으며, 자신의 눈을 드래곤 같다고 말해 준 사람.

에반에게 받은 은혜가 너무 큰 나머지, 도리어 에반 앞에서는 어쩔 줄 모르게 되곤 했다.

"그래, 내가 할 말은 아니다만 넌 한창 성장기니까 수면 시간은 충분히 확보해 둬야 해."

"넵."

"좋아."

그러나 에반은 언제나 그의 마음을 다 이해한다는 듯 그저 은은한 미소를 짓고 있을 뿐.

그것이 불로장생 프로젝트 넘버파이브인 '포커페이스'의 수련이라는 것을 모르는 진은 부끄러워할 뿐이었다.

"아, 단장 오빠야다!"

"단장님, 바보가 또 우리랑 안 놀아 준대! 요!"

"린하고 란. 너흰 또 언제 다른 애 방으로 기어 들어간 거야."

그때 진의 뒤를 따라 복도로 나온 쌍둥이 자매가 에반을 향해 달려들었다. 에반은 익숙한 폼으로 둘을 받아 안으며 쓴웃음을 짓고 있었다.

진은 그 모습을 보며 문득 저렇듯 솔직하게 감정을 표현할 수 있는 쌍둥이들이 '부럽다'고 생각했지만, 다음 순간 자신이 한 생각에 화들짝 놀라 고개를 젓고 말았다.

그러는 와중 그의 눈에 들어오는 것이 있었으니 바로 에반이 신고 있는 검은 가죽 부츠였다. 어딘가 콕 집어 말할 수는 없지만 거기서 느껴지는 불길함이 더해진 듯한 느낌이 드는 것이…….

"단장님…… 그거, 괜찮습니까?"

"응? 아, 부츠? 역시 눈이 예리하구나."

에반은 진의 물음에 씩 웃곤 답했다.

"이 안에 담긴 마기를 활용하는 방법을 찾아냈거든. 그래서 지금 한창 연구 중이야."

"마기를……? 하지만 그건 이미 저주받은 아이템이라고 하셨는데."

"스테이터스를 떨어트리는 저주 말이지? 맞아. 하지만 결국 그 저주가 발동하게 만드는 것은 이 부츠에 담긴 마기란 말이지. 그렇다면…… 그 마기를 컨트롤할 수 있는 힘이 있다면 저주를 다른 무언가로 바꿀 수도 있지 않겠어?"

"저주를…… 가공한다는 말씀이십니까?"

"저주를 가공한다, 맞아. 바로 그거야."

에반의 눈이 살짝 위험하게 빛나고 있었지만 더는 신경 쓰지 않기로 했다. 에반이 하는 일은 모두 그의 뜻대로 되게 마련이니까.

저주를 가공해 자신의 힘으로 삼는다니, 듣도 보도 못한 일이었지만 애초에 에반이 하는 모든 일은 듣도 보도 못한 일들뿐이었으니 새삼스럽지도 않았다.

"그래서 이것과 관련해서 조만간 원정을 떠나게 될지도 몰라."

"그렇, 습니까……."

그러나 이어지는 에반의 말에 진은 고개를 푹 떨구고 말았다. 이전에도 그랬지만 에반은 중요한 일을 할 땐 언제나 진을 비롯한 아이들을 제외시키곤 했기 때문이다.

비록 곧 돌아온다는 사실을 알고 있어도, 남겨진다는 것은 무척 불안한 일이었다.

"그러니 그때까지 열심히 수련하도록. 외부의 던전은 셰어든 던전과는 또 다르니까."

"……설마 저도 데려가시는, 건가요?"

"그래, 이번엔 다 같이 갈 거야."

에반의 말에 진은 그 자리에 굳어 버리고 말았다. 같이 간다고? 정말로 데려가 준다고? 에반이 그를 믿고 의지해 준다는 것인가?

그런데 그가 자세히 묻고 싶어 고개를 드는 순간 쌍둥이 자매가 폭주했다.

“진짜루!?”

“우리도 가? 우리도 단장 오빠랑 같이 놀러 가?”

“놀러 가는 게 아니야, 란. 방금 진한테도 말했지만 외부 던전에 들어가게 될 테니까 열심히 노력하도록.”

“와아아! 단장 오빠야랑 같이 놀러 간다!”

“도시락도 쌀 거야? 도시락 큰 걸로 가져가도 돼?”

“놀러 가는 게 아니라니까 이 녀석들이…….”

“무슨 일이야?”

“뭐야? 아, 단장님이다!”

린과 란이 소란스럽게 난동을 피우는 바람에 여기저기 방문이 열리고 아이들이 고개를 내밀었다. 둘이 신난 표정으로 펄쩍펄쩍 뛰며 그 사실을 고하자 곧 복도 전체에 난리가 났다.

“와아아아아!”

“단장님이랑 같이 놀러 간다!”

“도시 밖으로 놀러 간대!”

“저 녀석들이 진짜.”

에반은 곧장 파티라도 벌일 것 같은 아이들의 모습을 보며 한숨을 내쉬곤, 여전히 제자리에 굳어 있던 진에게 말했다.

"나중에 한 번 더 아이들을 모아 놓고 말하겠지만…… 진, 너도 저 녀석들을 좀 진정시켜 줘. 던전에 들어가게 될 테니까 단단히 긴장하고 있으라고. 노는 건 그다음이라고 말이지."

"알겠습니다."

에반이 자신을 믿어 주고 있다. 기대하고 있다! 그 사실만으로 하늘 끝까지 날아오를 것만 같은 기분이 된 진은 그 자리에서 에반에게 경례를 올려붙이며 대답했다.

"바로 진정시키겠습니다."

"응?"

진은 굳게 고개를 끄덕이곤 난동을 피우는 아이들 틈으로 돌진했다. 그리곤 무력으로 아이들을 제압하기 시작했다.

"다들 조용! 단장님의 말씀을 곡해하지 마! ……다들 조용히 하라고 했잖아!"

"진? 어, 진 화살 쏜다!"

"꺅! 누가 재 좀 말려!"

"진 바보! 바보!"

"어…… 뭐, 효과적이니까 됐나."

설마 진이 아이들을 무력으로 진정시키려 들 줄은 몰랐던 에반은 살짝 당황했지만 끝내 말리지는 않았다.

하긴 이쯤에서 한 번 서열 정리를 할 때가 됐지, 하고 태평하게 고개를 끄덕이며 한 걸음 먼저 식당으로 향할 뿐이었다.

물론 이후 샤인과 라이한에게 엉망진창 혼났다.

❋❋❋

진은 오전에는 대개 다른 단원들과 함께 수련을 하지만, 점심을 먹고 오후가 되면 그들과는 다른 곳에서 개인 교습을 받게 되어 있었다.

약속 장소는 던전 도시 셰어든의 외곽을 둘러싸고 있는 높고 긴 외성벽. 그의 스승은 높다란 성벽 위에서 그를 기다리고 있었다.

"늦었습니다, 진."

성벽 위에 당당히 선 채, 바람에 신비로운 녹색의 머리칼을 휘날리고 있는 경장 차림의 아름다운 여성.

그녀가 바로 진의 스승이며, 동시에 에반의 스승인 전설의 연금술사 버나드 가르시아의 반려이기도 한 엘프 일로인이었다.

"죄송합니다, 벌을 받느라……."

"벌? 당신이?"

"단장님의 명령을 수행하는 과정에서 다소 과격한 수단을 사용했습니다. 하지만 후회하지 않습니다."

"아, 무슨 일인지 알겠으니 설명하지 않아도 좋습니다. 외골수를 상대하는 건 익숙하니까."

일로인은 진의 말에 그 단아한 얼굴을 순간 찌푸렸으나, 이내 픽 웃어 버리며 그에게 올라오라고 손짓했다.

"흡, 흣!"

진은 스승의 손짓을 따라 순순히 외성벽에 올랐다. 수십 미터 높이의 성벽을 점프 한 번에 오르는 것은 아직 힘들기에 벽을 몇 번 차고 오르긴 했지만 그것도 충분히 경악스러운 능력이었다.

"늦은 이유는 이해했습니다. 하지만 다음부터는 이유를 불문하고 늦으면 페널티를 주겠습니다."

"알겠습니다, 스승님. 죄송합니다."

"그럼 시작하죠. 우선 이십 바퀴."

"넵."

일로인과의 수련은 언제나 달리기로 시작된다. 그녀가 궁수의 자질로 무엇보다도 강조하는 것이 바로 달리기였기 때문이다.

"다른 이들과 같은 파티 내에 있어도 궁수는 항상 독립적으로 움직입니다. 실시간으로 변화하는 상황을 빠르게 판단하고 가장 적합한 행동을 취해, 파티를 승리로 이끄는 것. 그것이 궁수의 이상적인 역할입니다."

"넵."

"그것을 위해서는 무엇보다 중요한 것이 바로 빠르기와 은밀함입니다. 공격을 당한 몬스터조차 우리를 찾지 못하게 하는 것. 파티 멤버들이 우리의 행동에 제약을 받지 않고 움직일 수 있게 하는 것. 둘 모두 빠르기와 은밀함을 갖추어야만 가능해지는 일입니다."

"넵."

벌써 수백 번도 더 들은 말이었지만 진은 매번 성실하게 대꾸하며 그녀의 뒤를 따라 달렸다. 외성벽을 오를 때도 그랬지만 성벽 위를 빠르게 달리는 그의 모습은 도저히 열 살 꼬맹이라고는 생각할 수 없을 정도였다.

"흡, 흡, 흡……!"

"엇, 꼬맹이 오늘도 달리고 있네."

"일로인 님은 앞서가신 건가. 과연 영웅님이셔."

분명 둘이 함께 외성벽을 내달리고 있음에도 성벽 위를 순찰하는 병사들은 일로인의 모습을 인식하지 못했다.

필사적으로 일로인의 뒤를 따라 달리는 진의 모습을 보며 일로인도 함께 있으리라 추측할 뿐이었다.

"땀방울을 흘리는 일로인 님의 모습…… 보고 싶구만."

"엘프의 땀에선 향기가 난다던데."

"버나드 아재한테 죽고 싶어서 그런 말을 하나? 헙!"

그냥 넘어갈 수 없는 말이 들려와, 필사적으로 달리던 진이 순찰병들을 돌아보며 날카로운 시선을 보냈다.

그러나 분명 그들의 말을 들었을 일로인은 태연한 안색을 유지하고 있었다. 동요하기는커녕 달리던 도중 딴짓을 하는 진을 엄하게 타이를 뿐이었다.

"호흡을 무방비하게 흘려선 은밀함을 유지할 수 없습니다. 보다 냉정하게 스스로를 컨트롤하도록!"

"흡, 넵!"

"바람을 보다 적극적으로 느끼고 이용해야 합니다. 당신에게는 바람의 마력을 다룰 수 있는 자질이 있어요. 그들에게 당신을 감춰 주도록 부탁하세요. 바람과 호흡을 일치시키는 겁니다."

"넵!"

감정의 흔들림 한 점 없는 일로인의 말에 진은 자신의 마음을 다잡았다. 연기 따위가 아니라, 정말로 방금 있었던 일을 신경 쓰지 않는 것이다. 새삼 존경심이 솟구쳤다.

'이분에게 있어서 병사들이란 신경 쓸 가치도 없는 하찮은 것들이니까. 저들은 스승님께 그 어떤 영향도 끼칠 수 없으니까.'

일로인은 에반과는 다른 의미에서 진의 동경의 대상이었다. 그녀는 인간과 다른 이질적인 모습이면서도 인간들 앞에서 당당하게 행세했으며, 충분히 그래도 될 만한 힘을 손에 넣고 있는 인물이었으니까.

진에게는 그 모습이 눈부시도록 찬란하기만 했다. 언젠가 그도 일로인처럼 타인 앞에서 당당하게 굴 수 있는 날이 올까? 눈빛만으로…… 아니, 존재만으로 타인을 무릎 꿇릴 수 있는 날이 올까?

"그만. 이 정도면 됐습니다. 지구력이 더 좋아졌군요."

"헉, 허억……."

도시 외곽을 빙 둘러싸는 외성벽을 20바퀴. 일반인은 물론이고 잘 단련된 병사조차 채 한 바퀴를 버티지 못하고 나가떨어질 거리를 조금도 쉬지 않고 내달렸으나 일로인의 이마에는 땀방울 하나 맺혀 있지 않았다.

"호흡을 정돈하세요."
"후욱, 후우욱……!"

간신히 그녀를 따라잡은 진은 심장이 터질 것만 같은 고통 속에서도 어떻게든 호흡을 고르며 쓰러지지 않고 버티려 애썼다. 일로인은 그 모습을 보며 입가에 슬며시 미소를 띠었다.

"의지만은 언제나 만점입니다. 항상 그 자세를 유지할 수 있도록."
"감사, 후욱, 합니다…… 크훅, 쿨룩."

금방이라도 쓰러질 듯 위태한 모습을 보이던 진은 몇 분 만에 제 몸을 가누고 섰다. 일로인은 말없이 고개만 끄덕이곤 돌아섰다. 기본 훈련을 끝냈으니 이제 본격적인 활쏘기 훈련에 돌입할 때였다.

"스승님."

일로인이 먼저 성벽에서 뛰어내리려던 그때 진이 그녀를 불러 세웠다.

"단장님께서 조만간, 저희를 데리고 외부의 던전에 들어가시겠다고 말씀하셨습니다."

"그렇습니까. 나중에 날짜를 말해 주세요. 그 기간 동안은 버나드와 오붓하게 보낼 수 있겠군요."

"제가…… 제가 밖에 나가서도 잘할 수 있을까요?"

"흠."

일로인은 그 말에 잠시 고민하더니 이내 고개를 저었다.

"당신은 아직 어리고 약합니다. 나이에 비해서는 강하지만 그것은 어디까지나 나이에 비해 강할 뿐이죠. 세상에는 당신이 감히 손도 댈 수 없는 괴물들이 득시글거리고 있습니다. 이번에 나가는 것은 어디까지나 경험을 쌓는 것이라 생각하세요. 에반이 당신을 지켜 줄 겁니다."

"……그렇습니까."

일로인의 냉정한 말에 진은 다소 풀이 죽고 말았다. 물론 그녀가 이렇게 말할 줄은 알고 있었지만, 그래도 상처를 받지 않았다면 거짓말이었다.

"으음…… 하지만."

일로인은 진의 모습에 자신의 실수를 자각하곤 재차 입을 열었다. 물론 없는 말을 해 줄 수는 없었지만 미래의 가능성에 관해서라면…….

"당신이 지금처럼 노력한다면 머지않아 나 정도는 뛰어넘을 수 있겠지요. 에반도 그렇게 생각하고 있기에 특별히 당신을 챙기고 있는 겁니다."

"정말……?"

"예. 당신은 저보다 뛰어난 재능과 독기를 겸비하고 있으니까. 이전부터 생각했습니다만, 그런 모습은 에반을 많이 닮았지요."

"……제가, 단장님을?"

"예에, 그 외골수적인 성격까지도."

전혀 상상도 하지 못했던 말이었다. 에반은 세상의 모든 축복을 한 몸에 타고난 사람이고, 자신은 그와는 정반대에 위치해 있는데.

그런데 자신이 에반을 닮았다고? 에반이 자신을 특별히 챙기고 있다고? 솔직히 전혀 믿을 수 없었지만 상대는 거짓을 입에 담지 않는 엘프였다.

진의 가슴이 벅차올랐다.

"자, 그럼 갑시다. 강해지고 싶다면 부지런히 수행해야 합니다."

"스, 스승님!"

"또 뭡니까?"

"그렇다면…… 제가 언젠가 드래곤이 될 수도 있을까요?"

"……드래곤."

그 말을 들은 일로인의 눈동자에 순간 놀라움이 스치고 지나갔다.

"용안을 지닌 당신이 드래곤이라는 단어를 입에 담을 줄은 몰랐습니다. 놀랍군요."

"스승님은 보신 적이 있나요?"

"예. ……아니요, 살아 있는 모습은 보지 못했습니다. 드래곤의 시체라면 숲에 보관된 것을 본 적이 있습니다만."

일로인은 거기까지 말하곤 입을 다물었다. 진의 반짝반짝 빛나는 눈망울을 보며 말을 함부로 해선 안 되겠다는 생각이 든 것이다.

"전 드래곤이 되고 싶습니다!"

"어째서?"

"누구도 절 괴롭히지 못하게 될 테니까요."

"그렇군요. 당신의 생각이 그렇다면 한 가지만 말해 두겠습니다."

진이 무슨 말을 하고 싶어 하는지, 무엇을 생각하고 있는지 대충이나마 이해했다.

그렇기에 일로인은 서슴없이 이렇게 말했다.

"드래곤이 멸종한 것은, 어쩌면 그들을 괴롭힐 수 있는 이가 아무도 없었기 때문일지도 모릅니다."

"……네?"

"그다음은 혼자서 생각해 보도록. 따라오세요, 수업을 시작합니다."

"……그, 그렇지만."

진은 청천벽력 같은 그 말에 놀라 반문했으나 일로인은 이미 성벽에서 뛰어내리고 없었다.

뒤를 따르지 않으면 자신을 놓고 가 버릴 것이다. 그녀가 던진 화두에 머리를 싸매고 있을 시간조차 없었다.

'괴롭힐 수 있는 사람이 없는데 어째서……?'

진은 일로인이 던진 말에 곤혹해 하면서도 우선 일로인의 뒤를 따라 성벽에서 뛰어내렸다.

그것은 아직, 눈앞만 보고 내달리는 소년에게는 풀기 어려운 수수께끼였다.

둘이 처음 만났던 그때만큼이나 청명한 5월의 어느 금요일 오후.

에반의 전속 시녀이자 던전 기사단의 예비 멤버이기도 한 벨루아와 피닉스 길드의 1군 마도사 엘로아 폰 시르페는 항상 만나던 카페에서 마주 보고 있었다.

"벨루아, 손에 들고 있는 건 뭐지?"

"쿠키입니다. 최근 제과 기술을 연습하고 있어 종종 남곤 합니다. 싫어하지 않으신다면 부디."

"음…… 고맙게 받지."

벨루아가 건넨 자그마한 봉투를 받아 든 엘로아는 그 안으로 조심스레 손을 뻗어 작은 쿠키를 하나 집어 들었다.

그것을 입에 던져 넣어 깨문 순간 바삭하게 부스러지며 과하지 않은 단맛이 입안으로 퍼졌다. 두 번, 세 번 씹을 때마다 한층 고소하고 부드럽게 느껴지는, 시중의 과자점에서는 맛보기 힘든 고급스러운 맛이었다.

"……무척 맛있어. 하지만 넌 마도 수련만 하기에도 시간이 부족할 텐데 요리까지 직접 하는 건가?"

"예, 에반 도련님을 모든 방면에서 서포트하기 위해선 마법 능력만으로는 부족하니까."

둘이 마도 지식을 교류하는 자리를 갖기 시작한 지도 만으로 1년이 훌쩍 넘었다. 지금까지도 특별한 일이 없는 한 매주 한 번씩 서로 2시간가량 여유를 내어 만나고 있었다.

처음 만날 때만 해도 마법 얘기 외에는 일절 대화를 섞지 않았던 둘이었으나, 세월이 지나다 보니 어느 정도 부드러운 관계로까지 발전했다. 서로 닮은 만큼 친밀감을 느끼고 있으니 당연한 일이라고 볼 수도 있었다.

"모든 방면에서 서포트라니……."

"예. 그래 봤자 가사를 보조하고 개인적인 시중을 드는 정도입니다만."

"네가 직접 말이지."

엘로아 역시 고향에서는 상당히 신분이 높은 귀족이었기에 시중을 받는 것은 익숙했다. 다만 그런 그녀도 벨루아의 말에는 저항감을 느꼈다.

그녀는 자신보다도 뛰어난 재능을 지닌 마도사인 만큼 다른 누구의 시중을 들 입장이 아니라 여겼기 때문이다.

"너는…… 아니, 시중을 든다면 예를 들어?"

하지만 그 마음을 직접 입 밖에 내지는 않았다. 에반과 벨루아가 어떤 관계인지, 겉으로 드러나는 것만 가지고 따질 수는 없었으니까.

그게 주제넘은 참견이라는 것 정도는 엘로아도 알고 있었다.

"예, 세안과 환복을 도와드릴 때가 가장 많습니다만 그 외에도 귀를 파 드리거나 무릎베개를 하거나 목욕을 도와드리거나 자장가를 불러 드리거나…… 장래에는 밤 시중까지도."

"그것은 시녀의 일이 아닌 것 같은데!"

그러나 이어지는 벨루아의 말에 주제넘다는 것을 알면서도 그만 태클을 걸어 버리고 말았다!

"설마 에반 공자가 네게 그것을 요구하는 건가? 제아무리 귀족과 시녀의 관계라고 해도 지나쳐! 직접 너를 기사로 임명할 정도로 네 능력을 인정하고 있다면 그에 마땅한 대우를 해 주어야……!"

"그럴 리가. 도련님은 타인에게 기대는 것에 익숙하지 않으십니다. 제게 스스럼없이 몸을 맡기시게 된 지도 얼마 되지 않았습니다."

"……."

벨루아는 단호한 말투로 엘로아의 억측을 잘라 냈으나, 그 말을 듣는 엘로아의 눈은 더더욱 가늘어졌다.

현명한 그녀는 이 시점에서 벨루아가 말하고자 하는 바를 눈치채고 말았다. 단순한 주종 관계가 아닌, 남녀의 감정이 관여되어 있음을 파악한 것이다.

"그 말은 즉 모두 네가 원해서 하는 일이라는 건가. 일부러 에반 공자를 어리광쟁이로 개조하고 있다고?"

"개조라는 말에는 어폐가 있습니다. 전 그분의 어깨에 얹힌 짐을 조금이나마 나누어 지고 싶을 뿐입니다."

"그런 말을 핑계로 그와의 접촉을 만끽하고 있는 거지."

"……예. 솔직히 말하자면 그렇습니다."

"……!?"

단언했다! 얼굴 표정 하나 변하지 않고 자신의 욕망을 인정한 것이다!

엘로아는 어처구니가 없어 한숨을 쉬었다. 얼음마녀라 불리는 그녀에게서 이런 표정을 끌어낸 이는 단언컨대 벨루아가 최초이리라.

"걱정해서 괜히 손해를 봤다. 눈치 없는 짓을 할 뻔했어."

"당신에게 그 정도 눈치도 없었다면 솔직하게 털어놓지 않았을 겁니다."

벨루아는 찻잔을 들어 차를 한 모금 삼키고는, 후우, 작게 한숨을 내쉬었다.

"궁극적으로는 도련님께서 제가 없으면 한 발짝도 움직이지 않을 정도가 되면 좋겠습니다만……."

그리고 도저히 흘려 넘길 수 없는 무서운 말을 아무렇지도 않게 내뱉었다.

"그건 사랑도 뭣도 아닌 구속일 뿐이야. 너의 에반 공자를 향한 사랑은 알겠지만 그를 위해서라도 자제해."
"예, 그래서 힘껏 인내하고 있습니다."

여전히 얼음장 같은 표정을 유지하고 있는 주제에 잘도 그런 무서운 말을. 엘로아는 몸을 미약하게 떨다 말고…… 문득 고개를 갸웃했다.

"그런 개인적 감정을 왜 내게 말해 준 거지? 감추려면 얼마든지 감출 수 있었을 것을."
"당신에게 이 정도 얘기는 해도 될 것 같아서. ……그리고 던전 기사단 밖에 믿을 수 있는 아군을 한 명 정도는 만들어 두고 싶었습니다."
"……흐음."

요소요소가 부족한 설명이었지만 두 사람의 성격이 워낙 맞다 보니 그것만으로도 말에 담긴 뜻을 이해하기에는 충분하다.

엘로아는 쿠키를 먹으면서도 절제된 동작을 유지하며 차가운 아름다움을 자아내는 벨루아의 모습을 바라보며 머릿속으로 생각을 정리했다.

'1년간의 만남으로 그녀와 나는 신뢰 관계를 구축하는 데 성공했다. 굳이 말할 필요도 없었던 연애 감정을 먼저 얘기해 주었다는 것이 우리의 관계성을 단적으로 증명한다. 거기서 나아가 아군이라는 표현을 구사했는데, 이것은 내게 유무형의 지원을 요청한다는 뜻. 즉 우리가 서로 대가 없는 지원을 요청할 수 있는 사이임을 공언하는 것으로…….'

그렇다. 마도사답게 쓸데없이 뱅뱅 꼬는 방식이긴 했지만, 요컨대 벨루아는 지금 엘로아에게 '우리 친구할래요?'라는 질문을 돌려 말한 것이다!

엘로아의 뺨이 미약한 분홍빛으로 물들었다. 드디어 완벽히 파악했다. 이제 고작 만으로 12살이 될까 말까 한 어린 계집애가 이렇게 복잡한 수단을 구사해 오다니, 앙큼한 것!

하지만 벨루아는 단순한 12살이라 보기에는 지나치게 큰 능력의 소유자이며, 1년간 지켜본 결과 자신과 어울리기에 가히 부족함이 없었다. 그렇다면 친구가 되어 주지 못할 것도 없지 않겠는가.

그녀는 큼큼, 목을 가다듬고는 벨루아의 그것만큼이나 냉정한 목소리로 이렇게 말했다.

"뭐, 날 믿어 준다면 그만큼은 보답할 생각이다만?"

사실 타고난 성격 탓에 벨루아보다도 친구가 없는 엘로아에게는 이 정도 대답이 한계였다.

"그렇습니까."

"그래, 내게 가능한 일이 뭐가 있을지는 모르겠지만 아군이 되어 주도록 하지. 특히 너와 같은 우수한 마도사라면 마도국 차원에서 신분을 원조해 줄 수 있을지도 모른다."

"믿음직하군요. 고맙습니다."

"흠. 흐음."

그렇게 해서 두 사람은 친구가 되었다.

멀리서 지켜보던 사람들의 눈에는 그저 냉정한 표정을 유지하고 있는 아리따운 아가씨들이 담담히 차를 마시며 담소를 나누는 것으로 보일 뿐이었지만, 가까이 다가올 용기만 있었더라면 둘의 볼에 미약한 온기가 떠올라 있음을 알 수 있으리라.

"그…… 그럼 이제 토론을 시작할까."

"예, 오늘도 잘 부탁드립니다."

두 사람은 조금 전 나눴던 대화의 여파로 서로 조금씩 부끄러워하면서도 어찌어찌 평소 하던 것처럼 토론을 시작했다. 여전히 볼은 다소 붉은 채였지만, 둘은 애써 그 부분을 무시했다.

❋❋❋

"어머, 벨루아."

"아리샤 아가씨……?"

엘로아와의 토론을 마치고 기사단 본부로 돌아오는 길, 벨루아는 길 한복판에서 아리샤와 마주치곤 고개를 갸웃했다.

그녀에게도 자유가 있으니 밖에서 만난 것 자체는 이상할 일이 없다. 다만 그녀와 함께 있는 이들의 조합이 다소 신기했다. 일로인과 진, 궁수 사제였던 것이다.

"일로인 님, 항상 신세 지고 있습니다."

"아니, 저야말로. 그럼 전 먼저 들어가 보겠습니다. 다들 수고했어요."

버나드와 만나고 싶어 안달이 난 일로인은 인사만 마치고 후다닥 본부 건물 내부로 들어가 버렸다. 진도 조금 망설이는 듯싶더니 스승을 따라 건물 안으로 들어갔다.

저 둘이 같이 다니는 것이야 전혀 이상할 일이 없었지만…… 벨루아는 혼자 남은 아리샤에게로 시선을 돌리며 재차 고개를 갸웃했다.

"아가씨께서도 궁술을?"

"아니, 내가 배우는 것은 바람 쪽이야. 내 쪽에서 부탁해서 동행하고 있어."

"……아리샤 아가씨께서 먼저, 말씀이십니까."

벨루아의 눈으로 본 아리샤는 에고의 덩어리와도 같았는데, 그런 그녀가 남에게 먼저 고개를 숙이다니. 벨루아의 그런 생각을 읽어 내기라도 했는지 아리샤가 조금 불편한 표정을 지었다.

"그런 눈으로 보지 말아 줄래? 나도 에반과 만나고 많이 바뀌었단 말이야."

"그런 말씀을 스스로 하실 정도이니, 물론 그렇겠습니다만……."

아리샤는 원래 던전 기사단 내부에서도 독특한 위치를 고수하고 있었다. 에반이 모집한 신인족이 아니라 외부에서 자원해 들어온 최초의 인물이기도 하고, 타국의 귀족 신분인 만큼 선불리 다가가기 힘든 인상이 있었다.

무엇보다도 그녀 스스로가 에반 이외의 사람들과는 적극적으로 엮이려 들지 않았다. 에반과 항상 함께하는 샤인, 벨루아와는 나름의 관계를 구축했다고 볼 수 있겠지만 그 정도였던 것이다.

아이들에게 문학과 교양을 가르치는 교사 역할이라도 맡고 있어 다행이지, 그렇지 않았더라면 완전히 기사단 내부에서 겉도는 존재가 되었으리라.

'그런데 그런 아리샤 아가씨가 이제 와서 바람의 마도를 수련하고 싶다며 타인에게 고개를 숙이다니…….'

"벨루아, 잠시 밖에서 얘기라도 하고 들어갈까?"

벨루아의 상념이 이어지려던 찰나 적절한 타이밍에 들어온 아리샤의 말에, 그녀는 생각을 멈추고 물끄러미 아리샤를 바라보았다. 묘하게도 그리 나쁘지만은 않은 기분이었다.

"오늘은 그런 날인가 보군요."

"응?"

"아뇨, 아무것도 아닙니다. ……동행하겠습니다."

둘은 잠시 함께 걸었다. 찬란한 백금발을 지닌 소녀와 흑단처럼 윤기가 도는 흑발의 소녀가 나란히 서 있는 것만으로 사람들의 시선을 끌었지만, 벨루아가 가볍게 손을 튕기자 사방에서 날아들던 시선도 이내 흩어졌다. 인식 저해 마법이었다.

"마녀의 마도?"

"예, 이치가 일반적인 마도와는 조금 다릅니다."

"그래, 눈으로 보고 있으면서도 이해하기가 힘들었어. ……역시 너도 주역이구나."

"주역?"

"그래."

아리샤는 거리를 걷는 사람들에게 무심한 시선을 던지며 담담하게 말했다.

"나는 이전부터 세상을 연극으로 보고, 그 안에서 살아가는 인간들에게 내 멋대로 배역을 선정해 왔거든. 특출 난 것이 없으면 조역, 신분이 높고 많은 사람의 기대를 받으며 그에 부응하는 이는 주역."

"무척 오만한 시선이라고는 생각합니다만…… 어느 정도 알 것도 같습니다. 그렇다면 그 연극의 주인공은 필시 에반 도련님이겠군요."

"에반 본인은 한사코 부정하겠지만 말이야."

둘은 동시에 작게 웃음을 터트렸다. 견원지간인 둘이지만 에반에 대한 얘기를 할 때만은 입꼬리가 느슨해지는 것은 어쩔 수가 없었다.

아리샤는 입가에 작은 미소를 매단 채 말을 이었다.

"이전의 나는 조금 더 따분했어. 주인공과 만나기 전까지는 새장에 갇혀 있는 조역에 불과했으니까."

"새장이라 하심은?"

"듣고 비웃어도 좋아. 아까 말했지? 세상을 연극으로 보고 있었다고. 난 태어나기 전부터 내 삶이 결정되어 있는 것이나 마찬가지라고 생각했었거든. 내가 무엇을 하든 달라질 게 없으니, 매사에 의욕이 나지 않았던 것도 당연하잖아."

드높은 권력과 막대한 재산이, 흘러넘치는 재능과 찬란한 외모가 있다.

그러나 너무 많은 것을 타고나면 때로 그것이 스스로를 속박하는 족쇄가 되기도 한다는 사실을, 현명한 아리샤는 어려서부터 익히 알고 있었다.

"하지만 에반을 만나고…… 내가 틀렸다는 것을 깨달았어. 난 내 역할이라는 기존의 틀에 너무 고정되어 있었던 거야. 벗어날 생각도 안 해 본 주제에 투덜거리기만 하고 있었던 거지."

"도련님은 외도이시니까요."

"에반은 말이지, 정말 재밌어. 이미 뭐든지 할 수 있을 것 같은데도 꾸준히 노력하잖아. 아니, 노력이라고 간단히 말해 버리는 것도 미안할 정도로 매사에 최선을 다해 치열하게 살아가. 항상 내가 상상도 못 했던 것을 발견해 내고 매진해. 그걸 보고 있으면 배역이니 뭐니 운운하며 하루하루 그저 살아갈 뿐이었던 과거의 내가 한심하게 느껴져."

"정말 그렇군요."

"……."

망설임의 여지도 없는 단언! 아리샤가 벨루아를 죽어라 노려보았지만 벨루아는 가볍게 그 시선을 흘려 넘길 뿐이었다. 그녀는 기본적으로 에반이 아닌 다른 사람에게는 몰인정한 것이다!

"……하지만 이젠 그렇지 않다는 거겠죠."

그런 그녀에게도 한 줌의 자비는 남아 있는 모양이었다. 툭 내던진 벨루아의 말에 아리샤는 이를 갈면서도 순순히 대꾸했다.

"그래, 에반을 계속 곁에서 관찰하려면, 최소한 그의 곁에 설 수 있을 만큼은 강해야 할 테니까. ……단지 에반이 알려준 길을 따라가는 것뿐만이 아니라, 에반이 그러는 것처럼 나도 최선을 다해 발버둥 쳐 보고 싶어졌어. 그뿐이야."

에반은 누구도 가지 못했던 길을 당당히 걷고 있다. 그와 함께하고 싶다면 최소한의 자격 증명을 해야 한다!

아리샤의 굳건한 결의에 벨루아는 작게 고개를 끄덕이며 말했다.

"하긴 이대로라면 저와 샤인에게도 한참 뒤처지실 테니까요."

"……너 나 엄청 싫어하지?"

"예."

벨루아는 재차 단언했다. 그러나 그 말에 아리샤가 욱해서 한마디 하려는 순간 그녀와 벨루아의 눈이 마주쳤다.

벨루아의 홍안은 그녀를 그저 고요히 바라보고 있었다. 이내 벨루아의 입술이 열리고, 자연스레 이런 말이 흘러나왔다.

"제 소중한 도련님을 빼앗아 갈지도 모르는 강적인데 좋아할 수 있을 리가요."

"……응?"

"그럼 먼저 들어가 보겠습니다."

"벨루아?"

벨루아는 아리샤의 부름에 답하지 않고 뒤돌아 떠나갔다.

거리에 혼자 남겨진 아리샤는 지나가는 행인들의 시선이 자신에게로 꽂히는 것을 느끼고서야 벨루아의 인식 저해 마법이 풀렸음을 깨달았다.

"크윽……."

부끄러움은 한발 늦게 찾아왔다. 아리샤는 양손으로 제 얼굴을 덮고 다급히 인파를 피해 숨었다.

달아오른 뺨이 식을 줄을 모르고 화끈거린다. 머릿속으로는 벨루아가 남긴 말이 메아리치듯 반복적으로 울려 퍼지고 있었다.

"저 망할 꼬맹이가 진짜……!"

나이는 내가 두 살이나 더 많은데, 왜 이렇게 압도적으로 밀리는 기분이 드는 건지! 그녀는 너무 분해 이를 악물고 발을 굴렀다.

내심 기쁜 마음이 드는 것은 착각일 뿐이라고, 마음속으로 끊임없이 되뇌며.

❋❋❋

에반의 나이 14세가 된 해의 여름은 유독 더웠다. 물론 레벨이 오르면 어느 정도 더위와 추위에 저항할 수 있게 되지만, 거기에도 한도란 게 있는 법이었다.

마신이 세상에 저주라도 건 것처럼 푹푹 찌는 더위였지만 아마 그렇지는 않을 것이다. 저주라면 에반의 저주 내성으로 막아 낼 수 있었을 테니까!

"에반 오빠, 나 너무 더워."

"아이스 슬라임이 바로 옆에 있는데 뭐가 더워?"

"하지만 본격적으로 냉기를 뿜어내면 데미지가 들어오는 걸. 정도 조절이 힘들단 말이야."

얼마나 더웠으면 평소 그렇게나 아끼던 루비—엘리트 파이어 슬라임—도 내던지고 루시—엘리트 아이스 슬라임—만을 끌어안은 채 소파 위를 구르는 세레이나. 루디—엘리트 라이트닝 슬라임—가 루비를 달래 주고 있었다.

현재 그들은 던전 기사단 본부의 1층 로비에 있었다. 에반은 소파에 걸터앉아 언제나처럼 양손으로 슬라임을 터트리고 있었고, 세레이나는 소파 위에 드러누운 채 발끝으로 장난스레 에반의 무릎을 쿡쿡 찌르고 있었다.

"오빠, 나 벗어도 돼?"

"변태 같은 소리 하지 마라."

"딱 한 장만 벗을게. 응?"

"한 장이라니, 너……."

참고로 지금 그녀는 분홍색의 민소매 원피스 차림이었다. 그 이상 벗으면 속옷 차림이 된다는 얘기다.

"그걸 보고 공연음란죄라고 하는 거야. 그렇게 더우면 네 방 가서 혼자 벗고 있어."
"알았어, 그럼 같이 가자."
"당연하다는 듯이 나를 끌고 가려 하지 말아 줄래?"

자신의 팔을 잡아당기는 세레이나의 모습에 에반이 어처구니가 없어 반문하자, 세레이나는 오히려 그런 에반을 이해하지 못하겠다는 듯이 고개를 갸웃했다.

"아이 참, 에반 오빠도 없는데 내가 벗을 리가 없잖아."
"이상하다, 아깐 분명히 더워서 벗는 거라고 하지 않았던가?"
"칫, 이럴 땐 속아 넘어간 척하면서 순순히 따라와야 되는 거 아냐? 아얏."

에반은 말도 안 되는 헛소리를 지껄이는 세레이나의 이마에 꿀밤을 먹이며 한숨을 내쉬었다.
직진밖에 모르는 이 아가씨의 어프로치는 나날이 대담해져 가고 있다. 지금이야 아직 어린아이 취급 하며 넘길 수 있지만 앞으로 몇 년만 더 지나면 에반의 이성도 위험해지리라.

……아니, 실은 지금도 상당히 위험하다. 세레이나의 접근이 마냥 싫지만도 않은 부분이 특히 위험했다. 아마도 이런 우유부단한 성격 탓에 과거 에반은 그렇게나 많은 여자한테 찔리고 다녔던 것이겠지!

'내가 에반으로서 타고난 본성을 가라앉히려고 그렇게나 수련을 거듭해 왔건만……!'

에반은 성대한 한숨을 쉬며 소파에 늘어졌다. 물론 본성은 쉽게 뜯어고칠 수 있는 것이 아니라는 것 정도는 그도 잘 알고 있었다.

여태껏 해 온 불로장생 프로젝트 중에도 신체 능력을 단련하는 부분은 수월히 진행해 왔지만 그 외의 부분은 영 꽝인 것만 봐도 명백했다.

'우리 레이가 빠른 시일 내에 좋은 남자를 만날 수 있기를…….'

에반이 세레이나를 떨쳐 낼 수 없다면 남는 것은 세레이나가 그에게서 떠나가는 방법뿐. 에반은 양손을 모으고 얌전히 기도했다.

그러나 그의 속내를 읽기라도 한 것일까, 정확히 그 타이밍에 세레이나가 그에게로 찰싹 달라붙으며 겸연쩍게 웃었다.

"미안해, 오빠. 장난 안 칠 테니까 나 버리면 안 돼."

"……버리긴 누가 버려? 더우니까 떨어지기나 해."

"흐히, 오빠 너무 좋아."

"그래그래."

결국 세레이나는 에반에게서 조금도 떨어지지 않았다. 덥다는 건 전부 거짓말인 모양이었다.

에반은 자신의 가슴팍에 고양이처럼 머리를 들이밀고 비비적거리는 세레이나를 쓰다듬어 주며 쓴웃음을 짓고 말았다.

"도련님, 다녀왔습니다."

"어서 와."

그렇게 얼마나 더 로비에서 세레이나와 꽁냥거리고 있었을까, 정문이 열리고 벨루아가 들어왔다.

"잠시 실례하겠습니다, 전하."

"아얏, 너무해!"

그녀는 소파 위에서 에반에게 찰싹 달라붙어 있는 세레이나를 발견하자마자 큰 걸음으로 다가와 둘 사이를 갈라놓았다.

그 과감하고 망설임 없는 제재에 에반이 감탄하고 있자니, 벨루아가 그에게 자신이 들고 있던 서류를 공손히 내밀었다. 후작의 인장이 찍혀 있는 서류였다.

"허가증이 나왔습니다, 도련님."
"……후, 드디어."

그것은 에반과 던전 기사단 멤버의 원정을 허가해 주는 증서였다. 물론 아직 정식으로 설립되지도 않은 단체이지만 혹시나 말이 나올 것을 우려하여 미리 손을 써 둔 것이다.

"레오나인 공작령과도 얘기가 끝났다고 합니다. 레오나인 공작 각하께서 메나톤에의 직접 출입을 허가하셨습니다."
"뭐, 당연하지."

에반은 증서를 대충 훑은 후 품에 쑤셔 넣었다. 쉴 틈도 없이 바쁜 그가 로비에서 세레이나와 같이 멍때리고 있던 것도 전부 이것을 기다리고 있었기 때문!
그리고 이제 길고 긴 기다림도 끝났다. 에반은 제자리에서 벌떡 일어서며 외쳤다.

"던전 기사단 전원 집합! 원정이다!"

❁❁❁

에반의 이번 원정은 많은 목적을 겸하고 있었다.

첫째로는 그동안 셰어든 던전만을 경험했던 던전 기사단 멤버들에게 실크라인 서부의 던전을 경험시켜 주는 것.

이번 여름이 시작되기 직전에 린과 란을 포함한 전원을 이끌고 셰어든 던전 25층까지 —에반, 샤인, 벨루아, 라이한, 아리샤, 세레이나는 35층까지— 돌파한 만큼, 그들의 어린 나이를 감안해도 외부 던전에 도전할 기량은 충분하다고 볼 수 있었다.

둘째로는 실크라인 서부에 잠들어 있다고 전해지는 엘릭시르의 재료, 사악한 기원과 순결의 풀을 얻는 것.

설마하니 다른 누군가가 먼저 그것을 찾아내리라는 생각은 들지 않지만 그래도 회수가 가능할 때 해 놓는 편이 좋을 것이다.

셋째는 마녀 탐색. 요마대전 5(임시)의 실마리를 쥐고 있는 종족인 만큼 그 중요도는 무척 높다. 사실 아나스타샤의 존재만으로 서부에 마녀가 살고 있으리라 여기는 것은 조금 안이한 판단일 수 있지만, 이건 나름 소거법에 의한 판단이었다.

'다른 지역은 대부분 이전 시리즈에서 지나치리만큼 충분히 주목을 받았단 말이지.'

요마대전 4가 되면 비로소 실크라인 서부의 세력이 등장하지만, 그들과 대적하면 할수록 실크라인 서부에 아직 많은 비밀이 감추어져 있다는 식의 떡밥이 계속 던져졌기에 오히려 가능성이 더 높다고 볼 수 있었다.

'뭐, 정 여기에 없으면 그땐 다른 곳을 뒤져 보면 되지. 베이페카라든가.'

세 개의 던전 도시 중 하나인 메르딘 역시 베이페카에 위치하고 있다. 실크라인 서부에 마녀가 없으면 무조건 베이페카에서 찾아낼 수 있으리라 에반은 확신하고 있었다.

하지만 게임의 메인 콘텐츠는 대개 실크라인에 집중되는 요마대전 시리즈의 특징으로 보아 십중팔구는 실크라인 서부일 것이다.

'하지만 실은 그보다도 네 번째 목적이 더욱 중요하지. 데빌 룬!'

그렇다. 에반의 개인적 욕망이 줄줄 흘러넘치는 마지막 목적, 바로 데빌 룬 탐색! 지금 에반은 마녀는 못 찾아도 데빌 룬만은 기필코 찾아내고야 말겠다는 의지로 가득했다.

"도련님, 또 마기를 조종하고 계신 겁니까?"

레오나인 공작령에 속한 작은 영지, 메나톤으로 향하는 마차 내부. 에반의 시선이 자신의 부츠로 향하는 것을 본 샤인의 질문에 에반이 고개를 끄덕였다.

"응, 장기간 수련의 결과로 어찌어찌 마기를 내 뜻대로 변형하는 데까지는 성공했는데 거기서부터 데빌 룬으로 갈 수가 없네."

"무슨 당연한 소리를 하고 계십니까. 이전엔 룬도 만들어 낼 수 없다고 울고 계셨으면서."

"울진 않았어, 인마."

마신의 부츠에 담긴 마기를 데빌 룬으로 개조하여 다룰 수 없을까, 하는 말도 안 되는 발상에서 시작된 에반의 마기 조종 훈련은 그의 저주 내성과 마기 내성 스킬에 힘입어 어찌어찌 진보하고 있었다.

이젠 부츠 안에 담긴 마기를 눈에 보이도록 조종해 물음표나 느낌표 따위의 형태로 조작할 수도 있을 정도! 하지만 그뿐, 힘을 풀어 버리면 마기는 원래의 형태로 돌아갔고, 에반의 스테이터스를 억누르는 저주도 여전했다.

"하지만 마기를 자유자재로 조종하는 것도 굉장한 능력입니다, 도련님. 만약 데빌 룬을 부츠에 깃들일 수만 있다면……."

"반드시 그렇게 만들어야지."

에반은 벨루아의 말에 굳게 고개를 끄덕이며 자신의 부츠를 매만졌다.

사실 지금도 부츠에는 데빌 룬의 일부가 깃들어 있었는데, 그것은 바로 이전 데빌 룬 오크의 피를 흡수하는 과정에서 데빌 룬의 흔적을 빨아들인 시미터에서 다시 부츠로 옮겨 낸 것이었다.

당연히 유의미한 능력은 갖지 못했지만, 에반이 마기를 움직일 때마다 그 데빌 룬의 흔적이 꿈틀거리며 반응하는 것은 확인할 수 있었다. 즉 에반의 실험이 옳은 방향으로 가고 있다는 더할 나위 없는 증거인 것이다!

'데빌 룬의 흔적을 부츠에 가둘 수 있다는 게 밝혀진 이상, 완전한 데빌 룬을 부츠에 깃들인다면 마기로 얼마든지 활성화시킬 수 있게 될 거야. 데빌 룬을 많이 모은다면 거기서 나아가 새로운 룬을 만들어 낼 수 있을지도 모르지……!'

희귀한 재료 수집부터 합성까지, 실로 생산직의 의욕을 불타오르게 만드는 과제가 아닌가!

당연하지만 기존의 요마대전 시리즈 내에는 없었던 기능에 에반은 무척 흥분하고 있었다. 고인물은 언제나 새로운 것을 갈구하는 법이니까!

물론 고인물들은 언제나 게임이 업데이트된 지 하루 만에 뉴 콘텐츠를 올 클리어 하고 다시 '아, 이번도 없뎃이네. 개노잼!' 따위의 말을 하게 마련이지만 지금은 달랐다.

데빌 룬은 하루 이틀 매달리는 정도로는 클리어할 수 없는 미지의 콘텐츠. 지금 에반은 데빌 룬에 푹 빠져 있었다!

"빨리 데빌 룬 오크 같은 놈이 나타나 줬으면 좋겠는데. 아니, 오우거라도 좋겠어. 한 번에 서른 마리 정도……."

"그거 막다가 제가 죽습니다, 공자님!"

"전 라이한 형의 방어력을 믿어요."

"……역시 방패수를 한 명 더 키워야 될 것 같은데 말입니다."

파티 단위로 움직일 때라면 몰라도 열 명도 넘는 던전 기사단이 통째로 움직이는데 방패를 드는 사람은 자신뿐이라니, 부담이 가는 것도 정도가 있다. 주로 라이한 자신의 몸에!

"그게, 인재 명부를 뒤져 보면 적당한 후보가 없는 건 아닌데 영 찾아낼 수가 없단 말이죠. 라이한 형이랑 만났던 왕도의 펍에나 다시 가 볼까."

"에이미의 발길질 말입니까. 거기 고기 정말 맛있었죠."

"거기 또 가는 거야? 그럼 나도 같이 갈래!"

"뭐야, 나만 빼놓고 추억 회상하는 것 기분 나쁜데……? 다음엔 나도 끼워서 가."

인재를 모집한다면 역시 요마대전 시리즈 전통의 펍 '에이미의 발길질'! 일행의 반응도 썩 나쁘지 않았다. 그러나 그곳에서 에반과 처음 만나 주정을 부렸던 전적이 있는 라이한은 영 떨떠름한 표정이었다.

"제가 말하려던 것은 모집이 아닌 육성입니다, 공자님. 실제로 지금 기사단 멤버의 적성은 근접전에 치중되어 있지 않습니까. 근접 무기의 적성을 지닌 이들은 대개 방패 적성도 조금씩은 갖고 있게 마련입니다. 그러니 디토나 멜슨 중 한 명에게 방패술을 가르쳐 놓는 것도 나쁘지 않을 것 같아서……."

"그냥 형이 에이미의 발길질에 가고 싶지 않은 게 아니라?"

"그, 그것도 있습니다."

아, 정말 너무 귀엽다! 거짓말을 못하는 라이한의 바보처럼 솔직한 점이 에반은 참 마음에 들었다. 그는 히죽히죽 웃으며 물었다.

"그러고 보니 세르피나 누나랑은 어디까지 갔어요? 원래 올여름에 둘이 바다 가기로 했었다면서. 이번 원정 때문에 취소됐다고 누나가 나한테 엄청 뭐라 그러던데."

"왜 갑자기 그걸 물어보십니까!? 그, 그리고 둘이 아니라 셋이었습니다."

"허어, 셋이구나. 형도 조만간 복대가 필요해지겠네요. 제가 오르타한테 잘 말해 놓을게요."

"그냥 놀러 가는 겁니다, 그냥! 남녀 관계가 아닙니다, 두 분한테도 확실하게 말해 놨습니다!"

"아, 그야 지금은 그렇겠죠. 하지만 작열하는 태양 아래 뜨거운 모래사장에서 남녀가 섞여 놀다가, 저녁놀이 질 때쯤 한 잔, 두 잔 술을 걸치다 보면 슬쩍슬쩍 손도 겹치고 그러다 몸도……."

"아닙니다!"

징그럽게 웃으며 라이한을 놀려 대는 에반. 언젠가 저 말이 부메랑이 되어 에반에게 돌아올 것이라 샤인은 확신했지만, 그 부메랑이 자신에게도 날아올 수 있으므로 직접 지적하는 것만은 참기로 했다.

"나도 에반 오빠랑 바다 가고 싶은데."

"바다라면 내 고향으로 가면 되잖아. 특별히 대접할게."

"펠라티는 바닷가에 있어?"

"던전조차 바다 배경인데 몰랐어?"

"갈래!"

그렇게 화제를 바꾸어 가며 신나게 떠들던 중, 에반의 설계에 따라 자동 운행을 하고 있던 마차가 천천히 속도를 줄이더니 이내 정지했다. 차양을 걷고 밖을 확인한 에반이 씩 웃으며 말했다.

“첫 번째 던전 도착. 다들 전투 준비해.”

이 세상에는 무수히 많은 던전이 있다. 요마대전을 게임으로 즐길 때만 해도 대다수의 던전은 스토리를 진행함에 따라 차례대로 공개되고, 주인공은 던전의 난이도에 맞추어 준비를 한 후 순서대로 던전에 도전하면 되었다.

더욱이 DLC 발매, 차기작 발매 등으로 세계관이 확장될 때마다 새로이 공개되는 던전도 늘어나, 메인 캐릭터와 파티의 전투 성향에 맞추어 초보부터 고수에 이르기까지의 루트를 몇 개씩이나 구성할 수 있었다.

“그런데 그렇게 당연하게 공개됐었던 던전들이 이 세상에선 여전히 비밀리에 감춰져 있는 상태란 말이지…….”

“역시 도련님의 미래시에 한계란 없군요.”

“그래그래, 전부 예지하고 있었어.”

현재 에반 일행이 들어와 있는 던전은 요마대전 3의 DLC로 추가된 실크라인 서부 던전 ‘몰레인’으로, 존재 레벨 50, 혹은 던전 레벨 20 정도만 되어도 충분히 잡을 수 있는 두더지 몬스터 ‘다크 몰’들이 출몰하는 곳이었다.

당연하지만 미발견 던전으로, 입장 인원 8명 제한이 있는 셰어든 던전과는 달리 딱히 입장에 제한이 있지는 않았다. 신의 은총으로 관리되고 있는 초대형 던전도 아니니 당연한 일이었다.

[키익! 키히이익!]

"다들 물러서지 마! 대열 유지, 침착하게 대응해!"

"단장님이 우릴 지켜보고 계셔!"

[키히이이이이!]

던전의 벽과 바닥, 심지어는 천장을 자유롭게 드나들며 기습을 가해 오는 습성을 지닌 두더지 몬스터는 필드에서라면 몰라도 던전에서는 제법 상대하기 까다로운 적.

던전 기사단 멤버들을 셰어든 던전 밖의 환경에 적응시키려면 이 정도 난이도가 적절했다.

"라이한 형은 위험할 때만 나서요."

"알고 있습니다."

세레이나의 노골적인 표현에 따르자면 '1군'에 해당되는 에반, 샤인, 벨루아, 라이한, 아리샤 그리고 세레이나는 이곳에서는 직접 전투에 나서지 않는다. 아무리 다크 몰이 상대하기 힘든 적이라고 해도 그들 정예의 적은 아니었으니까.

……아니, 실은 정예를 제외한 나머지 아이들에게도 다크

몰 정도는 적수가 되질 않았다.

“3시 방향 네 마리! 일곱 시 방향에서 오는 놈들은 내가 맡을게!”

“알았어, 멜팅 어스!”

[키이이익!]

“폴 나이스!”

“역시 폴이야!”

“폴이 최고야!”

“내, 내 이름 연호하지 말고 빨리 잡기나 해!”

[키히아아아!]

마법사 폴, 전위 마리, 에나, 디토, 도적 멜슨, 사제 린, 성기사 란, 저격수 진. 여덟 명의 밸런스는 발군이었다.

솔직히 조금 더 헤매길 바랐는데, 전위에서는 마리가, 후위에서는 진이 각각 예리한 감각을 뽐내며 적의 급습을 저지해, 일단 밖으로 끌어낸 적을 팀원들이 수월히 상대하게끔 하고 있었다.

대지 마법을 다루는 폴이 적의 움직임을 늦추거나 날아드는 공격을 막는 데에 집중하고, 전위의 무지막지한 공격력으로 상황을 정리. 간혹 다치는 녀석이 나와도 린과 란이 회복시킨다. 아직 어린 나이이지만 공신의 사제 아리아에게 단련된 실력은 확실했다.

"하지만…… 확실히 여기서 디토한테 방패를 들게 하면 파티가 완벽해질 것 같기도 한데."

"그런데 오빠, 진은 원래 1군으로 올리려고 하지 않았어? 방패직을 새로 영입해서 2군에 넣으면 되잖아."

"으음……."

확실히, 다른 아이들의 능력도 대단하지만 그중에서도 진은 월등한 실력을 뽐내고 있었다.

여기서 잊지 말아야 할 점은 바로 진이 린, 란과 함께 가장 최근에 기사단에 들어온 멤버라는 점이다. 그러나 워낙 활의 적성이 높고 본인이 죽어라 단련한 덕에 이미 다른 아이들을 뛰어넘는 실력을 내고 있었던 것.

"그렇지, 그런데 그렇다고 녀석을 우리 팀에 넣자니 또……."

"애매하다 말씀이시죠."

"응."

지금 진의 실력을 굳이 정의하자면 1.5군 정도라고 해야 할까. 문제는 그뿐만이 아니다. 파티 내부에서 진의 역할이 에반과 지나치게 닮은 것이 문제였다.

"용안은 정찰에 최적화된 능력이지. 더구나 함정이나 원거리의 적을 미리 감지하고 화살로 견제하는 것까지 나랑 완전히 똑같아. 물론 내가 나 외에도 그런 역할을 수행할 수 있는 인재를 바라고 있기는 했지만, 굳이 한 파티에 두 명일 필요는 또 없단 말이야."

에반의 가장 큰 능력은 정찰도 원거리 공격도 아닌 격투술이지만 지금 감히 그것을 지적하는 사람은 없었다. 고개를 갸웃하던 샤인이 이내 명쾌한 답을 냈다.

"뭐 어떻습니까, 우리 파티에서도 도련님이 가장 센데. 진에게 2군에서의 도련님 역할을 맡기면 되겠죠."

"진이 그 말을 들으면 무척 기뻐하겠네. 걔 오빠 엄청 좋아하잖아."

"그러면 역시 저 여덟 명을 한 파티로 두는 게 낫겠습니다. 그렇게 정해졌으니 제가 디토한테 직접 방패술을 가르쳐 보죠!"

"되게 의욕적이네요, 형."

다시 에이미의 발길질에 가지 않아도 된다는 사실이 기뻤던 것일까, 라이한이 에코 실드를 쥔 손에 힘을 주며 그렇게 선언했다.

그 바람에 그의 가호가 자연스레 발동하여 멀리서 전투를 벌이던 다크 몰들이 전부 그에게로 쏠리는 사소한 문제가 생기긴 했지만, 그 외에는 별다른 문제 없이 던전을 클리어하고 보스 룸까지 도달할 수 있었다.

문제는 바로 보스 룸에서 생겼다.

[왔는가, 마녀의 후예들……!]

"……엇?"

굳건히 봉인되어 있던 문을 열고 들어선 깊은 공동에는 한 마리의 거대한 검은 두더지가 그들을 기다리고 있었다.

그게 문제였다. 원래 게임 속 던전에서는 보스 룸 안에 무시무시한 숫자의 다크 몰 엘리트가 대기하고 있었으니까.

천장에서도, 바닥에서도, 옆 벽에서도 쏟아져 나오는 다크 몰은 장마철 하늘에서 쏟아지는 빗줄기처럼 끔찍하다. 던전의 이름 '몰레인'의 유래도 바로 그것이었다.

"그런데 왜 한 마리밖에 없지?"

[나, 데빌 룬 카오스 몰을 앞두고도 그렇게 당당하게 서 있는 점에 대해서는 칭찬해 주지. 하지만 거만하게 구는 것도 거기까지다, 마녀의 후예……!]

"……응? 데빌 룬이라고? 설마 첫 던전에서 바로 당첨될 줄은 몰랐는데!"

다른 말은 다 필요 없었다. 에반에게는 데빌 룬이라는 단어만으로도 충분했다.

실제로 그 말을 듣고 안력을 돋워 놈을 살피니, 두꺼운 검은 두더지 가죽 아래 희미하게 발광하는 데빌 룬의 흔적이 보였다. 정확히 무슨 룬인지는 알 수 없었지만 어쨌든 데빌 룬이다!

"게다가 마녀의 후예라고 언급하는 걸 보면 역시 데빌 룬과 마녀는 같은 시리즈에서 등장하는 게 확실해!"

[마녀는 전부 미치광이라더니 그게 맞는 말인가. 영문 모를 소리를 늘어놓는구나. 하지만 거기까지다. 네년의 사악한 욕망까지 내가 전부 집어삼켜 주마……!]

데빌 룬 카오스 몰은 게임 초반부 던전의 보스들이 흔히 그러하듯 뒤에 뭔가 있을 것 같은 멋들어진 대사를 던지고는 즉각 두더지답게 지면 아래로 잠수해 버렸다!

그것을 멍하니 지켜보던 에반은 문득 한 가지 깨달은 점이 있었다.

"저것도 두더지라 눈이 안 보이나 본데. 아무리 그래도 나를 여자로 착각하다니."

"사실 도련님 정도 미모면 눈이 좋아도 여자로 착각할 수도 있습니다."

"난 목소리가 완전히 남자잖아, 목소리가. 변성기가 언제 지났는데."

에반은 샤인의 날카로운 지적에 퉁명스레 대꾸하면서도 일행에게 빠르게 지시를 내렸다.

"전원 입구 쪽으로 밀착해서 대기! 예상했던 것과 보스가 달라. 저놈은 아직 너희가 상대할 수 없는 적이야."
"그럼 단장님이 직접?"
"그리고 라이한 형은 이쪽으로 와서 가호 발동해 줘요."

본래 두더지 계열 몬스터를 상대하는 방법은 간단하다. 적절한 마력의 파장과 동시에 진동을 흘려보내 두더지를 유도, 미리 대기하고 있다가 놈들이 나오는 순간 공격하는 것이다.
그러나 모든 적의를 끌어당기는 능력을 지닌 라이한이 파티에 있는 이상은 그런 귀찮은 짓을 할 필요도 없다! 실제로 그가 가호를 발동하자마자 카오스 몰의 움직임이 가장 감각이 둔한 폴조차 알아챌 수 있을 만큼 노골적으로 변했다.
거체가 지하에 잠겨 유영하면서 발생하는 소름 끼치는 진동. 까딱하면 공동이 통째로 무너져 내릴 것 같은 긴장감 속에서 라이한이 짧게 외쳤다.

"바닥에서 옵니다, 공자님!"
"알고 있어요."

에반은 방패를 들고 단단히 가드 자세를 취하고 있는 라이한의 곁으로 다가가, 왼발을 힘껏 들어 올렸다.

그 발끝에 집중되는 것은 다름 아닌 천중력! 전대의 영웅 레오 덕에 피워 낸 에반의 고유 기술이었다. 이동 기술이면서 동시에 최강의 공격 기술이기도 한 에반의 유일한 발 기술!

[네년의 마기를 내놔라!]

"지금!"

쾅! 대지가 무너지며 데빌 룬 카오스 몰이 솟구치는 바로 그 순간, 에반의 왼발이 정확히 놈에게로 내리쳐지며 발생한 굉음이 끔찍한 진동이 되어 공동을 강타했다.

지근거리에 있던 라이한은 충격에 대비하고 있었음에도 불구하고 내장이 뒤틀리는 진동에 이를 악물어야 했다.

"크흡…… 공자님, 괜찮으십니까?"

"잡았어요."

에반의 발에 직격으로 얻어맞은 데빌 룬 카오스 몰은 단말마도 지르지 못하고 그대로 터져 죽었다. 다행이라고 해야 할까, 그래도 사체는 대부분 온전히 남아 있었다.

아이들의 안전을 확인한 후 에반 곁으로 다가온 샤인은 거대 두더지의 사체를 내려다보며 살짝 짠한 목소리로 말했다.

"처음 나타났을 때만 해도 엄청 뭔가 있을 것처럼 떠들어 댔던 놈인데 불쌍하게도……."

"게임에서는 보스 Hp를 다 깎아도 마지막까지 떠들다 죽는데, 현실로 옮겨 오니까 애들 근성이 다 죽었나 봐."

"아니, 도련님이 그럴 기회도 안 주고 죽였으니까 그렇죠."

본래 게임에서는 중요한 던전의 보스로 나타나는 놈들은 Hp를 다 깎아 내도 마지막까지 주인공을 약 올리거나 다음 과제에 대한 힌트를 짤막하게 던지고 죽는 게 관례였는데…… 안타깝게도 데빌 룬 카오스 몰에게는 근성이 부족했다.

"부디 다음으로 마주치는 놈들은 데빌 룬 몬스터의 근거지라도 알려 주고 죽었으면 좋겠네."

"욕망이 줄줄 흘러넘치시네요."

하지만 그보다 중요한 것은 눈앞에 죽어 나자빠진 데빌 룬 몬스터. 에반은 신중히 놈에게 다가갔다. 지금부터 그가 시도하려는 것은, 시미터를 거치지 않고 직접 자신의 힘으로 데빌 룬을 빨아들이는 것이었다.

"혹시 모르니 시미터 준비해 둬."

"이미 꺼내 놨습니다."

그러나 결론부터 말해 시미터는 필요 없었다. 에반이 부츠의 마기를 움직여 카오스 몰의 사체에 접한 순간, 놈의 몸이 부르르 떨리는가 싶더니 사체로부터 피어난 마기가 부츠의 그것과 융합하기 시작한 것이다!

"시미터보다도 반응이 격렬한 것 같은데!"

지금 이 순간, 에반의 뇌리를 지배하고 있는 사고는 '퀘스트 성공!'이라는 단어였다. 혹은 '연금술 성공!'이라고 해도 좋았다. 전혀 상상할 수 없었던 레시피를 처음으로 성공시키는 순간! 이 어찌 기쁘지 않겠는가!

"부츠의 마기가 점점 더 늘어나고 있어."
"도련님, 놈의 가죽에서 룬이……!"

그 뒷부분은 듣지 않아도 알 수 있었다. 놈의 사체에서 마기가 빠져나오면 빠져나올수록, 데빌 룬 카오스 몰의 몸집이 빠르게 줄어들고 있었다.

희미하게 드러나던 데빌 룬도 이미 완벽히 사라져, 반대로 부츠에 심상치 않은 흔적이 새겨지고 있었다.

"좋아, 완전히 옮겨 왔어!"
"그러면 바로 발동할 수 있는 겁니까, 그 룬에 마기를 담기만 하면?"

"음, 아니."

부츠에 옮겨 온 데빌 룬을 확인하던 에반이 단호히 답했다. 기술이 부족했던 것은 아니지만 지금 부츠로 옮겨 온 이 룬은 결코 완벽하지 않았다. 몇 개월간의 연구 끝에 그 정도 안목은 길렀다는 자부가 있었다.

"놈들의 룬을 그대로 다룰 수는 없을 거야. 모아서 합성하고 개조해야겠지. 나만의 데빌 룬을 만드는 거야."

"그걸 나만의 요리 레시피를 만드는 것처럼 가벼운 말투로 말씀하셔도……. 어라, 그런데 이놈이 갖고 있던 룬은 결국 뭐였던 겁니까?"

샤인의 질문에 그 자리에 침묵이 찾아왔다. 그러고 보면 이놈이 데빌 룬을 쓸 틈도 없이 죽여 버리는 바람에 능력도 제대로 보지 못했다!

에반은 마신의 부츠에 새겨진 복잡한 데빌 룬 문양을 보며 잠시 고민하다…… 이내 고개를 들어 올렸다.

"자, 보상 확인하고 다음 던전으로 가자!"

"아, 포기하셨군요? 이번엔 예지 안 하십니까?"

"조용히 해라, 너 진짜."

그런데 일행이 정비를 마치고 던전 바깥으로 나왔을 때, 그곳에는 그들을 기다리고 있던 의외의 손님이 있었다.

"기다리고 있었다."

검은 망토에, 챙이 넓고 위가 뾰족한 고깔모자를 쓰고 나타난 무리.

그 모습을 본 순간 설마 하며 눈을 가늘게 뜨는 에반 앞에, 무리의 대표로 나타난 이가 모자의 챙을 들어 올리고 얼굴을 드러내며 가볍게 웃었다. 무척 아름다운 흑발의 미녀였다.

"동족이여, 마녀의 숲에 돌아온 것을 환영한다."

《죽지 않는 엑스트라》 9권에서 계속…….